ANJA BOGNER

# Bülent Rambichler und der verliebte Bulle

Ein Provinzkrimi



btb

MIX
Papier aus verantwortungsvollen Quellen
FSC® C014496

Penguin Random House Verlagsgruppe FSC® N001967

1. Auflage
Originalausgabe Mai 2022

Umschlaggestaltung: semper smile, München
Umschlagmotiv: Shutterstock / The Hungry Aperture;
Tiger Images; Juraj Kovac
Satz: Uhl + Massopust, Aalen
Druck und Einband: GGP Media GmbH, Pößneck
SL · Herstellung: sc
Printed in Germany
ISBN 978-3-442-77090-8

www.btb-verlag.de
www.facebook.com/btbverlag

Love in such a way, that the
person you love feels free.

*(Thich Nhat Hanh)*

Für Dich

Das hier ist freilich bloß ein Roman. Heißt, sämtliche Romanfiguren, Handlungen und Schauplätze sind völlig frei erfunden. Und klar gibt's Namen, die gibt's halt, und darum gibt's die auch in diesem Buch. Aber das, was die Romanfiguren tun, und das, was sie sagen oder treiben, ist alles reine Erfindung. Solltest du jetzt, lieber Leser, trotzdem meinen: Allmächd, des könnt doch der Dings sein oder des Maadla von denen oder, oder, oder …? Dann hau dir selbst anerkennend auf die Schulter für deine rege Fantasie, aber denk immer daran: Nix ist wahr – alles nur ausgedacht!

# PROLOG

*»Die Liebe ist ein seltsames Spiel, sie kommt und geht von einem zum anderen, sie gibt uns alles, doch sie nimmt auch viel zu viel, die Liebe ist ein seltsames Spiel.«*

Sie hasste dieses Lied. Sie hasste es, weil es wie für sie geschrieben schien. Liebe, ja, sie war seltsam, diese verdammte Liebe. Wo lag die Schönheit in ihr, wenn am Ende nur grantiger Schmerz übrig blieb. Die viel besagten Schmetterlinge im Bauch – ihr sanfter Flügelschlag, ihr zartes Kitzeln auf der Seele, ihre Liebkosungen, die von einer zauberhaften Zukunft träumen ließen. Alle fort. Abgestürzt. Tot.

Unzählige Male hatte sie zuversichtlich, ja fast schon naiv ihr Herz verschenkt und es jedes Mal ramponierter als je zuvor zurückbekommen. Viel zu lange hatte sie den Glauben an die ach so große Liebe nicht verloren. Irgendwo da draußen musste er doch sein, dieser eine Mensch, dieser Seelengefährte, dieser Mann, der sie begehrte, der ihr die Welt zu Füßen legte und der sie niemals wieder loslassen würde.

Ja, das hatte sie gedacht in ihrer Dummheit. Doch die zahlreichen Wunden auf ihrem Herzen sprachen eine andere Sprache. Sie eiterten, sie nässten, aber sie taten nicht mehr weh. Denn sie hatte aufgehört zu fühlen. In ihrer Brust zuckte nur mehr ein kalter, blutender Muskel, dessen einziger Job es war, ihr im nimmermüden Takt das Blut durch die Adern zu pumpen.

Sie war am Leben, und sie würde ihr Herz nicht mehr verschenken. An niemanden. Sie würde sich ihre Befriedigung holen und dann einfach gehen, wenn es für sie an der Zeit war. Das hatte sie sich geschworen.

Sie war zu einer berechnenden Gefühlsnomadin geworden.

Zu einer fetten schwarzen Spinne, die ihre Beute so lange umgarnte, bis diese ihr willenlos zu Füßen lag. Es war ein Spiel, ein einsames Spiel. Und sie wusste, dass sie irgendwann einen hohen Preis dafür würde zahlen müssen. Aber noch nicht jetzt. Gott verdammt, sicher nicht jetzt.

Denn nicht weit von ihr entfernt stand ihr nächstes Opfer. Seine südländische Aura zog sie magisch an. Er war schön, er war betrunken, und er war vor allem traurig. Das sah sie in seinen dunklen Augen, und das war ihr entscheidender Vorteil. Männer waren wie kleine Kinder. Ein bisschen Zuwendung, ein paar tröstende, verständnisvolle Worte, und sie wurden wachsgleich in ihren Händen. Nur noch ein kleiner Schritt, dann würde sie vor ihm stehen.

Plötzlich fing der Boden unter ihren Füßen an zu schwanken. So viel hatte sie doch gar nicht getrunken. Übelkeit stieg in ihr hoch, und sie spürte, wie kalter Schweiß sich seinen Weg ihren Rücken hinunterbahnte. Blitze durchzuckten ihren Schädel. Höllische Schmerzen. Alles tat ihr so verdammt weh. Ihr Mund, ihr wundervoller Mund – die einzige Stelle, die in ihren Augen perfekt war an ihrem sonst so gnadenlos unvollkommenen Körper –, war staubtrocken. Sie konnte kaum noch schlucken, kaum noch atmen. Sie musste an die frische Luft, musste ihre Maske fallen lassen. Sie musste … und dann wusste sie es: Sie musste sterben.

# KAPITEL 1

## Aus die Maus

*»Atemlos durch die Nacht, bis ein neuer Tag erwacht. Atemlos ...«*

Schon ein bisschen makaber, dass die Band dort oben auf der Bühne die illustre Faschingsgesellschaft ausgerechnet mit Helenes Kassenschlager übers Tanzparkett trieb. Schließlich hing an Bülents Brust seit Kurzem eine lebensgroße tote Maus mit Klumpfuß, und die würde garantiert keinen einzigen Schnaufer mehr tun, geschweige denn jemals mehr erwachen. *»Wir sind heute ewig, tausend Glücksgefühle. Alles, was ich bin, teil ich mit dir, wir sind unzertrennlich, irgendwie unsterblich ...«*

Konnte denn niemand diese Hawaiihemden tragenden Musiker abstellen, die altersmäßig zwar definitiv den Schnitt der Rolling Stones übertrafen, aber von deren Coolness weit entfernt waren?

Bis dato schien noch niemand gemerkt zu haben, dass Bülent keinen engen Blues mit dieser ihm fremden Dame tanzte, die regungslos in seinen Armen lag. Im Gegenteil, viele grinsten ihm frivol zu und machten eindeutige Gesten. Kein Wunder, Strunzheimer Faschingsbälle waren dafür bekannt, dass der Promillewert jedes einzelnen Gastes weit über der Empfehlung der Weltgesundheitsbehörde lag. Eine Empfehlung für Alkohol – eh schon der Wahnsinn.

Was einem nicht alles durch den Kopf ratterte, wenn man ein totes Tier an der Gurgel hängen hatte. Bülent merkte langsam, dass ihm zum einen die Arme, aber auch der Magen schwer wurden. Die zahlreichen Cuba Libre, die er intus hatte, brachten seinen Säure-Basen-Haushalt mächtig ins Wanken. Ihm war heftig zum Speien. Was unter anderem an dem aufdringlichen Parfüm lag, das von der Toten her auf ihn einströmte. Er tippte auf Opium von Yves Saint Laurent. Für viele eine Offenbarung, für ihn ein wahrer Nasensprenger. Außerdem wurde es ihm langsam heiß unter seiner Elvis-Perücke. Es lief gerade alles andere als gut für ihn. Nicht nur dass Astrid, seine Assistentin, oder schon auch ein bisschen mehr, sich auf einem Selbstfindungsseminar mit so einem durchgeomten Yoga-Graddler befand und ihn mit all seinen diffusen Gefühlen allein gelassen hatte. Nein, jetzt hatte er doch tatsächlich im wahrsten Sinne des Wortes wieder eine Strunzheimer Leiche an der Backe. Vielleicht war das alles nur ein alkoholgeschwängerter Traum, und er würde in Kürze erwachen.

»Mensch, Rambichler, etz hauts die Weiber schon bei deim bloßen Anblick vom Stängler.«

Kein Traum. Die Stimme von Erna Walder, dem einen Teil der unsäglichen Zwillingsdragoner – Traudl, der andere Teil, grinste für ihr naives Gemüt fast schon gemein –, keifte wie immer so klar daher, dass es keinen Zweifel darüber gab, dass er in der Wirklichkeit gefangen war.

Immerhin hatte die Alte gecheckt, was Sache ist, und sorgte mit ihrer gewohnt uncharmanten Art ganz schnell für Ruhe im überladen faschingsgeschmückten Saal. Allein die Girlandenmacht, die von der Decke hing, hätte für ganz Versailles ausgereicht. Die Stille also, bis auf den ein oder anderen feuchten Rülpser aus diversen Ecken, die nun eintrat, war richtig angenehm. Faktisch hielten alle Strunzheimer mal tatsächlich ihr Mundwerk und starrten, eher beleidigt denn entsetzt, auf Bülent. Muss man auch irgendwie verstehen, hat man ihnen doch gerade eines ihrer Jahreshighlights versaut.

Das halbe Dorf stand jetzt jedenfalls in einem großen Kreis um Bülent herum. Nutten, Bauarbeiter, Cowboys, Prinzessinnen, Zauberer, Hexen, sogar ein Schwein war dabei – irgendwie hatte jeder Dorfbewohner das passende Kostüm gewählt. Das entlockte Bülent glatt einen kurzen Schmunzler. War jetzt nicht unbedingt angebracht, klar. Schließlich hatte er immer noch eine Frauenleiche vor der Brust kleben. Durfte er sich eigentlich bewegen, oder musste er warten, bis seine Kollegen von der Staatsmacht eintrafen, die ja hoffentlich irgendwer gerufen hatte?

»Dass du fei die Füß ruhig hältst, Bub. Zwecks der Spuren, verstehst?!« Vor ihm baute sich ein etwas rundlicher Napoleon auf und bedachte ihn mit strengem Blick. Dabei hatte er stilecht die Hand da, wo man sie halt hat, wenn man den französischen Kaiser mimt.

Seit Bülent denken konnte, verwandelte sich sein Vater an Fasching in den Bonaparte und größenwahnte bis Aschermittwoch durch den Landkreis. Seine Mutter Maria war da als Rotkäppchen zwar schon weitaus bescheidener unterwegs, aber mitnichten sah sie ihrem Gatten tatenlos dabei zu, wie er mal wieder den großen Zampano markierte.

Sie zog ihrem Mann unsanft ihr Körbchen über den Kopf. »Erri, ich warn dich. Du hältst dich da raus. Langt's denn ned, dass' dich letztes Jahr fast einkastelt haben, weilst dei Nasen manchmal höher trägst als dein Hirn?«

Unangenehm berührt tänzelte Erkan von einem Bein auf das andere und grinste etwas debil in die Runde. Für keinen Mann ist es schön, wenn er von seiner Frau eingebremst wird – und das auch noch vor Zeugen. Aber für einen Napoleon kommt das glatt einem Putschversuch gleich.

Als tatsächlich ein paar schadenfrohe Lacher aus den Reihen

der Strunzheimer kamen, war's vorbei mit Erkans Demut. Die Wut schoss ihm sichtlich in den Schädel.

»Keiner verlässt von euch den Tatort. Ihr seids nämlich alle verdächtig. Jawohl!«, brüllte der Rambichler senior jetzt wieder strotzend vor Manneskraft daher und erntete dafür den ein oder anderen Vogel:

»Mensch, Rambichler, etz spiel dich ned so auf.«

»Vielleicht hat's ja nur einen Herzkasper g'habt, die Gertrude, oder der Schlag hat sie troffen«, widerwortete da auch schon der diesjährige wie letztjährige wie alljährige Faschingsprinz und gleichzeitige Wirt dieses ganzen fränkischen Faschingsspektakels – der alte Krapfenberger.

Rabiat an seinen Umsatz denkend, versteht sich. Wo nicht getanzt wird, wird nicht geschwitzt und folglich auch nicht gesoffen. Und das können die Krapfenbergers gar nicht leiden. Selbst als Monopolist im Strunzheimer Gaststättengewerbe muss man nämlich schon auch schaun, wo man bleibt, und darum gab der alte Wiesel jetzt auch gleich mal eine Runde »Wodka Orasche« für alle aus.

Während sich die große Mehrheit der Strunzheimer trotz dieses verlockenden Angebots klammheimlich vom Acker machte, stolperten die verbliebenen Freibiergesichter dem Wirt hinterher und hinunter in die Bar, die sich im Keller befand. Ein schwarzlichtgetränkter Albtraum, der nur mit viel Fusel zu ertragen war, und den gab es da unten reichlich. Selbst Maria ließ sich von Erkan dazu bewegen, sich gen Tränke zu bewegen.

Auch die Musik nahm wieder Fahrt auf, nachdem der alte Krapfenberger der Band unmissverständlich klargemacht hat, dass sie fürs Nixtun nicht bezahlt werden. Fröhlich schmetterten sie aus gegebenem Anlass den sinnigen Gassenhauer *So a saudummer Tag* vom Wecker Konstantin von der Bühne, und langsam kam wieder Leben in die Bude. Man durfte einfach alles nicht so eng sehen. Zumal die Sache mit den Leichen im Ort ja jetzt fast schon zur Normalität gehörte. Der ein oder andere klopfte Bülent beim Vorübergehen aufmunternd auf die Schulter, und das ein oder andere Flittchen zwickte ihn schamlos ins Gesäß. Bülent bereute es, o ja, er bereute es so sehr, dass er sich von seinem Kumpel, dem Geiger Franz, hat überreden lassen, nach jahrzehntelanger Abstinenz hier wieder den Faschingskehraus zu feiern.

Zwecks der guten alten Zeiten, und weil ihm das angeblich den Liebeskummer mit der Astrid aus dem Hirn blasen würde. Als ob er Liebeskummer hätte. Schade war es halt, dass sie einfach so weggefahren ist, wo sich doch alles scheinbar so gut angelassen hatte zwischen ihnen beiden. Immerhin erlaubte er ihr jetzt schon Räucherstäbchen im Büro, was ein wahres Sandelholz- und Weihrauchinferno nach sich zog, und unterließ es, über Veganer im Allgemeinen und auch im Besonderen herzuziehen.

Aber angeblich reichte ihr das nicht. Sie fühlte sich von ihm nicht gesehen und verstanden. Himmelherrgott, er war doch nicht blind, freilich sah er sie, und wie. Verstehen, das war was anderes, wer verstand schon die Frauen? Jedes Mal bekam Astrid einen Hysterischen, wenn er sich ein Bratwurst-Weckla gönnte. Angeblich, weil das bewies, dass seine Gefühle für sie doch nicht stark genug seien. Die Bratwurst als Ausdruck von Zuneigung oder nicht Zuneigung. Was für ein schmaler Grat.

Er hatte es ja versucht mit den Tofu-Krachern, aber selbst in viel Senf versenkt schmeckten die einfach nicht. Da fehlte halt dieses gewisse tierische Gschmacki. Wenn er immer solch einen Aufstand machen würde, wenn sie ihre ökologisch einwandfreien Energiekugeln statt einer guten, ehrlichen Kinderschokolade isst, dann wäre aber was los.

Er war einfach wesentlich toleranter und friedlicher als sie. Hatte er ihr auch gesagt.

Daraufhin hat sie Urlaub eingereicht und ist abgehauen. Zwecks dem nötigen Abstand, hat sie gemeint, und um mal Altes loszulassen, körperlich wie seelisch, schon klar. Und dafür musste sie dann gemeinsam mit so einem durchtrainierten Yoga-Wichtel nach Österreich auf den Berg, wo es dann nix zu essen gab, zwecks dem neumodischen Gedetoxe, aber dafür reichlich massiert und philosophiert wurde. Wo war denn da der Abstand?

Bülent wollte sich jetzt gar nicht weiter reinsteigern. Er war ja schließlich souverän nicht eifersüchtig. Nein, überhaupt nicht. Außerdem hatte er ganz andere Probleme.

Wo zum Teufel war nur Franz abgeblieben? Wahrscheinlich zog sich der alte Dampfer wieder einmal gepflegt einen Dübel durch die Lunge und schwebte auf irgendwelchen Marihuanawolken dahin. Seit er nicht mehr soff, war Franz fast schon inflationär gut gelaunt. Grad zum Kotzen.

»Na, Rambichler, geht dir langsam die Luft aus. Schaust aus wie ein Schluck Wasser in der Kurven.«

Eh klar, dass sich die Walder-Zwillinge als Einzige nicht vom Fleck bewegt hatten. Sie waren auch als Einzige nicht kostümiert. Was wohl daran lag, dass sie mit ihren violett gefärbten, klein gelockten Haaren sowieso schon daherkamen wie zwei Zwergpudel auf der Pirsch. Immerhin, das musste Bülent ihnen lassen, für über achtzig waren sie noch gut in Schuss. Also nicht optisch, sondern rein hirnmäßig. Nicht umsonst waren sie im ganzen Dorf gefürchtet. Ihr Mundwerk schoss präziser als die Waffe von John Wayne, und sie hörten die Nachtigall furzen, bevor die überhaupt wusste, dass sie Blähungen hatte. Ihre listigen Äuglein waren überall und ruhten jetzt auf ihm.

»Was mich jetzt schon mal interessieren würde. Wer ist denn

das überhaupt?« Bülent nickte gen Brocken, der ihm da im Ausschnitt hing.

Erna deutete mit spitzen Fingern auf die Leiche.

»Des ist die Funseneder Gertrude, die Grundschullehrerin, die ...« Weiter kam sie nicht.

»Die alte Schlampen, die einhaxige«, fiel Traudl ungewohnt heftig ihrer Schwester ins Wort.

Sie erntete dafür einen Fußtritt. »Geh, Traudl, halt dei Goschn, so redet man nicht über Tote, und für ihren kaputten Haxen kann's ja nix«, zischte Erna ihre Schwester an.

»Ist doch wahr. Des bigotte Luder, des bigotte. Vorn herum hat's einen auf heilig gemacht, und hintenrum hats einem jeden schöne Augen und noch einiges mehr hindreht. Pfui Teifi, sag ich da nur.« Die Walderin zog sich einen Lungenhering aus den Tiefen ihres Körpers und spuckte ihn doch tatsächlich der Funsenederin vor die schlaffen Füße. Der zähe Auswurf verfehlte nur knapp Bülents edle Wildlederschleicher.

»Sag mal, tickst du noch ganz richtig?« Bülent funkelte Traudl wütend an.

Die verschränkte die Arme vor der Brust und funkelte ebenso bockig zurück.

»Geh, Traudl-Haserl, komm mit, wir rauchen was zur Beruhigung. Du redest dich sonst noch um Kopf und Kragen.«

Da war er ja, der Franz – oder gerade heute eher stilecht der Bob Marley. Schelmisch grinsend stand er da und nahm Traudl beschwichtigend in den Arm. Die schmiegte sich sofort wie ein ralliges Kätzchen an ihn dran. »Mei, wenn ich dich nicht hätt, Dampfer«, gurrte sie.

»Ihr dürft aber keinesfalls den Saal verlassen, die Spusi ist gleich da«, meldete sich der Napoleon mit seinem Rotkäppchen im Schlepptau zu Wort. Das jetzt irgendwie ganz schön in den

Seilen hing. »Ich hab mit deinem Chef, dem Köhl, geredet. Der hat gleich g'sagt, dass du den Fall übernehmen sollst, Bub. Weilst hier so eine gute Aufklärungsdings, ähm, Schtatistik hast. Ein feiner Kerl ist des schon.«

Erkan strahlte Bülent fast schon glückselig an. Das war genau das, was sein stolzes fränkisch-türkisches Vaterherz zum Jubilieren brachte. Sein Sohn, dem er das Leben geschenkt hatte, ein erfolgreicher Kriminaler, und endlich wurde das auch von allen so gesehen.

»Vadder, es ist doch noch gar nicht klar, wie die Frau da umgekommen ist. Es kann auch ein natürlicher Tod gewesen sein«, raunte Bülent seinem Erzeuger zu.

Maria wankte an die Seite ihres Sohnes. Ihr Atem roch nach Schnaps, nach viel Schnaps. Sie schnappte sich Bülents Ohr und hielt sich daran mehr oder weniger fest.

»Tut mir leid, Bubsi, äh, Bubi. Ich wollt's ihm ja ausdingsen, aber du kennst ja deinen Vadder. Sein Wille geschehe.« Sie kicherte angeschickert.

»Amen«, dachte Bülent und senkte resigniert seinen Blick, nur um ihn Sekunden später panisch wieder zu heben. Denn niemand anderes als der bayrische Ministerpräsident söderte auf ihn zu, umschloss ihn samt der Leiche fest mit seinen Pranken und rotzte ihm an den Hals.

»Hey, hör auf damit. Wer sind Sie überhaupt?« Bülent versuchte vergeblich, den Typen von sich zu schieben.

»Wie, du erkennst unseren König nicht? Den heiligen Markus, Schöpfer des Himmels und der Erde?« Franz grinste, während Traudl neben ihm vernehmlich die Luft einsog und krebsrot anlief.

»Depp, wer das unter der Maske ist, will ich wissen.« Bülent war nicht zum Scherzen aufgelegt.

»Des ist der Urschlecht, unser Schulleiter und Kirchenchorleiter. Der war der Funseneder ihr Chef und vielleicht noch a bissl was mehr«, kam es wie immer wenig diplomatisch aus Ernas Mund gepoltert.

»Genau, der bin ich.« Söder alias Urschlecht zog sich die Maske vom pudelgelockten Schädel und sah darunter aus wie Roberto Blanco in Bianco. »Aber wider alle Gerüchte verband mich mit der Gertrude, also mit der Frau Funseneder, ein rein berufliches Verhältnis.«

Er schoss einen giftigen Blick auf die Walderin ab, weil die sich natürlich einen zweifelnden Schnauper nicht verkneifen konnte.

»Und wo kommen Sie jetzt her?«

Urschlecht sah Bülent auf diese Frage hin beleidigt an. »Na, aus der Bar. Ich mach da unten wie jedes Jahr die Musik.«

Jetzt war es an Franz zu lachen. »Sag bloß, Bülent, du kennst unseren Udo Jürgens aus Strunzheim nicht? Der war angeblich schon bei DSDS und hat sich mit dem Bohlen angelegt, weil der sein offensichtliches Talent nicht erkannt hat.«

Erna meckerte amüsiert. So etwas gefiel ihr.

Nur Traudl nahm ein wenig Abstand vom Dampfer. »Irgendwann kommt der Hartmut schon noch groß raus. Gell, Hartmut?«, zwitscherte sie etwas zu glockenhell.

Da litt jemand definitiv unter zu viel erotischem Überdruck, diagnostizierte Bülent im Stillen und beschloss, darauf ein Auge zu haben. Schließlich war Eifersucht das Mordmotiv schlechthin. Also, wenn es denn wirklich schon wieder ein Mord war. Hoffen tat er freilich etwas anderes. Er konnte sich auch irgendwie nicht vorstellen, dass Traudl, dieses verstrahlte Schaf – ein bisschen erinnerte er sie immer an Rose aus *Golden Girls* –, überhaupt zu so einer grausigen Tat fähig wäre. Aber wer weiß, vielleicht hatte

Erna ja die Drecksarbeit für sie übernommen. Was tut man nicht alles aus geschwisterlicher Fürsorge heraus.

Ein kräftiger Räusperer unterbrach seine Gedanken. Der Urschlecht hielt ihm eine zerknitterte Visitenkarte vor die Nase, eine grafische Absonderlichkeit, auf der in grellen Farben der Künstlername »Soundhardy« prangte. Oha, ein Alleinunterhalter also – da passt ja das Landesvati-Kostüm wie Arsch auf Eimer, dachte Bülent und nahm die Karte umständlich an sich. Dabei allerdings verlor die Frau in seinen Armen nun gänzlich die Contenance und rutschte ihm direkt vor die Füße. Da lag sie nun, ein graues, trauriges Häuflein Mensch – mausetot.

# KAPITEL 2

## *Des einen Freud, des anderen Lied*

»Mei o mei o mei, was für eine Sauerei.« Erna stand angewidert vor der Leiche und hielt sich ein nicht mehr ganz taufrisches Stofftaschentuch vor die Nase. Das graue Fell der toten Maus zeigte definitiv Spuren einer unsachgemäßen Entsorgung von diversen Speiseresten. Da würde sich die Spurensicherung freuen. Es ging aber auch alles so schnell.

Kaum lag die Leiche etwas derangiert auf dem Boden, wurde es der Maria ganz anders, und sie erbrach sich wenig ladylike auf die Funsenederin.

Danach sank sie erschöpft zu Boden. Jetzt schlief sie, friedlich schnarchend, den Kopf auf Napoleons Schoß gebettet. Der, wider seine sonstige Natur, einfach mal gar keinen Laut mehr von sich gab.

Der Urschlecht wiederum hatte die Gunst der wahnsinnigen Stunde genutzt und kurzerhand das Zepter auf der Bühne übernommen. Jetzt jodelte er, sich selbst am Keyboard begleitend, ein gepflegtes *In the Gettho* von Elvis heraus. Traudl stand wie ein Groupie allein vor der Bühne, und es hätte wohl nicht viel gefehlt und ihr BH wäre geflogen. Also, wenn sie denn einen getragen hätte.

»Bülent, wärs ned g'scheit, du sicherst endlich den Tatort, bevor noch jemand über die Leich fleddert?« Bob Marley, also der Franz, hatte sich einen Stuhl herangezogen und sich wie ein Museumswärter neben der Leiche positioniert. Abwartend sah er seinen Freund an, der noch immer wie paralysiert auf die Tote starrte.

Erna nickte zustimmend. »Genau, des machen's im Fernsehen auch immer so. Des musst du doch wissen, Rambichler, oder schaust du keinen Tatort?«

Schweigen.

»Des gibt's doch ned. Jedes Mal des gleiche Theater mit dem.« Erna schüttelte erbost den Kopf.

»Also ich geh jetzt in mein Bett, damit ich des armselige Schauspiel nemmer mit anschaun muss. Und wehe, einer wagt es, mich aufzuhalten!«

Wagte keiner. Wollte auch keiner.

Die Walderin schritt wie ein Feldmarschall über das Parkett, packte ihren widerborstenden Zwilling und zerrte ihn gen Ausgang.

Dabei hatte der Soundhardy gerade so schön das *Ave Maria* gezeiserlt. Völlig irre war das schon wieder alles.

»Sag mir, Franz«, Bülent wandte sich langsam seinem Freund zu, »warum?!« Seine Stimme klang glatt ein wenig weinerlich.

Franz verdrehte die Augen und zuckte mit den Schultern. »Warum. Warum. Keine Ahnung. Du bist Kriminaler, da fällt einem halt mal die ein oder andere Leich vor die Füß. Da derfst jetzt auch ned immer so viel nei interpretieren.« Er zündete sich den Joint an, den er in der Hand hielt, und tat einen tiefen, befriedigenden Zug.

Danach hielt er Bülent das Kraut hin.

»Spinnst du, Dampfer, der ist im Dienst.« Wie von der Tarantel gestochen sprang Erkan auf.

Leider vergaß er dabei die Frau auf seinem Schoß, was nicht ganz so gut ankam, da ihr Schädel mal kurzerhand unsanft das Parkett touchierte.

»Sag mal, Erri, geht's dir noch recht sauber nei?«

Maria setzte sich auf und rieb sich den schmerzenden Kopf. Dann fiel ihr Blick auf die Tote.

»Sag amal, Bub, magst des ned amal a bisserl absichern, des machen's fei beim Tatort auch immer so.«

Der irre Schrei, der daraufhin aus Bülents Mund gellte, brachte immerhin den singenden Söder auf der Bühne zum Schweigen. Was die Hawaiihemd-Fraktion, die gelangweilt in der Ecke hing, wohlwollend zur Kenntnis nahm. Schnell streckten sie ihre eingerosteten Gräten und machten sich daran, schleunigst ihr Equipment einzusammeln. War eh schon nach zwölf, und da war an Faschingsdienstag bekanntlich Schluss mit dem närrischen Treiben. Also zumindest in der Theorie.

Praktisch dümpelte der Krapfenberger Ball immer bis in die frühen Morgenstunden dahin, was zur Folge hatte, dass so mancher Strunzheimer noch voll berauscht am Aschermittwoch in der Kirche einlief, um das obligatorische Aschenkreuz in Empfang zu nehmen.

Der Rest der Mannschaft lag bis Donnerstag komatös bei den Krapfenbergers unter den Bartischen, während zu Hause die diversen Ehepartner oder sonstige Familienmitglieder Amok liefen.

Da hagelte es Vermisstenmeldungen bei der Polizei, und nicht selten wurde reichlich überambitioniert mit einem Scheidungsanwalt Kontakt aufgenommen.

Spätestens am Freitag war dann alles wieder wie immer, und man hangelte sich durchs Jahr bis zum nächsten Faschingsdebakel.

Grad schön. Jetzt aber war definitiv erst einmal Schluss. Selbst Maria schaffte es, Erkan dazu zu bewegen, nach Hause zu gehen.

Sie konnte ihm glaubhaft versichern, dass sie sich in ihrem kurzen Rotkäppchenkostüm noch die Miez verdrillern würde, wenn sie jetzt nicht endlich in ihren warmen Flanellpyjama steigen konnte. Und was so eine Blasenentzündung für das obligatorische sonntägliche Holdrio – freilich immer nach Batic und Leitmayr – bedeuten würde, das müsste sie ja jetzt auch nicht lang und breit erklären.

Nein, wenn es nach Bülents Ohren ging, musste seine Mutter überhaupt nichts. Er war demnach gottfroh, als seine Erzeuger das Weite suchten. Schlussendlich war er mit Franz und der Leiche allein im Saal. Herrlich, diese Totenstille.

»Sichern wir halt im Gottes Namen den Tatort. Franz, hilf mir mal.«

Der Geiger zog die Augenbrauen hoch, ersparte sich aber zu Bülents Erleichterung einen dummen Kommentar. Gemeinsam zogen sie ein paar Stühle im Kreis um die Tote und verbanden diese, in Ermangelung eines polizeilichen Absperrbands – wo sollte das auch herkommen – mit Luftschlangen und Girlanden.

Kaum waren sie fertig und genossen die ersten Züge eines Dübels, wurde die Eingangstür aufgerissen. Ein weiß umanteltes blondes Wesen mit strengem Dutt, schwarzer Designer-Nerdbrille und Zwölf-Zentimeter-Hacken an den Fersen sprengte herein. Sie sah aus wie die gestrenge Assistentin Gottes.

Bülent und Franz sahen sich durch den Marihuananebel an. Hatten sie eine Erscheinung?

»Guten Tag, ich bin Frau Dr. Senftchen, die Vertretung von Gerichtsmediziner Fröstl«, lispelte sie dermaßen zackig daher, dass Franz gleich mal ganz grenzdebil dreinglotzte.

»Sie haben aber lange gebraucht.« Bülent konnte es sich nicht verkneifen, ihr gleich mal den Pfeffer aus dem Hintern zu pusten. Da war ihm fast der Fröstl mit seinem ewig frohsinnigen

Gegockel noch lieber als diese Braut. Leider hatte dieser einen Burn-out, nachdem ihn seine Frau mit den fünf Kindern hat sitzen lassen, als sie von seinen zahlreichen außerehelichen Doktorspielchen erfahren hatte.

Karriere, Kinder und Koitus – es geht sich halt leider nicht immer aus.

Die Hackenlady musterte Bülent mit hochgezogenen Augenbrauen von oben bis unten. »Wer sind Sie denn, wenn Sie nicht gerade den bekifften Elvis mimen?«

Sollte das jetzt lustig sein?

Offensichtlich nicht, sie verzog nämlich keine Miene. Hübsch war sie schon, aber so was von unterkühlt. Kein Wunder, dass die mit Leichen arbeitete, bei so einer Eislady blieben die garantiert länger frisch.

Bülent reichte ihr die Hand, die sie tunlichst ignorierte.

»Hauptkommissar Bülent Rambichler, mir ist die Tote quasi in die Arme gefallen.« Wieder dieses Spiel mit den Augenbrauen.

»Und wer ist er?« Sie nickte zu Franz, der immer noch dastand wie ein Bus mit Standlicht.

»Das ist mein Freund.«

»... und Assistent Franz Geiger«, fiel Franz ihm schnell ins Wort. Jetzt war es an Bülent, die Augenbrauen hochzuziehen.

Frau Dr. Senftchen begutachtete die zugegebenermaßen etwas abstrakte Tatortabsicherung. »Alles klar, da scheine ich es ja mit echten Profis zu tun zu haben.«

Das Lispeln war schon niedlich, aber der Rest? Gefährlich.

»Lassen Sie mich jetzt bitte mal mit der Leiche allein. Ich habe es nicht gerne, wenn mir jemand bei der Arbeit über die Schulter schaut. Aber bitte halten Sie sich zu meiner Verfügung.« Sie kniete sich hinunter zur Toten, ohne die beiden Männer noch irgendeines Blickes zu würdigen.

Bülent schnappte nach Luft. Wie redete diese Person denn mit ihm. *Halten Sie sich zu meiner Verfügung.* Geht's noch? Die sprang mit ihm um, als wäre er ein Verdächtiger. Im Grunde war er doch auch ein Opfer. Ein Opfer der Umstände.

Er setzte an, um etwas zu sagen.

»Ist noch was, Herr Rambichler?«

Die Frage schoss ihm wie eine Pistolenkugel um die Lauscher. Er atmete einmal tief durch. Einundzwanzig, zweiundzwanzig, jetzt bloß nicht explodieren.

Bemüht ruhig antwortete er: »Die Sauerei da auf der Leiche, die können Sie einfach ignorieren. Da ist nur ein kleines Malheur passiert.«

Puh, freundlich sein, wenn man nicht will, kann ganz schön anstrengend sein.

Jetzt wandte sich Senftchen doch zu ihm um und blitzte ihn aus stahlblauen Augen so kühl an, dass es ihn gleich am ganzen Körper fröstelte.

»Das lassen Sie schön meine Sorge sein, was ich ignoriere oder nicht, Herr Hauptkommissar.«

Sie betonte seinen Dienstgrad so dermaßen scharf, dass er schon kapierte, dass sie ihn nicht für voll nahm. Frauen, langsam hatte er echt die Schnauze voll von ihnen.

»Auwehzwick, des ist aber eine ganz eine Scharfe. Halleluja, die hat Zunder.« Franz stupste Bülent fröhlich grinsend in die Seite, und es war klar, dem Geiger hat es grad den Schalter rausgedreht. Klarer Fall von schockverliebt.

»Hören Sie«, wagte Bülent erneut einen Versuch, »es tut wirklich nichts zur Sache. Das ist im Grunde eine rein private Sauerei.«

Jetzt war doch glatt so etwas wie Verwunderung in ihrem Gesicht abzulesen.

»Seine Mutter hat draufgespien, weil sie einen rechten Rausch im Gesicht gehabt hat«, beeilte sich der Geiger, dieser feige Überläufer, schnell in den Ring zu werfen.

Bülent hätte ihn am liebsten erwürgt.

»Aha, das sind mir ja schöne Verhältnisse hier. Aber gut, ich werde es berücksichtigen. Wenn ich jetzt bitte meine Arbeit machen könnte.«

»Eh klar.« Eifrig zog Franz an Bülents Arm. »Komm schon, lassen wir die Frau Doktor in Ruhe. Die weiß schon, was sie tut.«

»Danke, Herr Geiger. Wenigstens einer hier, der mir halbwegs vernünftig erscheint.« Zack, ein letzter Seitenhieb, dann ließ sie die Scharniere ihres Arztkoffers aufspringen. Gespräch Ende.

»Die spinnt doch.« Bülent konnte sich immer noch nicht beruhigen. Er hatte sich mit Franz in der Bar verschanzt, wo er angewidert an einem lauwarmen Fürst von Metternich halbtrocken zuzelte. Das Gebräu grenzte an Körperverletzung, war aber das Getränk der Stunde. Es war einfach nichts anderes mehr da.

»Ich bin total leer gesoffen«, versicherte ihm Sybille, die Barmieze, die schon zu Bülents Sturm-und-Drang-Zeiten den Laden hier unten geschmissen hat.

Manches änderte sich nie. Auch optisch nicht. Sybille sah aus wie vor zwanzig Jahren. Allerweil ein bisschen durchgenudelt halt. Selbst ihrem hautengen Leopardenflitscherl-Body, der nicht so ganz mit den schwarzen Bedienungshatschen harmonisierte, die optisch immer ein wenig wie Forrest-Gump-Gedächtnisstützen daherkamen, war sie treu geblieben.

Ein bisschen Beständigkeit im Wahnsinn des Wandels. Auch an der Bar selbst hatte sich nichts verändert. *Never change a running system,* dachte sich da wohl der alte Krapfenberger. Ein kackbrauner Tresen, überall Spiegel mit haufenweisen Macken und diverse kuschlige Ecken, aus deren roten, zerschlissenen Polstern der jahrzehntelange Duft der Unzucht hervorwaberte. Bülent wurde es fast ein wenig warm ums Herz. Hier unten war er sicher – hier unten war er daheim.

»Mensch, Bülent, was haben wir hier immer für einen Spaß gehabt.« Auch Franz schien in Erinnerungen zu schwelgen.

»Also, wenn's euch nix ausmacht, geh ich etz heim«, unterbrach Sibylle ihre Reise in die Vergangenheit. »Der Erwin kommt heut von seiner Fahrt nach Italien heim, und wenn ich ned da bin, kollabiert er mir wieder.«

Was so viel hieß, wie dass der Watschnbaum umfiel. Das wussten Bülent und Franz genau. Das war nämlich auch schon immer so.

»Wann haust den Saubärn endlich zum Teufel, Sybille? Du hast doch echt was Besseres verdient als dieses Arschloch.« Franz legte seine Hand auf Sybilles Arm.

»Ach, Geiger, meinst, das weiß ich ned. Ich bin etz 35 Jahre mit dem Dreckbären zusammen, da geht man nicht so einfach. Die Abzweigung hab ich leider verpasst. Aber er ist auch schon ruhiger geworden seit seinem Herzinfarkt.« Sie tätschelte die Hand von Franz. »Macht's euch um mich keine Sorgen. Unkraut vergeht nicht, des steht immer wieder auf.« Sie lächelte müde. »Servus, ihr zwei. Macht's bitte das Licht aus, wenn ihr geht, und nehmt's mir bitte den Dieter-Bohlen-Verschnitt mit.«

Sie nickte hinüber zum Urschlecht alias Soundhardy, der, wenig titanengleich, schlafend über seinem Keyboard hing. Das Teil ähnelte mit seinen blinkenden Lichtern eher der Kommandozentrale eines Spaceshuttles denn einem Musikinstrument und rumorte völlig selbstständig vor sich hin. *Die Glocken von Rom*, Dingdongong.

»Bei dem Gewimmer bekommst ja einen Hörsturz.« Franz

stand auf und tatschte auf die diversen Knöpfe. Endlich fand er den richtigen, und eine angenehme Stille breitete sich im Raum aus. »Sodala.« Er klopfte Bülent aufmunternd auf die Schulter. »Jetzt wird gearbeitet. So ein Mordfall löst sich schließlich nicht von allein.«

Bülent stöhnte. »Ich hör immer Mord. Kann doch sein, dass die eines ganz natürlichen Todes gestorben ist. Das soll nämlich schon auch mal vorkommen.« Bülent glaubte sich selbst klar kein Wort, aber die Hoffnung starb ja bekanntlich zuletzt.

»Wer ist tot?«

Wo kam das jetzt her? Seit wann konnten Tische sprechen beziehungsweise lallen?

Der Geiger und Bülent sahen sich entgeistert an und beobachteten fasziniert, wie sich nun unter einem Tisch ein etwas übergewichtiger, leicht zerzauster Bernhardiner hervorpresste. So ähnlich musste wohl auch ein Geburtsvorgang vonstattengehen.

Nach quälend langen Minuten voll Ächzen und Stöhnen stand er endlich wankend vor ihnen, der Hund.

»Also, wer ist tot?«, hauchte das Vieh und stank dabei so dermaßen aus dem Mund, dass man meinen konnte, er hätte Gülle gegurgelt. Abwartend sah das abstrakte Ding Bülent und Franz an.

»Der Bremsi! Ja, sag mal, wer hat dich denn da unten vergessen?« Franz lachte. »Kennst ihn noch, den Bremsi, unseren alten Zahlenverdreher?«

Klar kannte Bülent den Direktor der Strunzheimer Sparkasse Fidelius Bremsnagel. Der gehörte ja zu so was wie der höheren Gesellschaft im Dorf, auch wenn jeder wusste, dass er zeit seines Lebens gehörig unter dem Scheffel seiner Mutter Genoveva gestanden hatte. Nur einmal hatte er sich ihr widersetzt, als er wie aus dem Nichts aus Nürnberg eine russische Granate namens

Oxana dahergeschleppt hatte und sie ehelichte. Das schlug im wahrsten Sinne des Wortes wie eine Bombe im Dorf ein, aber auch in der Bremsnagelschen Hütte. Man munkelte, dass Genoveva bis heute diesen Schock nicht verdaut hatte und nimmermüde über ihre optisch phänomenal aufgemaschelte Schwiegertochter herzog. Nur zu ihrer siebenjährigen Enkeltochter Alenka Walburga, die freilich von ihr nur Walli genannt wurde, war sie sanft wie ein Lamm und verwöhnte sie nach Strich und Faden.

»Jetzt sagt ihm halt schon, dass es die Gertrude erwischt hat«, fuhrwerkte der Soundhardy urplötzlich rein ins Geschehen. Zeitgleich drückte er ein neues Knöpfchen, und Nicole besang das bisschen Frieden, das es schon lange nicht mehr gab.

»Ja scheiße.« Der Bernhardiner hatte jetzt glatt ein wenig an Gesichtsfarbe eingebüßt. Er nahm einen tiefen Schluck aus dem kleinen Holzfass, das vor seiner Brust hing, dann sank er zu Boden und krabbelte wortlos und mit starrem Blick zurück in die Höhle, aus der er vor Kurzem erst gekrochen war. Dort kauerte er sich wimmernd ins letzte Eck und ward nicht mehr ansprechbar.

»Des ist jetzt aber schon komisch, oder?« Franz sah Bülent abwartend an. »Schaut ja fast so aus, als ob der zwecks der Funsenederin einen rechten Blues schieben würde. Des ist doch schon mal ein erster Anhaltspunkt.«

Bülent winkte müde ab. Ihm ging dieser Aktionismus von seinem Kumpel jetzt schon auch ein wenig auf den Nerv.

»Der ist besoffen, Franz. Wahrscheinlich hat er Stress gehabt mit seiner russischen Beckenbodengranate und ist deswegen ein bisschen nah am Wasser gebaut. War schon immer ein rechtes Weichei, der Bremsi.«

Bülent gähnte. »Eigentlich möcht ich jetzt gern in mein Bett und nichts mehr hören von dem ganzen Schmarrn hier.«

Franz schüttelte erbost den Kopf. »Mann, Rambichler, wann wird dir eigentlich endlich klar, was für einen Beruf du hast?«

Bülent starrte schweigend auf seinen Metternich.

»Ich weiß doch, dass dir die Astrid fehlt, aber ich helf dir, versprochen, des kriegen wir zwei schon hin.«

Bülent haute wütend mit der flachen Hand auf den Tresen. »Mir fehlt sie nicht. Meinetwegen kann sie bleiben, wo der Pfeffer wächst, und ihr Suppen aus Klangschalen löffeln. Ist mir alles wurscht.«

Schon drang ein tiefer Klangschalen-Gong aus den Boxen. Der Soundhardy hatte es echt drauf.

»Depp«, frotzelte Bülent.

Franz verdrehte die Augen.

»O mei, Rambichler, sei halt nicht immer gar so ein Jammerlappen. Wenn's dir nicht fehlen würde, müsstest du dich auch gar nicht so aufmandeln. Aber wurscht. Du hast einen Fall zu lösen, und des hat jetzt Vorrang vor allem anderen. Da kannst dir keine Gefühlsduseleien leisten. Da musst hoch konzentriert rangehen und Augen und Ohren offen halten.«

Bülent schnaubte entnervt. »Noch ist es kein Fall, und wegen mir kannst gerne du meine Arbeit machen. Am besten nimmst den Gerichtsdragoner da oben gleich dazu. Ihr versteht euch ja eh blendend«, frotzelte er Franz mitten rein in seine nüchterne Visage.

»Du kennst dich echt ned aus mit Frauen«, erwiderte der Geiger ruhig. »Die da oben, des ist ein echtes Brett. Eine glatte Zehn. Die tut nur so hart. Aber ich schwör dir, in ihrem Inneren schnurrt die wie ein kleines, flauschiges Katzerl.«

»RAMBICHLER! Herkommen!!«, tönte es just in diesem Moment mal so gar nicht flauschig von oben.

Katzerl – alles klar!

# KAPITEL 3

## *Ganz der Herr Papa*

Eiskalt und dickflüssig – genau das brauchte er jetzt. Bülent hatte sich vor wenigen Minuten, nach gerade mal fünf grindigen Stunden Schlaf, aus dem Bett geschält, weil er so einen Brand in der Kehle verspürte, dass es gar nicht mehr wahr war. Sein Kopf hing ihm schwer auf den Schultern, und die Zunge pappte wie Papier an seinem trockenen Gaumen. Er hatte einen Mordskater. Im Grunde war das eine ganze Katerclique, die da durch sein Hirn fuhrwerkte. Und da half eben, wie schon seit Jahrzehnten, nur ein echter, schokotriefender Kaba. Der Löffel blieb fast in der Tasse stecken, so viel Pulver hatte Bülent in seinen riesigen Humpen mit Batman-Logo reingeschaufelt. 3,8 frostige vollfette Milch drauf, und yeah – der erste Schluck schon eine wahre Wohltat.

Er fühlte sich gleich ein bisschen besser. Essen konnte er noch nichts, auch wenn das Frühstücksbüfett, das vor ihm stand, nur allzu verlockend aussah. Er musste an seine Jugend denken, anders war es da auch nie gewesen. Jedes Wochenende hing er in den Seilen. Weil es halt bei der katholischen Landjugend auch immer einen Grund zum Feiern gegeben hatte. Zeiten ändern sich, aber manchmal bleibt auch alles, wie es war. Also fast.

Weil, früher wäre ihm seine Mutter garantiert nicht so grün im Gesicht zusammengekauert gegenübergesessen. Maria machte sich nämlich eigentlich nicht viel aus Alkohol. Macht weder innen noch außen schön, lautete ihre klare Meinung dazu, und damit war das Thema für sie erledigt.

Diesmal allerdings schien sie ein wenig auf Abwege gekommen zu sein. Stöhnend saß sie da und hielt sich einen nassen Waschlappen ins Gesicht.

Äußerst befremdlich wirkte das auf ihn. Aber sie war ja alt genug. Auch wenn er sich schon ein bisschen Sorgen machte. So derangiert hatte er seine Mutter nämlich noch nie gesehen. Doch er konnte sich nicht um alles kümmern. Jetzt, wo auch noch fast zweifelsfrei feststand, dass die Funsenederin tatsächlich eines unnatürlichen Todes gestorben war.

Bülent hatte sich bis dato vehement geweigert, von Mord zu sprechen, geschweige denn daran zu denken. Jedoch muss laut der Maggie Thatcher aus der Gerichtsmedizin Gift im Spiel gewesen sein.

Nach dieser, für ihn höllenartigen Bekanntmachung hatte er sich mit Franz ein paar Willis genehmigt. Aber nachdem der Alkohol verschmähte, hat Bülent die Willis vom Franz eben mitgetrunken.

Schließlich waren sie gemeinsam mit der Spusi im Häuschen der Funsenederin eingefallen und hatten es von oben bis unten durchforstet, bis spät in die Nacht hinein. Am Ende war das Ergebnis mau ausgefallen. Im Haus der Lehrerin fand sich nichts Besonderes.

Bis vielleicht auf diesen augenscheinlich sündhaft teuren Hightech-Whirlpool im Keller, der so gar nicht zur sonst bescheidenen Einrichtung passen wollte. Im Grunde so gar nicht zu einer Frau passen wollte, die optisch nicht gerade daherkam, als würde sie recht viel Wert auf luxuriöse Körperpflege legen.

Die Grundschullehrerin war schon eher eine von der natürlichen Fraktion gewesen. Kernseife und Vollbehaarung rundherum – na, wer's mag.

Bülent jedenfalls war froh, als er dem Haus der Lehrerin den

Rücken kehren konnte. Absolut bad Vibrations, um es in Astrids Worten auszudrücken. Sunshinechen, wie er sie gerne nannte, weil's halt auch so schön passte, wäre wahrscheinlich sofort mit einer Armada an Räucherstäbchen angerückt und hätte erst einmal energetisch für Ordnung gesorgt.

Ach ja, Bülent verscheuchte schnell die aufkommenden Gedanken an seine Assistentin und griff nun doch nach einer Semmel.

Er beschmierte sie daumendick mit Butter und Kalbsleberstreichwurst – grad so zum Fleiß. Auffordernd hielt er das Brötchen seiner Mutter unter die Nase. »Magst beißen, das hilft vielleicht.«

Maria verzog angewidert das Gesicht. »Bleib mir bloß weg. Ich sag's dir, Bub, auf Knien geh ich nach Altötting wallfahrten, sollt ich jemals wieder einen Tropfen Alkohol trinken. Des Zeug hat der Teufel g'sehn.«

Bülent streichelte ihr sanft über den gebeugten Rücken.

»Du hast dich gestern auch ganz schön weggesprengt. Was war denn los?«

Maria schnaubte. »Was wohl?! Dei Vadder war los. Den hättest mal erleben sollen. Hat der Hornochs tatsächlich angefangen, in der Bar die Leut zu vernehmen. Wie der Schimanski hat er rumschwadroniert. Des war so peinlich, dass mir gar nix anders übrig geblieben ist, als mir des schönzusaufen.«

Bülent konnte sich lebhaft vorstellen, wie sein Erzeuger hantiert hatte.

»Warum bist du denn nicht einfach gegangen und hast ihn machen lassen«, wollte Bülent wissen.

Maria sah ihren Sohn entgeistert an. »Was glaubst denn du? Glaubst du, ich kann den allein lassen, wenn der sich so aufplustern tut? Der Fonsi, weißt schon, der Kassenwart vom Fischereiverein, der wollt ihm glatt eine scheppern, weil er ihn nicht in Ruhe gelassen hat. Ich hätt mir so gewünscht, dass er nach der ganzen Aufregung im letzten Jahr mal ein wenig zahmer wird, mein Erkan, aber ich hab des Gefühl, des wird immer schlimmer mit ihm. Manchmal glaub ich fast, dem fehlt's da herin.« Sie tippte sich an den Kopf. »Lang halt ich des Theater jedenfalls nicht mehr aus.«

Bülent, der gerade einen weiteren Bissen von seiner Semmel nehmen wollte, senkte selbige und sah seine Mutter entgeistert an.

»Das ist jetzt aber nicht dein Ernst, Mutter? Ohne dich ist der Papa doch verloren, und du brauchst ihn doch auch irgendwie. Oder liebst du ihn nicht mehr?« Forschend sah er sie an.

Maria kratzte gedankenverloren an der geblümten Wachstischdecke herum.

»Freilich liebe ich ihn, darum ist des ja alles so schlimm. Damals, ja, als wir noch jung waren und der Erri um mich gekämpft hat, sogar meinen Namen angenommen hat, weil er doch des Fränkische so mag, und mir jeden Wunsch von den Augen abgelesen hat, da war des irgendwie scho eine Sach, aber jetzt versteh ich ihn manchmal gar nicht mehr, und ich glaub, er mich auch ned.« Sie sah Bülent traurig an. »Ich will einfach ein bisserl weniger Aufregung in meinem Leben, dass er ab und zu Rücksicht auf mich nimmt. Mir einfach des Gefühl gibt, dass ich wirklich wichtig für ihn bin. Aber ihm geht's ja immer nur um sich. Ein richtiger Egoist ist des. Und du bist scho genauso«, kam es jetzt noch barsch hinterhergeschossen.

Wie bitte, was sollte das denn jetzt heißen? Er war seinem Vater überhaupt nicht ähnlich. Nein, überhaupt nicht. Weder hatte er seinen übersteigerten Aktionismus noch seinen überzogenen Selbstwert geerbt. Das war jetzt echt ein wenig gemein von seiner Mutter.

»Brauchst gar ned so derangiert schaun, Bub. Warum ist sie dir denn davongelaufen, die Astrid?«

Ah, daher wehte der Wind. Seine Mutter sah ihre Hoffnung auf ein baldiges Enkelkind schwinden, und er sollte als Schuldiger auserkoren werden. So einfach war das aber auch nicht.

»Die Astrid und ich – wir passen halt einfach nicht zusammen«, entgegnete er knapp. Wohl wissend, dass es damit nicht getan sein würde.

»Ja warum denn ned, Bub. Des ist so ein liebes, hübsches Maadla. Die tut dir so gut. Sogar dei Vadder wird bei der ganz handzahm.«

Bülent fuhr sich mit der Hand müde über das Gesicht.

»Ja, warum, warum. Sie ist halt eine Veganerin, und das geht schon rein kühlschranktechnisch nicht zusammen.« Ein besseres Argument fiel ihm jetzt auf die Schnelle nicht ein, und er wusste selbst, wie schwach es war.

Maria schleuderte ihm den Waschlappen mitten ins Gesicht.

»Des ist doch wurscht, was die frisst, und wenn's Hundsfotzen sind. Nix Besseres als die Astrid hätte dir doch gar nicht passieren können. Schiss hast, dass sie dir wirklich wichtig werden könnt. Mehr ned.«

Bülent starrte gedankenverloren auf eine Fliege, die sich in selbstmörderischer Absicht in seine Tasse stürzte.

»Sie ist mir doch schon wichtig«, flüsterte er dann kaum hörbar.

Dann schwiegen sie beide. Nur der Sekundenzeiger der Küchenuhr war zu vernehmen. Unaufhörlich hämmerte er sich Sekunde für Sekunde voran, fast schon barbarisch laut. Maria erhob sich schwerfällig und stützte sich dabei auf Bülents Schultern ab.

»Na dann, Bub, weißt hoffentlich, was zu tun ist. Ich leg mich jetzt jedenfalls noch einmal hin. Ach ja, und falls du deinen Vadder suchst, der verhört gerade die Walders, weil er meint, dass vor allem die Traudl das eindeutigste Motiv hat, so bitterbös, wie die gestern über die Funsenederin herzogen hat.«

Bülents Kopf knallte spontan auf die Tischplatte. Dass sich sein Vater auch nie selbst zu blöd wurde. Jetzt machte er auch noch einen auf Sherlock Holmes. Letztes Jahr Verdächtiger, dieses Jahr die andere Seite. Fast komisch, wenn es nicht so tragisch wäre. Bülent beschloss ebenfalls, sich noch einmal ins Bett zu legen, um sich dort tief unter seiner alten Captain-Future-Bettdecke zu vergraben. Er würde erst wieder rauskommen, wenn ihm danach war. Also voraussichtlich nie mehr.

»Ey, Rambichler, steh auf, die Pflicht ruft!« Der Geiger.

War klar, dass der ihn nicht lange in Ruhe lassen würde. Seit der Kerl nicht mehr soff, war er geradezu ekelhaft fit. Auch optisch hat ihn seine Abstinenz nach vorn katapultiert. Das musste der Neid ihm lassen.

Richtig gut sah er aus, der Franz. So eine Mischung aus Brad Pitt und Rainer Langhans mit einem Hauch Monaco Franze im Abgang. Das, obwohl er immer noch mit den Walder-Zwillingen in einer Art WG lebte. Oder vielleicht gerade deswegen. Die beiden verwöhnten den Geiger nämlich nach Strich und Faden. Kochten täglich sein Lieblingsessen, brachten sein Haus auf Vordermann und kümmerten sich tatsächlich auch um den speziellen Inhalt seiner Gewächshäuser. Man munkelte, dass die Walders nimmermüde wurden, die wertvollen Marihuanapflanzen stets gen Sonne auszurichten. Im Gegenzug dazu bekamen die Ladys vom Franz ihre tägliche Ration Gras, fein gedreht und mundgerecht auf einem Silbertablett serviert. Freilich rein zu medizinischen Zwecken. Seitdem waren Erna und Traudl tatsächlich etwas friedfertiger geworden. Selbstverständlich alles im Rahmen ihrer Möglichkeiten.

Erneut donnerte der Geiger gegen die Tür. »Rambichler, ich zähl bis drei, dann komm ich rein und schmeiß dich eigenhändig aus dem Bett.«

»Hau ab, ich bin krank.« Bülent röchelte so dermaßen daher, dass ihm gleich wirklich die Mandeln wund wurden.

»Drei!« Die Tür wurde aufgerissen, und der Geiger baute sich vor seinem Bett auf.

»Das ist unfair, du hast nicht richtig gezählt.« Bülent zog die Bettdecke bis unter die Nase. »Geh lieber, bevor du dich noch ansteckst«, nuschelte er.

»Mit was genau? Mit Selbstmitleid?« Franz zerrte gnadenlos an der Bettdecke. »Etz komm, beweg dich, es geht um Leben und Tod. Der Erkan hat die Walders in der Mangel und will ein Geständnis aus den beiden herauspressen. Zustände wie bei der Stasi sind des.« Franz ließ sich erschöpft auf die Bettkante sinken. »Gott sei Dank sind die grad noch auf meinem 2021er-Kraut. Des macht weich ums Herz, sonst hätten's den Erkan wahrscheinlich gelyncht. Ewig wirkt des aber nicht, und dann garantier ich für nix. Ganz ehrlich, mag ja sein, dass die Walders rechte Giftspritzen sind, aber Giftmischerinnen garantiert ned. Dafür würd ich glatt meine Hand ins Feuer legen.« Franz sah seinen Freund mahnend an. »Etz komm schon, steh auf, die Welt braucht dich.«

Bülent stierte ihn aus blutunterlaufenen Augen an, was der Geiger als Zustimmung interpretierte.

»Na, dann sind wir uns ja einig.« Franz grinste. »Ich warte draußen auf dich. Aber bitte dusch vorher, du stinkst, als wennst im Klärwerk gebadet hättest.«

Widerrede zwecklos, das wusste Bülent schon haargenau. Der

Geiger hatte Sitzfleisch und sicherlich genug Gras dabei, um Stunden vor seiner Tür auszuharren, um ihn zu nerven.

Gerade als er dachte, schlimmer wird's nimmer, klingelte sein Handy. Auf dem Display erschien großflächig ein schwulstiger Paviankopf. Sein Chef, der Köhl, also nicht der Pavian, den hatte Bülent nur zu der Nummer seines Befehlshabers eingespeichert. Fand er sehr sinnig. Ein Wunder, dass er sich erst jetzt meldete. Er wägte kurz die Möglichkeit ab, den Anruf abzulehnen, aber aus Erfahrung wusste er, dass der Köhl ihn immer kriegen würde, egal wie sehr er auch in Deckung ging.

Gottergeben nahm er daher das Gespräch an.

»Rambichler«, ächzte es ohne ein Hallo oder Grüß Gott oder sonst eine Höflichkeitsfloskel in sein Ohr. »Rambichler, was ist denn bei Ihnen da draußen wieder los, und warum muss ich das mitten in der Nacht von Ihrem Vater erfahren? Gut, dass der Erkan so auf Zack ist.«

Ah, man ist also schon beim Du, registrierte Bülent. Da haben sich ja zwei gefunden. Zwei Fixsterne im weiten Universum des Irrsinns.

»Ich konnte nicht telefonieren, weil mir die Tote im Arm hing«, erklärte Bülent und bemühte sich, dabei nicht allzu patzig zu klingen.

»Ihre Ausreden kenn ich schon, Rambichler. Ist jetzt auch wurscht. Ab jetzt wird auf Hochtouren ermittelt.« Köhl schnaufte kurz durch wie ein altes Brauereiross.

Was zum Teufel trieb der Typ, während er am Telefon hing? Bestieg er den Mount Everest ohne Sauerstoffmaske?

»Ich möchte schnellstmöglich Ergebnisse sehen. Schaffen'S des ohne die tatkräftige Unterstützung von der Frau Weber, oder soll ich sie aus dem Urlaub holen?«

Ja bloß nicht, dachte Bülent. Am Ende glaubte Astrid noch, er wäre für diese Rückrufaktion verantwortlich, und dann konnte er nur das Falsche sagen. Bei »Ja« wäre sie sauer, bei »Nein« ebenso. So weit kannte er sich schon aus mit dem weiblichen Durcheinander in der Psyche.

»Krieg ich schon hin, ist ja nicht mein erster Fall«, gab Bülent sich betont lässig.

Köhl grunzte zweifelnd. »Na dann, Ihr Wort in Gottes Ohr. Ich habe nämlich sonst niemanden mehr, den ich zu Ihnen abstellen könnte. Richten Sie halt die Kommandozentrale wieder im Gartenschuppen bei Ihrem Vater ein. Das war ja gar nicht so schlecht, so mittendrin und immer dabei zu sein.«

Ja, für wen das wohl nicht so schlecht war. Bülent stöhnte leise.

»Hören S' auf mit dem Geächze, Rambichler, nix ist besser, als da zu sein, wo man sein muss.«

Ohren hatte der wie ein Luchs, der alte Köhl, und eine Logik, die zum Himmel schrie.

»Also, halten Sie mich auf dem Laufenden. Ach ja, eins noch, bitte: Sind S' bitte nett zu der Neuen aus der Gerichtsmedizin, die ist ganz oben angesiedelt, wenn S' verstehen, was ich mein. Die weiß, was sie will, und vor allem, wen oder was sie nicht will.«

Eine Karriereamsel also, das hatte sich Bülent gleich gedacht. Sagen tat er nur »Jaja«. Damit war das Gespräch auch schon wie zu Beginn ohne unnötiges Gefloskel beendet, dafür mit viel Geschnaufe, welches Bülent noch lange nachklang.

Nachdem er ausgiebig geduscht hatte – extralang, damit der Geiger, der alte Zipfel, noch ein wenig schmoren konnte –, fühlte er sich halbwegs imstande, dem Hurrikan ins Auge zu blicken.

Erkan hatte Traudl und Erna tatsächlich im Geigerschen Wohnzimmer festgesetzt und funzelte gerade aufgebracht mit einer

Taschenlampe in ihren Gesichtern herum. Wider Erwarten blieb trotzdem alles ganz ruhig. Die Zwillinge saßen nebeneinander auf der aus Europaletten gezimmerten Couch und blinzelten Erkan nur mit leicht verschrobenem Gesichtsausdruck an. Das Kraut vom Franz schien allenthalben noch zu wirken.

»Na endlich, Sohn. Zeit wird's, dass du kommst.« Aus Erkans Worten war der Vorwurf in seiner reinsten Form herauszuhören. »Ich krieg aus den beiden nix raus. Wenn man ehrlich ist …« Erkan senkte seine Stimme. »Ich weiß nicht, ob die grad noch ganz sauber sind. Schau mal denen ihr dumm's G'schau an.« Er nickte in Richtung der beiden alten Frauen.

Erna bleckte jetzt gar die Zunge und verdrehte ihre Augen so dermaßen nach oben, dass man das Weiße sehen konnte.

»Was zum Teufel tust du hier«, ignorierte Bülent die Worte seines Vaters und kam gleich zum Punkt.

Erkan drückte das Kreuz durch, sodass seine Hemdknöpfe Mühe hatten, die südländische Wampen unter Verschluss zu halten.

»Na, was glaubst du denn? Ich helf dir, den Fall zu lösen. Etz, wo die Astrid nicht da ist, brauchst doch jemanden zur Unterstützung. Jemanden mit Ahnung von der Materie.«

Bülent seufzte. Das Gegenteil von gut ist gut gemeint. Das traf in diesem Zusammenhang definitiv den Kern der Sache.

»Vadder, wir wissen doch noch gar nicht, ob die Funsenederin ermordet wurde. Und ganz ehrlich, bitte halte dich raus aus meiner Arbeit.«

Erkan schob beleidigt die Unterlippe nach vorn.

»Aha, und wann gedenkt mein Herr Sohn mit seiner Arbeit anzufangen? Die ersten vierundzwanzig Stunden nach einem Mord sind entscheidend, da kenn ich mich aus.« Das kam jetzt schon um eine Nuance schärfer.

»Da hat er nicht ganz unrecht, dein alter Herr«, sagte der Geiger, der Querulant.

»Ich bin ja jetzt da«, schnauzte Bülent zurück. »Heißt, du kannst jetzt gehen.«

Erkan drehte bockig seinen Kopf zur Seite und nuschelte etwas von »Fleisch und Blut und leck mich doch am Arsch«.

»Etz tut halt ned streiten.« Franz friedenstaubte mal wieder einen daher.

Dabei kannte er doch Erkan auch schon lange genug, um zu wissen, dass an erster Stelle für Erkan einmal Erkan stand und danach Erkan, und wenn es sich noch ausging, Erkan. Also, er war jetzt kein ausgemachter Egoist, aber er regelte die Dinge einfach gerne auf seine Art. Immer mit dem Gefühl, dass er schon wisse, was richtig oder falsch sei. Meistens ging es nach hinten los, aber das ließ ihn nimmermüde an seinem System der grenzenlosen Selbstüberschätzung festhalten. Eigentlich tölpelte er von einem Fettnapf in den nächsten, schüttelte sich kurz und tapste weiter. Man konnte ihm daher faktisch wirklich nicht lange böse sein. Aber hier und heute war jetzt mal Schluss mit den Alleingängen, fand Bülent.

»Vadder, du gehst jetzt heim und suchst dir eine Beschäftigung. Meinetwegen schneidest du die Hecke mit der Nagelschere oder gehst in die Kirche und zündest eine Kerze für dich an. Hauptsache, du machst irgendwas, aber lässt mich machen. Verstanden!?«

Erkan erwiderte nichts.

»Ob du mich verstanden hast?«

Rambichler senior funkelte Bülent wütend an. »Ich bin ja nicht taub, und ich geh jetzt auch. Wer mich nicht will, soll mich auch nicht haben. Wundere dich hinterher aber bloß ned, wenn des G'schrei wieder groß ist. Servus, Franz.«

Der kleine fränkische Türke machte auf dem Absatz kehrt und verließ, ohne seinen Sohn noch eines weiteren Blickes zu würdigen, den Raum. Eh klar, dass er die Tür dabei wenig gnädig ins Schloss fallen ließ.

Vom Sofa her erklang doch jetzt tatsächlich Applaus. Plötzlich waren die Walders nämlich gar nicht mehr so berauscht und schauten auch wieder völlig normal drein. Sie grinsten Bülent aus ihren listigen Äuglein herausfordernd an.

»Hilft doch immer, sich blöd zu stellen, wennst einem Blöden gegenüberstehst. Gell, Traudl?« Erna stupste Traudl an und grinste noch breiter.

»Hund seid's ihr schon, des muss man euch lassen«, gab Franz anerkennend von sich.

Bülent konnte diese Einstellung jetzt nicht ganz teilen. Er baute sich vor den beiden kleinen Zwillingsdragonern auf.

»Jetzt, wo klar ist, dass wieder alles halbwegs richtig läuft in eurem Hirn, hätte ich dann aber schon ein paar Fragen an euch.«

Franz sog in Erwartung einer walderschen Apokalypse scharf die Luft ein. Aber weit gefehlt.

»Dann frag halt«, kam es stattdessen völlig emotionslos aus Ernas Mund.

»Dann frag halt«, echote der andere Zwilling hinterher.

So kooperativ kannte man die beiden sonst gar nicht.

»Weißt, Rambichler«, salbte Erna recht nonchalant daher. »Bevor du gänzlich auf dumme Gedanken kommst, bist ja schon auch der Sohn von deinem Vadder, reden wir lieber mit dir. Dann lässt uns auch er wieder unseren Frieden.«

Konnte die Alte Gedanken lesen?

»Gut, dann spuckt mal aus, was ihr wisst.« Bülent sah Erna und Traudl abwartend an.

»Moment noch.« Erna sah zu Franz. »Gib mir doch mal das Nähkästle rüber, Dampfer.« Sie wandte sich wieder an Bülent. »Wennst nix dagegen hast, bind ich der Erna nebenbei ihre Alterswarzen am Hals ab, sonst wuchern die ihr noch nei bis unter die Achseln.«

Traudl nickte. »Ich bleib schon ständig mit meinem Pullover dran hängen.«

Franz reichte das Geforderte, als ob es das Normalste von der Welt wäre.

Erna fischte einen roten Faden heraus und machte sich sofort ans Werk.

Angewidert beobachtete Bülent, wie Erna Warze für Warze fest mit einem Faden zusammenknotete. Ob das medizinisch so vertretbar war, wusste er jetzt auch nicht. Nach kürzester Zeit hingen von Traudls Hals zahlreiche Fäden herab, und ein Ende war nicht in Sicht.

»Besser, als wenn sie sich vor deinen Augen das Horn von die Füß kratzen.«

»Alles schon gehabt«, flüsterte Franz, woraufhin es Bülent so richtig schüttelte. Füße waren ihm generell nicht ganz so sympathisch, weil aber halt auch viele ihre grindigen Haxen nicht umsorgten. Er pflegte seine täglich. Deswegen waren die seinigen auch geschmeidig wie Katzentatzerl.

Überhaupt, immer, wenn er hier in Strunzheim war, musste er schon seine täglichen Schönheitsrituale drastisch runterschrauben. Das Bad seiner Eltern gab nicht so viel her wie sein königsblauer Hamam daheim in seiner Wohnung. Seine Eltern mochten es dann doch eher rustikal. Mit Grausen erinnerte er sich noch, wie er als Kind immer samstags nach seinem Vater in die Badewanne steigen musste. Zwecks, dass man nicht so viel Wasser verschwendete. Wobei, Wasser konnte man die Lache, die da in der Wanne dümpelte, schon gar nicht mehr nennen. Sickergrube träfe es wohl eher.

»Willst etz was wissen, oder nicht?« Ernas schnarrige Stimme holte ihn abrupt ins Hier und Jetzt zurück.

»Ähm, ja, also, woher kennt ihr die Gertrude Funseneder, und in welchem Verhältnis standet ihr zu ihr?«

Traudl sah Bülent entgeistert an. »Warum denn Verhältnis? Ich hab doch kein Verhältnis mit der g'habt. Also *ich* nicht.«

Erna verdrehte die Augen.

»Geh, Traudl, des sagt man doch nur so.« Erna wandte sich Bülent zu. »Die Gertrude kennt doch jeder hier im Dorf. Des ist unsere Grundschullehrerin. A ganz eine Heilige war das. Hat sich überall wichtig nei engagiert. Vor allem bei den Landfrauen. Wenn's was über sie erfahren wollt's, dann bei einer von denen. Mit der Vorständin, der Scheider Milli, hing's allerweil beinand. Außerdem war's im Kirchenchor und hat die erste Stimme zeiserlt.«

»Dabei sing ich viel besser«, baunzte Traudl unfreundlich dazwischen, die mittlerweile aussah wie ein missglücktes Handarbeitsstück.

Erna zog fest an einer Schnur, dass es Traudl glatt ein wenig die Augen herausdrückte.

»Des ist doch wurscht, wie du plärrst, darum geht's doch jetzt gar nicht. Weißt, Rambichler …«, die Walderin tat jetzt wirklich einen auf zuckersüß, »die Traudl glaubt, dass die Funsenederin bloß die erste Geigen im Kirchenchor spielt, weil's auf dem Urschlecht seiner Klarinette so schön geblasen hat.«

Franz, der gerade einen tiefen Zug aus seinem Dübel genommen hatte, verschluckte sich heftig. Auch Bülent musste die Worte erst einmal auf sich wirken lassen.

»Das glaub ich nicht nur, das hab ich auch gesehen und

g'hört«, baunzte Traudl zurück. »Im Beichtstuhl war des, direkt nach der Chorprobe hat sich die Funsenederin den Hartmut g'schnappt. Die hat ihn regelrecht neidrangsaliert in des Kabuff. Ich bin mir sicher, der Hartmut hat das nicht gewollt. So einer ist das nämlich nicht. Das ist ganz ein anständiger Mann. Ein ganz ein anständiger, und die Funsenederin a rechte Sau«, schloss Traudl wenig ladylike ihren Bericht.

»Und ich dachte immer, ich bin der Mann der Stunde für dich.« Franz setzte einen gespielt traurigen Welpenblick auf.

Der Wahnsinn nahm kein Ende, dachte Bülent.

»Ah geh, Geiger, alter Schamör.« Jetzt wurde sie glatt ein wenig rot, die Traudl.

»Also, ich fass mal zusammen«, unterbrach Bülent das haltlose Geplänkel. »Der Urschlecht und die Funsenederin hatten vermeintlich was miteinander, du, Traudl, warst deswegen nicht gut zu sprechen auf die Funsenederin, und jetzt ist sie tot. Was sagt uns das?«

Schweigen. Langes Schweigen. Noch längeres Schweigen. Alle starrten Bülent an.

»Dass du über alle Maßen verdächtig bist, Traudl«, brach es aus Bülent heraus, woraufhin ihn alle fassungslos ansahen.

Franz fand als Erster seine Worte wieder – was schon verwunderlich war, weil Erna ja mit im Raum war.

»Geh, Rambichler, des ist doch etz ned wirklich dein Ernst? Die Traudl eine Mörderin, das ist doch lächerlich!«

»Fakten sind halt Fakten, und die Fakten sprechen eindeutig für meine Theorie«, gab sich Bülent oberflächlich souverän, während er im Untergrund augenblicklich zu schwitzen begann. Ein schmaler Grat der Erkenntnis, das wusste er genau, ein ganz ein schmaler.

Erna schüttelte den Kopf. »Rambichler, ich hab schon immer g'wusst, dass du nicht von dieser Welt bist. Mei Zwilling a Mörderin, ja so ein riesen Hirnschiss. Aus welchem Odelfoß der na wieder herkommt. Du wirst deinem Vadder schon immer ähnlicher.«

Das hörte Bülent heute schon zum zweiten Mal, und es gefiel ihm überhaupt nicht.

Traudl, die bis dato gar nichts gesagt hatte und tatsächlich eine Nuance blasser um die Nase geworden war, stand mit einem Ruck auf. Sie baute sich vor Bülent in ihrer vollen Größe – was jetzt nicht ganz so groß war – auf.

»Des muss ich mir fei nicht bieten lassen«, zischte sie. »Ja, vielleicht hab ich der Funsenederin mal in ihr Apfelschorle neig'spotzt, während der Probe, und die Luft aus ihrem Fahrradreifen hab ich auch rausg'lassen, aber ich bring doch niemanden um. Ich mach mir doch an solch einer die Händ nicht schmutzig. Der liebe Gott ist mein Zeuge«, fügte sie noch, sich bekreuzigend, hinzu.

Erschöpft ließ sie sich zurück aufs Sofa fallen, wo sie tatsächlich ein paar herb-liebevolle Tatscher von ihrer sonst so wenig einfühlsamen Schwester bekam.

»Mach dir nix draus, Traudl. Der hat halt wie immer keine Ahnung, der Herr Hauptkommissar«, sagte Erna und bedachte Bülent mit einem wütenden Blick. »An deinem Hals hing's doch tot rum, die Gertrude. Am End is' an deinem penetranten Aftershave derstickt, du Depp.« Jetzt ballte die Alte gar die Fäuste.

»So!« Franz erhob sich rasant aus seinem Sessel. »Etz ist aber auch mal Schluss. Bülent, du hast es gehört. Hier ist erst einmal nix für uns zu holen. Ich würd vorschlagen, ihr zwei ...«, er wandte sich an die Walders, »backts ein paar Kekse zur Beruhigung, und wir zwei«, er richtete seinen Blick auf Bülent, »schaun noch mal im Haus von der Gertrude vorbei. Vielleicht haben wir heute Nacht irgendetwas übersehen, und dann warten wir den endgültigen Bericht aus der Gerichtsmedizin ab. Ohne dass mir genau wissen, woran sie schlussendlich gestorben ist, macht doch alles noch ned ganz so viel Sinn.«

Wer war jetzt hier eigentlich der Kriminaler? Bülent wusste es bald selbst nicht mehr. Immerhin brachte er noch ein: »Haltet euch zu meiner Verfügung«, hervor, um gleich darauf gerade rechtzeitig aus dem Zimmer zu flüchten, bevor Ernas Pantoffel seinen Hinterkopf touchierte.

# KAPITEL 4

## *Ab hier wird's giftig*

Das Haus von Gertrude Funseneder kam Bülent am Tag noch seltsamer vor als in der Nacht. Dabei konnte er gar nicht so unbedingt ausmachen, woran das jetzt schlussendlich lag. Gut, die Einrichtung schrammte vollkommen an seinem eigenen Geschmack vorbei, aber alles in allem passte sie zusammen und strahlte durchaus eine gewisse Gemütlichkeit aus. Viel Holz, viele Bücher, das obligatorische Strickset auf dem Sofa, eine Armada an Zimmerpflanzen und diverse selbst gefilzte Trümmer, die überall herumlagen. Hätte nur noch eine Katze gefehlt, und das Klischee der alleinstehenden Lehrerin wäre vollends erfüllt gewesen.

Dennoch blieb ein diffuses Gefühl. So etwas Kaltes. Bülent stand vor der Wohnzimmerwand und betrachtete nachdenklich die Fotos, die daran hingen.

»Fällt dir was auf?«, fragte er Franz, der gerade dabei war, sich durch DVDs zu wühlen, allesamt Liebesschnulzen – die *Sissi*-Trilogie an vorderster Front.

Franz sah ihn an. »Außer dass sie ein ausgeprägtes Faible für Romy Schneider hatte?« Er hielt die Nase in die Luft und schnupperte. »Und dass es hier wahnsinnig nach Patschuli stinkt, nein.«

Bülent deutete auf die Wand vor ihm. »Schau dir das an, nur Bilder von Schulklassen oder den Landfrauen. Nix Privates. Keine Familie, keine Freunde, nix. Hat die überhaupt Familie gehabt? Wo kommt sie überhaupt her?«

Franz zuckte ahnungslos mit den Schultern. »Gefühlt ist die schon immer da. Ich wüsst also nicht, dass sie nicht da war. Also, weil des tät ich dann schon wissen. Aber vielleicht wissen des ja die Walders oder deine Eltern.«

Bülent nickte und nahm sich vor, bei nächster Gelegenheit danach zu fragen.

Dann griff er nach einem Leitz-Ordner, der auf einem Regal stand, und blätterte durch die Unterlagen. Da blieb sein Blick auf einem Kontoauszug hängen.

»Schau dir das mal an, Franz.«

Franz stierte auf das Blatt. »Was soll damit sein?« So ganz die Superspürnase war er dann wohl doch nicht, der Geiger.

»Schau doch mal genau hin.«

Franz schielte auf das Blatt, dann traf ihn der Strahl der Erkenntnis. Er pfiff durch die Zähne. Der Groschen war gefallen. »Der Bremsi hat der Gertrude zwanzigtausend Euro überwiesen. Des ist ja mal ein Ding. Warum macht denn der des?«

Bülent kratzte sich nachdenklich am Kopf. »Da gibt es viele Möglichkeiten: Erpressung, Liebe, Freundschaft. Das werden wir schon noch herausfinden. Den Ordner nehmen wir jedenfalls mal mit.«

Franz klopfte seinem Kumpel anerkennend auf die Schulter »Schau, bist ja doch nicht so ein windiger Ermittler, wie immer alle sagen.«

Das kratzte jetzt schon ein wenig an Bülents Ehre. Ist eine Sache, dass er sich nicht für einen Ermittler erster Klasse hielt, aber eine andere, wenn es andere sagen. »Wer sagt das?«

Franz wand sich wie ein Katzerl. »Ja, alle halt. Also, außer deinem Vadder«, beeilte er sich noch hinterherzuschießen.

»Und du, was denkst du?« Bülent sah Franz fest in die Augen.

»Ist doch wurscht, was ich denk, du musst des Richtige denken oder besser fühlen.« Der Geiger drehte sich um und ließ Bülent mit dieser kryptischen Aussage allein zurück.

Viel Zeit zum Nachdenken hatte er nicht, denn schon plärrte Franz aus der Funsenederin ihrem Schlafzimmer raus. »Also einen Freund hat sie auch nicht gehabt und wahrscheinlich auch nichts Festes gewollt«, lautete seine eindeutige Diagnose.

Bülent klemmte sich den Ordner unter den Arm und folgte Franz ins Schlafgemach der Lehrerin. Wobei Gemach leicht übertrieben war. Der Raum kam eher daher wie die bescheidene Kammer einer Nonne.

Schlicht und mit einem riesigen Kruzifix über dem Bett, dass es einem ganz himmelangst werden konnte.

»Wie kommst du jetzt darauf, dass sie nichts Festes gewollt hat?«, fragte Bülent, der Franz' Schlussfolgerung nicht so ganz folgen konnte.

Der Geiger verdrehte die Augen. »Weils ein Einzelbett hat. Wenn's einen Freund hätte, dann hätte sie doch wohl ein Doppelbett, und wenn's einen wollen hätte, dann auch.«

Das verstand Bülent jetzt überhaupt nicht. »Hä, was ist denn jetzt das für eine Logik?«

Franz stöhnte theatralisch. »Sag bloß, du kennst *The Secret* nicht?«

Nein, kannte Bülent nicht, war sich aber sicher, dass er binnen Sekunden darüber aufgeklärt werden würde – ob er wollte oder nicht.

Franz holte tief Luft. »Also, wenn du etwas unbedingt willst in deinem Leben, dann lebe so, als hättest du es schon. Sprich, wenn die ein Einzelbett hat, wie soll dann ein Mann in ihr Leben kommen? Die hätt ja gar keinen Platz neben sich. Kauft sie sich aber ein Doppelbett, weiß das Schicksal, aha, die wär bereit, also, wenn sie auch daran glaubt und des oft genug visualisiert. Des ist

*The Secret*. Funktioniert auch mit Geld, und mit meinen Pflanzen hat es auch geklappt. Das war eine Ernte in diesem Jahr. Ich war selbst ganz überrascht.«

Bülent sah Franz zweifelnd an. »Also muss ich jetzt nur noch daran glauben, dass ich den Mörder schon habe, und dann kommt er von allein angerumpelt.«

Franz kratzte sich nachdenklich am Kopf. »Ähm, ja, so ungefähr, so ganz drin im Thema bin ich jetzt auch noch nicht.« Er deutete auf das Kreuz über dem Bett. »Vielleicht war die Gertrude ja mit Gott verheiratet und hat sich deswegen auch so in der Kirche engagiert?«

Bülent hob zweifelnd die Augenbrauen. »Also wenn man der Traudl glaubt, dann hat sie ja nicht gelebt wie eine klassische Nonne, die Funseneder.«

»Etz mal ganz ehrlich, Bülent, der Urschlecht ist jetzt kein Adonis, aber zumindest optisch ganz brauchbar.«

»Glaubst du wirklich, dass der sich auf so eine eingelassen hätte?«

Franz kratzte sich nachdenklich am Kopf. »Ich weiß nicht. Ich will ja jetzt nix sagen, aber schön war sie nicht gerade, die Gertrude. Wenn ich da stattdessen an die Gerichtsmedizinerin denke.« Franz pfiff frivol. »Sabbalot, da fegt die Maus durchs Gebüsch.«

Das Verhalten von seinem Kumpel verwunderte Bülent jetzt wirklich langsam. »Seit wann stehst denn du auf so unterkühlte Jil-Sander-Fregatten mit Drang zum Höheren? Außerdem hast du doch mal gesagt, dass du nie mehr eine Frau in dein Leben lassen willst.«

Franz winkte ab. »Den Geiger von gestern gibt's nicht mehr, und der heute will zumindest noch einen g'scheiten Aufriss in seinem Leben machen. So was Ernstes, verstehst?«

Bülent kugelten fast die Augen raus. »Und da denkst du jetzt ausgerechnet ans Senftchen? Ausgerechnet an die. Du spinnst echt.«

Franz' Miene verfinsterte sich. »Dich ärgert es doch bloß, weil ich weiß, was ich will, und nicht so rumzaudere wie du. Wirst schon sehen, am Ende des Falles hockt die bei mir in der Hollywood, und mir drehen uns gegenseitig schöne Augen hin.«

Bülent lachte. »Komm schon, rauch nicht so viel, Geiger. Das wird nie was mit der. Die ist eine Nummer zu groß für dich. Die macht dich fertig, wenn es sein muss.«

Franz schwieg eine Weile und starrte gedankenverloren ins Leere, dann wandte er sich an Bülent. »Dass du auch immer so negativ sein musst. Des geht mir fei schon langsam auf die Nerven. Jedes Mal ist bei dir des Glas halb leer, ach, was sag ich, du hast ja gar kein Glas, wo man was neischütten könnt. Warum bist denn du allerweil so? Hast du am End a Depression, oder ist des eine Gegenreaktion auf dein' umtriebigen Vadder? Soll's alles geben!«

Bülent schluckte, die Wendung des Gesprächs gefiel ihm gar nicht. Das mit dem Negativen hatte er auch von Astrid zu hören bekommen. Dabei fühlte er sich gar nicht so negativ. Er war halt einfach Realist. Oder verwechselte er da etwas?

»Tut mir leid, Geiger, ich wollte dir nicht an den Karren fahren.«

Franz schnaubte. »Bist aber. Weißt, ich war lange genug allein, hab immer gedacht, dass ich niemanden brauche an meiner Seite, aber seit die zwei Alten bei mir wohnen, freu ich mich irgendwie jeden Tag drauf, dass, wenn ich heimkomm, wer da ist. Es ist Leben in der Bude, manchmal zwar ein bissl viel, aber es hat was von einem Daheim. Ich glaub einfach, dass mir Menschen nicht fürs Alleinsein gemacht sind. Früher hab ich des alles wegg'soffn, aber je klarer ich werde, desto mehr würd ich auch gern jemanden in mein Herz lassen, selbst auf die Gefahr hin, dass es irgendwann zwickt. Aber darauf kommt's doch an. Genau dann spürt man sich doch. Allein sein ist irgendwie feig.«

»Vielleicht gibt es aber auch Menschen, die nicht für Beziehungen gemacht sind«, entgegnete Bülent tonlos. »Man kann sich auch vieles einreden.«

Franz raffte die Schulter. »Des ist meine Meinung zu dem Thema, und etz geh ich, weil dei Luft schmeckt mir grad gar nicht hier herin.«

Just in dem Moment, wo der Geiger sich zum Gehen umwandte, läutete Bülents Handy.

»Oh, Frau Dr. Senftchen«, säuselte er betont laut in sein iPhone, weil er ganz klar wollte, dass Franz dablieb.

Funktionierte sagenhaft. Der Geiger hielt abrupt in seinem Schritt inne und drehte sich hochrot bis hinter zu den Ohrwascheln zu ihm um.

»Ja, Frau Dr. Senftchen, wir eilen zu Ihnen. Wir sind eigentlich schon da. Genau, bis gleich.« Bülent grinste Franz an. »Meinst, du kannst bis Nürnberg die Luft anhalten, damit du meine nicht einatmen muss?«

»Depp!«, kam es kurz zurück, und schon saß der Geiger im Auto.

Für Bülent war die Gerichtsmedizin eigentlich ein rechter Graus. Leichen waren jetzt nicht so ganz das, was er gerne hatte. Dann noch dieser unsägliche Geruch ...

Aber heute war das irgendwie anders. Er freute sich schon fast darauf. Was wohl schwer daran lag, dass er höchst gespannt war, wie Franz und Frau Dr. Senftchen aufeinander reagieren würden. Das hatte fast etwas von einem chemischen Experiment mit unbekanntem Ausgang. Wobei er sich ums Verrecken nicht vorstellen konnte, dass das jemals was werden könnte. Glas leer halt. Bevor sie sich allerdings auf den Weg nach Nürnberg machen konnten, hatte der Geiger noch schwer darauf bestanden, sich umzuziehen.

Jetzt saß er neben Bülent im Auto und sah eigentlich genauso aus wie vorher. Verwaschene Jeans, weißes Leinenhemd, klobige Schuhe. Der Geiger halt. Immerhin blieb er sich treu und schmiss sich, um dem anspruchsvollen Weibi zu gefallen, nicht auch noch in einen gepflegten Nadelstreifenanzug.

Das musste Bülent dem Franz lassen – da war er ihm einen großen Schritt voraus. Er selbst hatte nämlich für Astrid kurzfristig seinen eigenen Stil verraten und sich tatsächlich einmal in so eine Yogahose geschmissen, wo der Arsch an den Knien hing. Dazu noch ein psychedelisch eingefärbtes T-Shirt mit einem riesen Om drauf, und fertig war die Maskerade. Wirklich wohl hatte er sich darin nicht gefühlt, und der erwünschte Effekt war ganz klar ausgeblieben. Astrid hatte schon fast entsetzt darauf reagiert und ihm klipp und klar zu verstehen gegeben, dass es ihr nicht darum ging, dass er sich für sie verbiegen müsse, weil, sie mochte ihn schon genau so, wie er war. Andererseits beschwerte sie sich aber darüber, dass er ihr nicht geben konnte, was sie wollte.

Zefix, war das alles kompliziert. Wenn das schon so losging, konnte man es doch eigentlich gleich sein lassen. Aber dieser Gedanke schoss ihm sofort ins Herz rein und fühlte sich gar nicht gut an.

»Wennst so weiterschleichst, dann frieren dir die Räder noch am Asphalt fest«, unterbrach Franz seinen Hirnstrudel.

Tatsächlich hatte er vor lauter Sinnieren die Tachonadel auf

60 km/h runtergedrückt. Bülent gab Gas, und wenig später schon betraten sie die heiligen Hallen von Frau Dr. Senftchen.

Diese hatte anscheinend die ganze Nacht an der Toten rumgefuhrwerkt, denn sie trug immer noch die Kleidung von gestern, sah nur bei Weitem nicht mehr so streng aus. Das Haar leicht zerzaust, die Wangen gerötet, und auch die gute Jil Sander saß nicht mehr ganz so akkurat. Jetzt, wo sie so zerknittert daherkam, die Frau Gerichtsmedizinerin, konnte sich Bülent fast schon für sie erwärmen.

»Sind Sie beide mit einem Traktor von Ihrem Kaff hergekommen, oder warum hat das so lange gedauert?«, baunzte sie ihnen dann allerdings dermaßen streng entgegen, dass Bülent seine Meinung sofort revidierte.

Der Geiger sagte erst einmal gar nichts, dem war nämlich anscheinend schlagartig schlecht geworden. Ganz grün war er im Gesicht, und Bülent hatte große Sorge, dass er gleich zusammenbrechen würde. Er wusste gar nicht, dass Franz so ein Zartbesaiteter war.

»Was ist mit ihm?« Auch der Eislady blieb der offensichtlich leicht derangierte Zustand seines Kumpels nicht verborgen.

Bülent zuckte mit den Schultern. »Die Fahrt auf dem Traktor ist ihm anscheinend nicht bekommen.«

Da, ein kurzes Lächeln. Diese Frau hatte also tatsächlich eine Mimik. Auch wenn Bülent alles darauf verwettet hätte, dass bei ihrer Stirn ein wenig mit Botox nachgeholfen wurde, so arschglatt, wie die daherkam.

Sie griff zu einem Döschen und schmiss es Franz zu. »Hier, schmieren Sie sich das unter die Nase. Mentholsalbe, das hilft zumindest gegen den Geruch.«

»Danke«, krächzte der Geiger und schmierte sich ein Pfund der Creme unter die Nase. Jetzt sah er aus wie ein Kleinkind mit einem Milchbart, aber zumindest kam wieder ein wenig Leben in seine Visage. Er wagte sich sogar bis auf wenige Millimeter an die Bahre heran, auf der die Funsenederin unter einem großen weißen Tuch verborgen lag.

»Bereit?«, fragte die Frau Doktor.

Bülent und Franz nickten synchron.

Sie riss das Tuch zur Seite. Wow, Bülent erschrak fast ein wenig, als er nun in das wachsweiße Gesicht der toten Lehrerin blickte. Alles war kalkig, außer die Lippen, die glamourten ihnen nämlich auffällig kirschrot entgegen. Gruselig sah das aus.

»Wer hat denn die so angemalt?«, ächzte Franz daher.

Bülent war klar, dass dieser Einwand den Geiger jetzt nicht unbedingt in die richtige Richtung katapultieren würde.

Frau Dr. Senftchen verzog amüsiert das Gesicht. »Dieser kirschrote Mund ist das klassische Anzeichen einer Alkaloid-Taxin-Vergiftung. Genauer gesagt fand sich eine nicht unwesentliche Menge von zerhackten Eibennadeln und -kernen in ihrem Mageninhalt. Die Dosis war auf jeden Fall tödlich, und ich weiß …«

»Ja, das sehen wir, dass sie tot ist«, unterbrach Bülent sie ungeduldig. »Aber wie kommen die Nadeln denn dahin? Reingestopft wird ihr die sicherlich keiner haben.« Er witterte eine leise Chance, dass er doch noch haarscharf an einer Mordermittlung vorbeischrammen könnte und sich das Ganze eventuell als dummer Unglücksfall herausstellen würde.

»Etz lass die Frau Doktor doch erst einmal ausreden«, zwitscherte der versalbte Franz dazwischen. Dabei zwinkerte er dem Senftchen so auffällig zu, dass sich Bülent spontan fremdschämte.

Und die, die zwinkerte tatsächlich zurück. Oder hatte die was im Auge?

Gab's das? Nein, er hatte sich bestimmt getäuscht.

»Also, meine Herren, ich denke nicht, dass die Frau Funseneder vorhatte, sich auf derart perfide Art selbst das Leben zu nehmen, und ein Versehen schließe ich auch aus.« Sie machte eine schöpferische Pause. »Bei allem, was ich jetzt weiß, würde ich sagen, irgendwer hat der Frau Funseneder eine Schokolade mit Eibensamen und -nadeln untergejubelt.«

Sie drehte sich mit einer kurzen, eleganten Bewegung um und fischte eine Zellophanverpackung von der Ablage, auf der in mehreren Sprachen das Wort Liebe in goldener und roter Schrift aufgedruckt war. Kitsch vom Feinsten. In der Verpackung selbst fanden sich zwei Pralinenherzen. Eindeutig eine absolut gekonnte Do-it-yourself-Variante. Also nix vom Hussel, aber auf den ersten Blick kaum von professionellen Herzchen zu unterscheiden.

»Die habe ich in ihrer Tasche gefunden. Jede einzelne davon nicht wirklich lebensverlängernd. Sehr perfide manipuliert. Die Eibenkerne und -samen darin sind mit Zucker kandiert. Ich schätze, sie muss eine nicht unwesentliche Menge von diesen kleinen Giftbomben auf einmal gegessen haben, und das führte faktisch zum Exitus.« Sie lächelte Franz an.

»Ein süßer Tod«, philosophierte der zuckersüß.

»Irrtum ausgeschlossen?«, hakte Bülent sicherheitshalber noch einmal nach.

»Herr Rambichler, ich irre mich nie!«

Uih, schlagartig wurde es noch etwas kühler im Raum. »Gut, wenn das so ist, dann gehen wir halt jetzt und suchen den Schöpfer dieses Werkes.«

Bülent bemühte sich, genauso souverän unterkühlt zu antworten. Er nahm den Beutel mit den Pralinen an sich.

»Komm, Franz, gehen wir.«

Der Geiger machte jedoch keinerlei Anstalten, sich zu bewegen. »Ich hätte da noch eine Frage«, sagte er stattdessen.

Zwei Augenpaare blickten ihn abwartend an. Er atmete einmal tief durch.

»Was halten Sie davon, wenn ich mal was für Sie koch, Frau Dr. Senftchen? Ich find Sie nämlich, mit Verlaub, echt ziemlich scharf und hätt Sie gern mal außerhalb von dieser …«, er machte eine ausschweifende Armbewegung. »… Gruft kennengelernt.«

Als Bülent die Worte seines Freundes vernahm, wünschte er sich nur, die Erde würde sich auftun, um ihn zu verschlucken.

»Franz?!«, flüsterte er ungläubig. Er schämte sich gleich so was von fremd, dass ihm ganz schlecht wurde. Wie konnte der Geiger nur so nach vorn preschen. Jessas Maria, gleich würde er im Auto Aufbauarbeit leisten müssen, weil schon eh klar war, dass dieser voreilige Schuss garantiert nach hinten losgehen würde. Ein liebeskummeriger Geiger hatte ihm wirklich gerade noch gefehlt.

»Das lässt sich wohl einrichten, Franz!« Das lispelte sie jetzt so einfach dahin, die Frau Doktor. Ohne einmal mit der Wimper zu zucken. So Basic-Instinct-mäßig souverän. »Ruf mich einfach an, Franz!«

Schnell schmierte sie ihre Telefonnummer auf den Mundschutz, der ihr vor Kurzem noch um den Hals hing, und entließ damit einen konsternierten Bülent sowie einen vibrierenden Franz wieder in die Welt der Lebenden.

Die ganze Autofahrt zurück nach Strunzheim strahlte der Geiger wie ein verliebter Teenager, und wenn er nicht grinste wie ein Honigkuchenpferd, dann pfiff er irgendetwas Melodisches von der Liebe daher. Bülent hatte nicht übel Lust, seinen Kumpel aus dem Auto zu werfen, so aggressiv machte ihn das.

»Du kannst doch überhaupt nicht kochen«, raunzte er seinen Sitznachbarn an, um gleich mal ganz klar durch die Blume zu sagen, was er von der ganzen Geschichte hielt.

Der Geiger schmierte mit seinen Fingern imaginäre Herzen an die Scheibe. »Ich hab ja auch nicht gesagt, was ich koch, oder? Ich mach nämliche eine Kakaozeremonie mit ihr. Des öffnet die Herzen und macht weich von innen raus. Hast ned g'merkt, wie des heut schon energetisiert hat zwischen uns? Da hing so viel Erotik in der Luft. Sobald ich die in meinem Bau hab, is des eine g'mahte Wiesn, des sag ich dir.«

Jetzt faselte der schon wie die Astrid daher. Energie-Blabla …

»Wahrscheinlich hat sie nur Mitleid mit dir.« Bülent wusste selbst nicht, warum er gerade so gemein wurde. Aber es stank ihm schon arg, dass sein Freund von jetzt auf gleich ein Rendezvous hatte, während er noch nicht einmal mehr das passende Gegenstück dafür hatte.

»Du kannst mich jetzt verbal anfurzen, wie du willst. Aber der Erfolg spricht so was von für mich.«

Bülent schnaubte verächtlich. »Das hätte aber genauso gut danebengehen können.«

Der Geiger zuckte mit den Schultern. »Klar hätte es des, aber denn hätt ich auch gleich gewusst, woran ich gewesen wäre, und mich nicht lang zum Deppen gemacht. So sind mir jetzt schon wieder einen Schritt weiter. Sag, was du willst, und du kriegst es oder eben nicht. Keine Spielchen, kein gar nix. Immer schön authentisch bleiben. Kommst da noch mit, Rambichler?«

Bülent seufzte. Wenn man nur wusste, wer man selber war und was man wollte. Solange das nicht klar war, wie sollte man dann das bekommen, wonach man sich sehnte? Weil im Grunde wusste er ja gar nicht, ob er das wollte. Ahhhh – zu viel Hirnfuck!

»Alder, denk einfach nicht so viel nach. Die Lösung liegt in dir. Lass dich von deiner Intuition leiten, die flüstert dir schon das Richtige ein.« Der Geiger tätschelte aufmunternd Bülents Oberschenkel.

Der war sich da aber nicht so sicher, ob er überhaupt was hören konnte bei dem ganzen Gesumse in seinem Körper.

Aber im Grunde war das jetzt auch erst einmal alles zweitrangig. Er hatte es wieder mal mit einem Mord zu tun, da musste alles andere fürs Erste warten.

Wenn dieses alles andere nur nicht immer so ziehen würde im Herzen …

Apropos Herz. »Franz, niemand darf im ersten Schritt erfahren, mit was die Funsenederin vergiftet wurde, ist das klar?«

»Logisch, Täterwissen«, antwortete der und herzelte weiter an die Scheibe, während im Radio *Listen to Your Heart* von Roxette erklang.

Herz, lass nach, dachte Bülent da nur!

# KAPITEL 5

## *Landfrauenküche*

»Jetzt komm schon, stell dich nicht so an. Die werden uns schon nicht beißen.«

Bülent versuchte Franz zum wiederholten Male davon zu überzeugen, ihn zur Schneider Milli, der Vorständin des Landfrauenbundes, zu begleiten. Er hatte seinen Dienstwagen direkt vor ihrem Haus geparkt und hatte absolut keine Lust, dort allein aufzuschlagen.

»Bülent, du kannst wirklich alles von mir haben, aber den Gefallen, dass ich mich freiwillig zu der in die Küchen neihock, den tu ich dir ned, da kann ich mich ja gleich im Tiergarten vor die Löwen schmeißen. Wahrscheinlich hockt eh schon wieder die ganze Bagasch drin. Vorn rum philosophieren sie über die neueste Tupperkollektion, und hintenrum wird das ganze Dorf auseinandergenommen. Alles schon gehabt, und des muss ich nicht mehr haben.«

Bülent wusste schon auch, dass die Landfrauen bekannt waren für ihr scharfes Mundwerk – deswegen hatte seine Mutter auch immer einen großen Bogen um sie gemacht –, aber hier ging es schließlich um eine Mordermittlung und nicht um persönliche Befindlichkeiten.

»Du hältst es doch mit den Walders auch aus, und die sind ebenfalls nicht gerade von der feinsinnigsten Art«, versuchte es Bülent jetzt auf die andere Tour.

»Pfff, da sieht man mal wieder, wie wenig du von Menschen

verstehst. Die Walders sind zwar rechte Zwiderwurzen, aber immer gradaus. Da weißt von Anfang an, woran du bist. Bei den Landfrauen kann's heut so sein und morgen ganz duster.« Aufmunternd klopfte Franz Bülent auf den Rücken. »Aber bei dir als Schwiegermutterliebling mach ich mir da eigentlich keine Sorgen. Unter fünftausend Kalorien wirst zwar nicht rauskommen, aber ansonsten werden's dir schon aus der Hand fressen.« Er grinste schelmisch. »Also bis nachher, Bruder, mir sehen uns beim Aschermittwochs-Gottesdienst.« Franz verließ den Wagen und machte durch die Scheibe hindurch noch ein motivierendes Daumen-hoch-Zeichen.

Bülent fuhr darauf einen nicht ganz so prestigeträchtigen Finger aus.

Einen super Partner hatte er sich da angelacht. Kaum wurde es etwas brenzliger, zog er den Schwanz ein. Bülent wusste auch, warum. Franz war nicht selten der Gesprächsstoff von so mancher Weiberrunde gewesen. Weil er halt auch so lebte, wie er lebte, und sich so gar nicht an die Regeln des Dorfes halten wollte. Erst Säufer, dann bekennender Marihuanadampfer, das war nichts für diese gottesfürchtigen Frauen, die schon ganz genau wussten, wie einer zu sein hatte, damit er ihnen ins Kraut passte. Selbst in den eigenen Reihen gingen sie oftmals nicht zimperlich miteinander um. Wer sich scheiden ließ, war raus, und wer nicht mindestens zehn Torten zum Pfarrfest zusammenteigte sowieso. Und was Männer betraf, da hatten die Damen ihre ganz eigene Meinung. Allesamt hatten sie Mannsbilder zu Hause, die wahre Helden unter den Pantoffeln waren. Ihr bisschen Freiheit fanden sie dann allwöchentlich am Stammtisch, wo sie großspurig über das Weltgeschehen herzogen oder über den Jogi Löw und für ein paar Stunden mit reichlich Bier im Anschlag Könige spielen durften.

Bülent würde diese Art von Beziehung nie verstehen. Aber meist hielten sie, bis einer von beiden ins Gras biss. Da war das Geplärr dann beiderseits groß. Von ihm, weil er in Zukunft seine Nudelsuppe allein aufwärmen und sich seine sauberen Unterhosen selbst rauslegen musste, und von ihr, weil halt ein gewisser Traueraktionismus zum guten Ton gehörte. Nicht zu vergessen das schwarze Gewand, das ein Jahr nicht abgelegt wurde, und lachen war eh verboten.

Als ob der Tod nicht auch zum Leben dazugehörte und es doch einen eher frohlocken lassen sollte, wenn es wieder einer ins Paradies geschafft hatte. Im Grunde sollte man es feiern, wie in Mexiko halt auch. Gerne mit Tränen, aber dann doch bitte schön echten.

Bülent war jetzt ein wenig mulmig, als er vor der Haustür der Schneider Milli stand. Das handgemachte Terrakottaschild neben der Klingel verwies darauf, dass hier original Hotel Mama zu finden sei, und auf dem Fußabstreifer war gar zu lesen: *Ob du wirklich richtig stehst, siehst du, wenn die Tür aufgeht.* Das war mal Humor vom Feinsten. Eigentlich wollte er jetzt nur noch auf dem Absatz kehrtmachen, zumal aus dem Inneren des Hauses mehrstimmiges Geschnatter tönte. Der Geiger, der Hund, hatte den richtigen Riecher gehabt. Sie waren da, alle waren sie da, wie Bülent, nachdem er sich endlich dazu überwunden hatte, die Klingel zu drücken, schnell feststellen musste.

Bevor er die Casa betreten durfte, wurde er von Milli dazu genötigt, seine Schuhe gegen durchgenudelte Gästehausschuhe einzutauschen – wie er das hasste. Danach wurde er sanft, aber mit Nachdruck in die Landfrauenküche bugsiert.

»Schaut's mal, wen ich euch da mitbring«, rief sie fröhlich in die Runde von zehn Frauen, die zusammengepfercht auf der Eckbank saßen und ihn mit unverhohlener Neugier anstierten.

Millis Busen wippte vor Aufregung herzlich auf und ab. Sie hatte aber auch einen Vorbau, die Schneiderin. Na ja, wer rasant nacheinander vier stattliche Jungs an der Milchbar durchgefüttert hatte, der musste schon auch gut ausgestattet sein, mutmaßte Bülent. Er kannte die Schneider-Söhne noch aus der Schulzeit. Alles wahre Prachtbürschlas, die schon in der Grundschule Pranken so groß wie Klodeckel hatten.

Lediglich Ernstl, der Vater, war ein rechter Spargel und zwischen seinen nahen Angehörigen eigentlich dem optischen wie physischen Untergang geweiht. Wahrscheinlich hatte er sich deswegen seit seiner Leberzirrhose und der damit einhergehenden Klarheit einen Appenzeller Sennerhund zugelegt. Das Vieh war nämlich so riesig, dass Ernstl im Zweifel auf seinem Rücken reitend jederzeit die Flucht ergreifen konnte.

»Mei, der Rambichler junior, hast du dich verlaufen, sag?«, plärrte die Wimmer Rosi, die Tupperkönigin des Ortes, über alles hinweg. »Kumm, setz dich her, dann sind mir mehr. Geh, Helga, mach amal Platz.« Unsanft stieß sie ihrer Kollegin neben sich den Ellenbogen in die Seite, sodass nicht viel gefehlt hätte und Helga wäre von der Eckbank gesegelt.

Kaum hatte Bülent Platz genommen, stand auch schon ein Humpen Cappuccino à la Strunzheim vor ihm. Jakobs Krönung Filterkaffee mit einem Schöpflöffel voll schmerzhaft süßer Sahne obendrauf. Wäre jetzt nicht Aschermittwoch und hätte nicht die Fastenzeit begonnen, wäre ihm wahrscheinlich statt eines Heißgetränks ein halber Liter Weißweinschorle kredenzt worden. Sprich, ein Schuss Selters, aufgefüllt mit dem guten Schädelsprenger Kerner Kabinett aus der Pfalz. Dahin fuhr man nämlich alljährlich ohne seine Männer zum Weinfest und ließ dort so richtig unkatholisch die Sau raus.

Das alles wusste Bülent von seiner Mutter, die ein einziges

Mal mit von der Partie gewesen war und höchst traumatisiert wieder zu Hause ankam. »Magst ein Stück Torten?«, fragte die Wimmerin. »Mir haben schon mal Probe gebacken für der Gertrude ihren Leichenschmaus.«

Erst jetzt nahm Bülent das reichhaltige Tortenangebot auf der Küchentheke wahr. Jede der Damen schien sich in ihrer eigenen Funseneder-Gedächtniskreation verewigt zu haben.

Von der Käsesahne über den Frankfurter Kranz bis hin zur Schwarzwälder Kirsch gab es nichts, was es nicht gab. Nur mit trockenem Gebäck hatten sie es wohl nicht so.

»Freilich mag er was«, lachte Milli.

»Schaut's ihn doch mal an, des Grischberla. Mir scheint's, in Nürnberg drin gibt's nix G'scheits zum Essen. Oder kümmert sich dei Freundin ned richtig um dich?« Die Schneiderin senkte ihre Stimme. »Des is a Vegane«, raunte sie unheilvoll in die Runde, als ob Astrid den Taliban angehörte.

Ihre Genossinnen drehten nach dieser Verlautbarung Bülent dermaßen mitleidige Gesichter hin, dass er lieber nichts zu der Ehrenrettung seiner Kollegin rausbretterte. Er brauchte die Damen auf seiner Seite, daher immer schön mit dem Strom schwimmen und sich auch nicht gegen das pfundweise Tortenmassaker wehren, das die Oberlandfrau ihm jetzt auf den Teller schaufelte.

»Aber meinen musst dann fei danach auch noch probieren«, tönte es verschnupft aus der Ecke unter dem Kruzifix hervor. Die fuchsgesichtige Seier Elfi durfte freilich bei dieser Veranstaltung nicht fehlen.

»Etz, Elfie, pflitsch ned glei wieder, der Nachmittag ist noch jung, und in den Kerl geht schon was nei. Gell, Rambichler?« Rosi wartete keine Antwort ab, sondern schob Bülent wie einem Kleinkind eine randvolle Kuchengabel in den Mund.

Das war jetzt wirklich zu viel, zumal Bülent außer zu einem schnellen Servus noch überhaupt nicht zu Wort gekommen war. Zu allem Übel schob Milli nun auch noch ihren massigen Körper neben ihn. Man hatte ihn definitiv festgesetzt.

»Bist du wegen der Gertrude da?«, fragte die Schneiderin.

Bülent nickte und versuchte schleunigst, die Tortenwucht in seinem Mund mit einem kräftigen Schluck von dem Bohnengebräu hinunterzuspülen.

Nix konnte er weniger leiden als einen Käsekuchen mit pappigen Dosenmandarinen und pfundweise Tortenguss obendrauf.

»Ich würde euch gern ein paar Fragen stellen. Ihr habt die Gertrude gut gekannt, wenn nicht am besten«, schleimte er vorsichtig daher.

Milli und die anderen nickten. »Ja, das wird schon so sein. Sie hat ja außer uns niemanden gehabt.«

Zack, schon wurden vereinzelt Taschentücher gezückt und sich demonstrativ in den Augen rumgewischt.

»Die Gertrude war eine ganz eine Hilfsbereite, und Krapfen hat die backen können – der Wahnsinn. Da hat der Abhaydatta gleich zehn Stück g'fressen. So was haben's halt in Indien drüben ned«, erzählte die Fuchsgesichtige frei von der Leber weg, und Bülent hatte keine Ahnung, wen sie meinte. »Der Abhaydatta Sharma is unser neuer Pfarrer aus Indien«, erklärte ihm Milli, die seinen fragenden Gesichtsausdruck richtig gedeutet hatte.

»Der Japaner vom letzten Jahr hat sich von dem Spektakel, das während seiner Kirch stattgefunden hat, nemmer derholt.« Die Schneiderin sah ihn jetzt deutlich vorwurfsvoll an, und alle anderen taten es ihr gleich.

Merklich dünnes Eis war das hier, aber was konnte er schon dafür, dass der letzte Fall ausgerechnet mit einem Showdown bei einem Gottesdienst endete?

»Woran ist sie eigentlich gestorben, unsere Gertrude?«, brachte die Rosi die Unterhaltung zurück aufs Wesentliche, wofür Bülent ihr jetzt schon fast ein wenig dankbar war.

Neugierig drehten sich sämtliche Ohrwaschel in seine Richtung. Er wollte nicht ganz so viel rauslassen, aber ein bisschen Futter musste er der hungrigen Meute schon zuwerfen, um sie bei Laune zu halten.

»Sie wurde vergiftet«

»Vogiftet!«, sächselte eine der Damen, die Bülent nicht kannte, schockiert daher. Dabei spuckte die Zugreiste ihm einen durchgekauten Batzen Frankfurter Kranz auf den Teller.

Was wieder bewies: Mit vollem Mund sollte man besser die Goschn halten. Aber dafür war diese illustre Runde wahrlich nicht gemacht. Grad so plärrten sie jetzt alle in heller Aufregung durcheinander, bis die Wimmerin auf den Tisch haute.

»Also auf den Schreck brauch ich etz was Stärkeres. Geh, Milli, schmeiß dein Thermo an und mach uns an Eierlikör. Heut drückt unser Herrgott bestimmt ein Aug zu.«

Das ließ sich die Schneiderin nicht zweimal sagen. Eine Flasche Korn sowie die restlichen Zutaten – ganz klar Sahne – landeten hurtig im Mixtopf, dreimal getatscht, und schon rumorte das weiße Hightech-Vorwerk-Trumm der neuesten Generation in Sekunden das gewünschte Gebräu zusammen.

Bülent würde diese neumodische Art der Speisenzubereitung nie verstehen. Wo blieben denn da die Sinnlichkeit und die Leidenschaft? Wo blieben das Ausprobieren und die Freude? Aber gut, er war auch keine Strunzheimer Hausfrau und musste allmittaglich am Herd stehen für Familienmitglieder, die dann tendenziell nicht ganz so wertschätzend über das ihnen dargebotene Mahl herfielen, sondern es eher als von Gott gewollt ansahen, dass Mutti die Nahrung ranschaffte. Da konnte man schon mal die Lust verlieren bzw. die praktische Variante wählen. Irgendwie schade, dass die Welt sich immer schneller drehte und immer mehr erfunden wurde, damit sie sich noch schneller drehen konnte. Irgendwann würde der Mensch sie wahrscheinlich aus den Angeln heben, wenn es nicht schon passiert war.

»Prost, Rambichler«, riss die Wimmerin ihn aus seinen tiefsinnigen Gedanken. »Auf die Gertrude.«

Gleichzeitig hoben die Frauen ihre Schokowaffelbecher. Abwartend sahen sie Bülent an. Er wollte eigentlich nicht, aber er wusste auch, dass er musste, wenn er nicht binnen Sekunden für schlechte Stimmung sorgen wollte. So hob er also seinen randvollen Becher und kippte den Inhalt auf ex in seinen Mund. Der Eierlikör hatte die Konsistenz von Pudding und schmeckte, Bülent wagte es kaum zu glauben, einfach nur phänomenal. Das zweite, dritte, vierte und fünfte Stamperl floss dann wie nix in seinen Schlund hinunter. Hatte er jemals etwas gegen einen Thermomix gesagt? Vielleicht würde er seiner Mutter einen zu Weihnachten schenken. Meinungen waren schließlich da, um sie zu revidieren.

»Sag mal, Rambichler, was willst etz du eigentlich von uns wissen?«, fragte Milli und erinnerte ihn daran, warum er eigentlich da war.

Stimmt, er musste ermitteln. Dabei war sein Hirn gerade wundervoll in Watte gepackt, und seine Synapsen baumelten frei im luftleeren Raum dahin.

»Hat die Funsen, also die Gertrude, Feinde gehabt?«, brachte er dann doch noch halbwegs flüssig hervor.

Milli schüttelte energisch ihren Kopf, der im Vergleich zu ihrem voluminösen Vorbau fast schon winzig daherkam. »Wie g'sagt, die Gertrude hat niemanden gehabt.«

»Niemanden außer uns«, plärrte Rosi, die Zunge schon merklich am Anschlag, dazwischen.

»Auch keine Familie?« Langsam lichtete sich der Nebel in Bülents Kopf, dafür war's ihm jetzt schlecht, und die Hose spannte auch. Sahne, rohe Eier und diverse Tortenstücke tanzten Pogo in seinem Magen. Hoffentlich hatte er sich keine Salmonellen geholt.

Milli beäugte ihn kritisch, als er einen kleinen Erleichterungsrülpser von sich gab. Sie hatte wohl Angst um ihre bestickte Tischdecke, die sie heute zur Feier des Tages auf dem geschreinerten Esszimmertisch drapiert hatte.

»Der Gertrude ihre Mutter ist früh gestorben, und der Vadder hat sie ins Waisenhaus gesteckt, als sie noch ein Baby war. Anscheinend war ihr Erzeuger auch schuld an ihrem kaputten Haxen«, brachte sich Helga mit ein, die seit ihrem unfreiwilligen Abgang von der Eckbank mit einem pinkfarbenen Tripp-Trapp-Kinderstuhl vorliebnehmen musste, der wohl ansonsten Millis Enkelkindern vorbehalten war.

Da hatte sie also schon der erste und wichtigste Mann in ihrem Leben enttäuscht, dachte Bülent.

»Nach dem Heim ist sie zu den Zisterzienserinnen als Novizin ins Kloster«, fuhr Milli fort. »Des hätt schon gut zu ihr passt, des Leben als Nonne.«

Hatte der Geiger also nicht ganz unrecht mit seiner Vermutung gehabt, die er bei seinem Blick in der Funsenederin ihre spartanische Schlafkammer geäußert hatte, dass sie sich zum Eheweib Gottes berufen gefühlt hatte.

»Was ist denn dazwischengekommen?«, hakte Bülent nach.

»Ein Mannsbild ist dazwischengekommen, was sonst?«, zornte die Wimmerin rotbackig. »Der Dreckbär hat der Gertrude schöne Augen hingedreht, sie verführt und dann eiskalt hocken lassen in ihrem Dilemma. Seitdem wollts auch nix mehr wissen von den Männern, und grad recht hats g'habt. Sind ja im Grunde alle gleich verhurt.« Rosi schien nicht zu der Sorte Mensch zu gehören, die Alkohol milde stimmte.

Bülent rückte ein wenig von seiner Sitznachbarin ab, weils aber schon arg gefährlich mit ihrem Besteck vor seinem Gesicht rumfuchtelte.

»Sie hatte also von da ab wirklich nie wieder einen Partner?« Bülent tat absichtlich so, als könne er es nicht wahrhaben, dass es so etwas gab. Zumal er von der Walderin eine ganz andere Geschichte gehört hatte.

»Spielst etz auf die G'schicht an, die die Traudl überall rumerzählt?« Millis Ton war jetzt schon eher gefährlich denn freundlich. »Die mit ihrem notorischen Überdruck soll mal lieber ganz still sein, sonst setzt es was. Über unsere Gertrude lassen mir nichts kommen, dass das klar ist.«

Die Stimmung war merklich am Kippen.

Bülent setzte sein charmantestes Lächeln auf. »Solche Freundinnen wünscht man sich.« Er wunderte sich selbst, wie ihm dieser offensichtliche Gutwettermach-Versuch über die Lippen kam.

»Wann wird die Leich eigentlich zur Beerdigung freigegeben?«, gab sich Milli tatsächlich wieder etwas freundlicher. »Mir kümmern uns nämlich um alles, und der Untergraber scharrt schon mit den Hufen.«

Bülent sah sie irritiert an. »Wer?«

»Na, der Untergraber, der Bestatter, den mir engagiert haben für die Gertrude.«

»Ich dachte, hier heraußen ist alles in der Hand vom Fledderer?«

Trotz freier Bestatterwahl hatte der Fledderer so etwas wie eine Monopolstellung inne, allerdings wohl jetzt nicht mehr, wie Bülent an den zahlreichlichen verächtlich dreinblickenden Damen erahnen konnte.

»Der Fledderer, der alte Gauner, der gräbt hier nix mehr ein. Der hat doch glatt dem Frohsinns Hubsi seiner Frau einen billigen Birkensarg anstelle eines Eichensargs angedreht, und des zum gleichen Preis. G'merkt hat sie es erst auf der Beerdigung. Sagen mir mal so, ich hab's g'merkt, weil dem Hubsi sei Hanne ist etz ned grad die Schnellste da heroben.« Milli tippte sich mit dem Zeigefinger an die Stirn.

»Ich hätt den Hubsi sowieso gar ned in Eiche versenken wollen«, erklärte Rosi rabiat. »Für den hätte es grad ein Babberdeggl auch getan.«

Sofort entbrannte eine wilde Diskussion darüber, wie man mit Männern im Allgemeinen und mit Saukerlen im Besonderen umzugehen hat.

Genau der richtige Moment, um abzuhaun. Kümmerte sich sowieso keine mehr um ihn. Bülent schrie ein schnelles »Servus und bis gleich in der Kirch« in die Runde, und weg war er.

Draußen vor der Haustür rannte er fast in Millis Mann, den Ernstl, hinein, der mit der einen Hand seinen Hund am Halsband festhielt und sich mit der anderen an einer Ernte 24 festklammerte, die zwischen seinen nikotingelben Fingern steckte.

Er nickte gen Tür. »Sind die Weiber noch da?« Als Bülent nickte, drehte sich Ernstl wortlos auf dem Absatz um und verließ schleunigst, samt seinem sabbernden Köter, das Grundstück. Waren ihm anscheinend zu viele Fregatten in seinem Heimathafen.

# KAPITEL 6

## *Indische Vibrations*

Bülent, der sich noch rasch den Sahnefilm von der Haut geduscht hatte, in der trügerischen Hoffnung, dass es ihm danach besser ginge, hetzte als eines der letzten Schäfchen ins Strunzheimer Gotteshaus. Die Landfrauen waren auch schon da und saßen an vorderster Front – freilich ordentlich hergerichtet und ehrfürchtig dreinblickend. Die Kirche war ansonsten bis auf den letzten Platz gefüllt. Das kam mittlerweile selten vor, aber am Aschermittwoch eben schon. Weil halt auch viele im Fasching so dermaßen ihren Kopf verloren hatten, dass sie jetzt schleunigst vor dem Herrgott Buße tun wollten. Vielen sah man die durchzechten Strapazen noch direkt an. Kalkweiß hingen sie in den Kirchenbänken, und man spürte förmlich ihre Schädel zerbersten.

Franz, der in einer der hintersten Reihen saß, winkte seinen Freund zu sich.

»So wie du ausschaust, haben sie dich ganz schön hergenommen«, grinste er.

Bülent winkte ab. »Sei einfach nur ruhig, ich hoffe, das lohnt sich, dass wir da sind.«

»Wart's ab«, beruhigte ihn der Geiger.

Gerade als sich der indische Pfarrer mit seinen Ministranten auf den Weg Richtung Altar machen wollte, sprengte der Bremsi samt seiner familiären Entourage noch schnell rechts an der Geistlichkeit vorbei. Das war ein Anblick. Sofort richteten sich alle Augenpaare auf den Trupp. Und nicht alle sahen dabei wohlwollend aus der Wäsche. Vor allem die Frauen gifteten aus ihren Augen raus, dass es einem ganz himmelangst werden konnte. Liebe deinen Nächsten, weit war's damit nicht her. Vor allem, wenn es sich bei der Nächsten um Bremsnagels rassiges Eheweib handelte, die ganz klar daherkam, als ob sie gerade pronto aus der schwindsüchtigen High Society rausgeschwappt wäre. Knallrote, aufgepumpte Lippen im Reifenformat, eine Modelfigur und dann noch diese schimmernde, perfekt gewellte Mähne. Wie ein Löwe, der sich kurz vor dem Auftritt noch einen stundenlangen Aufenthalt bei einem Starfriseur gegönnt hatte. Das ganze Bild wurde noch komplettiert von viel Leder, optimal gemachtes Holz, also eigentlich schon einen Wald vor der Hütten, Pelz und Hacken an den Fersen, dass es einem ganz schwindlig wurde.

»Wow«, entfuhr es Bülent. »Das ist ja mal eine Erscheinung.«

Franz grinste. »Ja, da weiß man jetzt gar nicht, was die so am Bremsi finden tut, aber ich glaub wirklich, dass die ihn liebt. Frag mich nicht, warum, aber irgendwie hab ich des im Gefühl. Die hätt ja ganz andere haben können. Schau doch bloß, wie der daherkommt, der alte Schluff.«

Fidelius Bremsnagel hing tatsächlich wie ein wandelnder Mehlsack im feinsten bayrischen Loden an der einen Hand seiner Gattin, während die gemeinsame Tochter Alenka Walburga an der anderen Seite vor sich hin trampelte. Definitiv kam das arme Kind optisch ganz nach dem Herrn Papa. Dabei zog der aufgeschwemmte Schratz noch ein derart miesepetriges Gesicht, als würde er zum Schafott geführt. Erst als sich in einer der vordersten Reihen eine alte, mürrisch dreinblickende, mächtig beleibte Frau mit Kopftuch erhob und hektisch winkend die drei zu sich lockte, huschte ein seliges Lächeln über das Gesicht des

Mädchens. Über das von Oxana zog kurz ein leichter Schatten, aber sie hatte sich schnell wieder im Griff und zimmerte sich ein Lächeln ins Gesicht, das eines Filmstars würdig gewesen wäre.

»Des ist die alte Genoveva, die Mutter vom Bremsi«, flüsterte Franz. »Die umgeiert ihre Enkeltochter wie eine Glucke und nennt sie auch ausschließlich Walli, weils den russischen Namen eins a boykottiert, die alte Zwiderwurzen. Ganz ehrlich, des Kind und der Bremsi schauen nicht umsonst aus wie zwei käsige Dampfnudeln. Die Genoveva stopft die wie Weihnachtsgänse, aber für ihre Schwiegertochter hat sie ned den Dreck unterm Fingernagel übrig.«

Bülent verspürte sofortiges Mitgefühl mit Oxana. Wenn ihm extrem restaurierte Frauen auch generell etwas suspekt waren, aber wer wusste schon, was die Ärmste tagtäglich mit diesem Schwiegerdrachen im Nacken aushalten musste.

»Was macht die Oxana denn, außer ihre Optik zu tunen?«, wollte Bülent wissen. Wohl wissend, dass sie damit wohl schon mal einen halben Tag beschäftigt sein musste.

»Ja mei«, seufzte Franz, »ein Kosmetikstudio hat der Bremsi seinem Augensternler im ehemaligen Kuhstall von seinen Eltern eingerichtet. Nur das Beste vom Besten, aber kommen tut halt keiner, weil die Weiber hier alle lieber ihr Geld vertuppern, als so einer nur einen Cent zu geben.« Er blickte sich um, bevor er fortfuhr. »Dabei würd's ein paar von unseren Dorfmatronen nicht schlecht stehen, wenns mal a weng an ihrem Äußeren feilen würden. Aber Neid war halt schon immer ein schlechter Ratgeber. Dabei ist die Oxana wirklich eine Nette. Die hat ein Herz aus Gold und ist eigentlich eine ganz eine Ruhige. Äußerlich eine Bombe, aber im Inneren eine friedliche Sommerwiese«, schwelgte Franz daher, dass sich Bülent nur wundern konnte.

»Psst, etz seids mal ruhig, ihr zwei, wir verstehen ja gar net, was der Pfarrer sagt«, tönte es hinter ihnen unwirsch.

Als ob Stille da helfen würde. Der Geistliche aus Indien sprach ein derartiges deutsch-englisch-indisches Kauderwelsch – quasi ein Dengdisch – daher, dass man ihm selbst mit viel Konzentration kaum folgen konnte. Aber immerhin war er gut drauf und lächelte seine fehlenden Sprachkenntnisse einfach wie die Grinsekatze aus *Alice im Wunderland* souverän weg.

Sehr sympathisch und unterstützungswürdig, fand Bülent und reihte sich daher wenig später hinter allen anderen ein, um das Aschekreuz zu empfangen.

»Bedenke, Mensch, dass du Staub bist und wieder zum Staub zurückkehren wirst«, leierte doch tatsächlich der Mesner als Simultanübersetzer neben dem Priester daher, als dieser Bülent den Staub auf die Stirn batzte.

Der Pfarrer selbst singsangte wohlklingend etwas auf Indisch daher, dass es Bülent gleich ganz warm ums Herz wurde. Weil halt die Astrid auch so gern Indisch mochte. Außerdem roch der Gottesmann ganz so, wie es in Sunshinechens Lada Niva »Achim« roch. So undefinierbar esoterisch einlullend. So nach Peace, Love und wild Energie. Am liebsten wäre Bülent noch ewig stehen geblieben und hätte den Duft eingesogen. Allerdings wurde er von hinten unsanft angerumpelt.

»Etz geh weiter, Rambichler, bevorst noch Wurzeln schlägst.« Erna, wer sonst.

Bülent ließ sich diesmal aber nicht aus der Ruhe bringen. Es war ihm fast so, als er hätte er eine Portion Frieden inhaliert. Gerade als er sich zum Gehen wandte, hielt ihn der Pfarrer am Arm fest und sah ihn mit sanften Augen an.

»Mein Sohn«, sprach er jetzt tatsächlich ziemlich klar, »Liebende geben sich nicht einander hin, sie geben sich dem Unbekannten hin, das zwischen ihnen geschieht. Vertraue darauf.« Er zwinkerte Bülent spitzbübisch zu und wandte sich dann ein Stockwerk tiefer der alten Walderin zu.

Was war das denn jetzt? Völlig geflasht nahm Bülent wieder neben Franz Platz, der ihn besorgt ansah.

»Alles klar bei dir? Du schaust gerade aus, als hättest du eine Erscheinung gehabt.«

Bülent sah Franz an »Das Unbekannte, es ist das Unbekannte, und davor habe ich Schiss. Aber genau des ist es, genau des ist es, was es ist.«

Franz sah Bülent zweifelnd an. »Ist dir der Aschestaub ins Hirn g'schossen? Was laberst du denn da daher? Was für ein Unbekanntes? Was meinst denn du?«

Bülent schwieg sich für einen kurzen Moment aus, um sich zu sammeln. Wahrscheinlich hatte er sich das gerade alles nur eingebildet.

»Ach nix«, wich er Franz aus, weil er das Erlebte nun doch schnell in die Schublade für Wahrnehmungsstörungen gesteckt hatte. »Mir fehlt einfach Schlaf.«

Franz beäugte ihn argwöhnisch von der Seite. »Aber beim Bremsi schaun mir heut schon noch vorbei, oder? Wennst mich fragst, hat der irgendwas mit der Funseneder am Laufen g'habt, und ich würd schon gern wissen, was.«

Bülent seufzte. »Meinetwegen, du gibst ja vorher eh keine Ruhe.«

»Halleluja, gelobt sei Jesus Christus«, jubilierte der Geiger gleich laut daher, und das Echo folgte freilich prompt aus zahlreichen Kehlen.

Amen!

»Wohnt der Bremsi eigentlich noch daheim?«, fragte Bülent, als er mit Franz durchs Dorf schlenderte, um der Bremsnagelschen Sippe auf den Zahn zu fühlen.

»Eh klar. Du glaubst doch nicht, dass den die Genoveva nur einen Millimeter von ihrem Rockzipfel hat lassen. Der hat's von seinem Kinderzimmer grad nauf ins Dachgeschoss geschafft. Aber das muss man ihm lassen, das hat er sich wirklich schön ausgebaut. Überhaupt, man kann nix sagen, der alte Bauernhof von der Genoveva steht eins a da, aber ob man das halt will, dass die Mutter jederzeit ins Schlafzimmer rumpeln kann, und ich schwör dir, des machts.«

Da war man doch fast ein bisschen froh, dass man die Eltern hatte, die man hatte.

»Wie machen wir's – Good Cop, bad Cop?«, wollte Franz wissen, und Bülent zeigte ihm gleich mal den Vogel.

»Erstens bist du kein Cop, und des wissen die auch, und zweitens übernehm ich das Reden, und du schaust, wie sie schaun, weil die Mimik verrät oft mehr als tausend Worte.«

Franz knuffte Bülent freundschaftlich in die Seite. »Rambichler, was auch immer in der Kirch in dich neig'fahren ist – I love your energy.«

Bülent schüttelte den Kopf. »Depp!« Allerdings musste er schon auch zugeben, dass ihn ein wie auch immer geartetes Vibrieren erfasst hatte. So eine Lust aufs Abenteuer, die ihm eigentlich so noch nicht untergekommen war. Was hatte er schon zu verlieren? – Nichts.

Die beiden wandelten schweigend weiter durch das menschenleere Dorf. Ab zwanzig Uhr wurden in Strunzheim nämlich an normalen Tagen – also, wenn nicht gerade Fasching, Kirchweih, Christkindlmarkt war oder ein Polterabend stattfand – die Gehsteige hochgeklappt.

Bülent linste kurz in den Geiger seine Visage. Der sah so versonnen drein, dass schon klar war, dass er gerade ziemlich akademisch weiblich dachte. Wo die Liebe hinfällt, dachte Bülent, und wenn sie auf den Misthaufen fällt oder wie in diesem Fall in die Pathologie.

»Wach sind's noch«, unterbrach Franz Bülents Gedanken. Er deutete auf den alten, hell erleuchteten Bauernhof der Bremsnagels.

Der zwar mittlerweile nicht mehr bewirtschaftet wurde, aber wirklich schön dastand. Franz hatte nicht übertrieben. Man hatte das Alte nicht zerstört, sondern höchst feinsinnig restauriert. Kommt selten genug vor in diesen Breitengraden. Da wird lieber in den Boden gestampft und neu betoniert, als dass man die Vergangenheit mit viel Liebe zum Detail wieder hochleben lässt. Allerdings, so friedlich das Anwesen von draußen daherkam, im Inneren tobte anscheinend gerade ein Krieg der Generationen.

Durch die hölzerne Haustür hindurch konnten die beiden Freunde klar und deutlich das Gekeife von zwei Frauen vernehmen, die verbal nicht gerade zimperlich miteinander umgingen.

Franz drückte seine Lauscher an die Tür, um besser hören zu können.

»Hast du das von den Walders gelernt?«, wollte Bülent wissen, tat es ihm aber gleich. Man war schließlich im Dienst.

»Was macht ihr da?«, tönte es plötzlich hinter Bülents Rücken. Er drehte sich rasch und schon auch etwas peinlich berührt ob des geheimen Lauschangriffs um und blickte direkt in das Gesicht vom Bremsnagelschen Küken Alenka oder Walli oder wie auch immer. Das Mädchen beäugte die beiden Männer misstrauisch.

Bülent ging einen Schritt auf die Kleine zu. »Hallo, ich bin Bülent, und das ist der Franz.«

Die Kleine wich einen Schritt zurück. »Ich darf nicht mit Fremden reden«, gab sie mit fester Stimme zurück.

»Mir sind doch keine Fremden«, beeilte sich Franz zu sagen. »Wir sind, ähm, so was wie Freunde von deinem Papa, und der da ist sogar Polizist.« Er deutete auf Bülent.

Die Kleine blickte Franz überrascht an. »Mein Papa hat doch gar keine Freunde. Familie ...«, fuhr sie mit getragener Stimme fort. »Familie ist das Wichtigste, sagt die Omama immer.«

Wunderbar, die Omama schien einen Riesenschatten zu haben, und das Kind war schon jetzt ein Fall für die Couch, diagnostizierte Bülent.

»Hast du denn Freunde?«, fragte Franz sanft.

»Klar, meine Hasen Lady und Gaga, also, bis die Omama sie schlachten tut. Das ist schon traurig, aber es gibt danach wieder neue. Außerdem ist meine Omama sowieso meine allerallerallerbeste Freundin. Die hat es gern, wenn ich bei ihr bin, dann ist sie nämlich nicht so allein und ich auch nicht.«

Franz und Bülent sahen sich an.

O weia, hier lag ja wirklich einiges im Argen. Da wurde dieses kleine Persönchen, das Bülent auf ungefähr sieben Jahre schätzte, von der eigenen Großmutter als Gesellschafterin instrumentalisiert.

»Was ist denn bei euch da gerade los?«, wollte Bülent wissen, weil das Geschrei im Inneren des Hauses nicht weniger wurde, sondern schriller.

Alenka verzog das Gesicht zu einer Grimasse. »Ach, die Omama hat sich aufgeregt, weil wir zu spät in die Kirche gekommen sind. Sie glaubt, meine Mama macht das mit Absicht, um sie zu ärgern.«

»Und was glaubst du«, fragte Bülent.

Alenka zuckte mit den Achseln und schaute etwas traurig

drein. »Meine Omama mag meine Mami, glaub ich, nicht so. Sie sagt immer, dass sie viel zu aufgemaschelt rumläuft und dass sich das nicht gehören würde für eine anständige Frau.«

Schon klar, dass so ein Weib wie die Oxana der Kittelschürzenfraktion ein Dorn im Auge ist.

»Und wie findest du deine Mama?«, hakte Franz nach.

»Ganz okay.« Sie scharrte etwas verlegen mit ihren goldenen Moonboots auf dem Boden herum. »Aber momentan bin ich auch sauer auf sie. Sie gibt mir nämlich keine Süßigkeiten mehr und will mich ins Internat tun, damit ich mehr andere Kinder um mich herum hab. Aber da wird doch meine Omama ganz traurig sein, und das will ich nicht.« Alenka schürzte bockig die Lippen und stampfte einmal kurz mit dem Fuß auf.

»Was sagt denn dein Papa dazu?« Bülent interessierte es wirklich.

Alenka winkte ab. »Ach der. Der sagt nix. Ist eh fast nie da, und wenn er da ist, sperrt er sich im Bad ein, weil er es nicht mag, wenn Mama und Omama streiten tun. Jetzt hockt er bestimmt auch wieder drin.« Sie war für ihre jungen Jahre geradezu beängstigend verächtlich. »Ich geh immer zu meinen Hasen, wenn dicke Luft ist, die sagen wenigstens nichts und hören bloß zu.« Das Mädchen drängelte sich, ohne ein weiteres Wort zu verlieren, an Bülent vorbei und öffnete die Haustür.

»Ich darf niemanden reinlassen«, nuschelte Alenka-Walli so leise, dass man es kaum zwischen dem ganzen anderen weibischen Getobe vernehmen konnte.

»Herrgottzack, Walli, ich hab dir doch schon hundertmal g'sagt, dass du die Haustür zumachen sollst. Mir heizen doch net für die Straß. Etz komm, Maadla, ich hab uns an Schokopudding g'macht.«

Erst jetzt bemerkte Genoveva die beiden Männer vor ihrer

Haustür. Sie verzog ihr Gesicht zu einem spöttischen Grinsen. »Der Geiger und der Rambichler, was verschafft uns denn die Ehre?«

Alenka oder halt dann Walli kuschelte sich an die Kittelschürze ihrer Oma. »Die wollen den Papa sprechen, aber ich hab gesagt, sie dürfen nicht rein«, sagte sie für Bülents Begriffe etwas zu laut.

Liebevoll strich Genoveva ihrer Enkeltochter über den Kopf. »Des hast gut g'macht, man muss ja ned jeden Hund in die Stuben lassen.«

Sie bedachte Bülent und Franz mit einem unfreundlichen Blick. »Was wollt's denn vom Fidelius?«

Bülent trat einen Schritt nach vorne und platzierte schon mal unauffällig seinen Fuß zwischen Tür und Türrahmen. Sicher war sicher. Er hatte nämlich keine Lust, gleich eine Holzfront im Gesicht zu haben.

»Das würden wir gerne mit ihm selbst besprechen«, antwortete er so freundlich wie möglich.

»Was hast g'sagt«, schrie Genoveva ihm dermaßen ins Gesicht, dass Franz neben ihm vor Schreck glatt einen Zuckerer machte.

Erst jetzt entdeckte Bülent die zwei altmodischen Hörgeräte in ihren Ohren.

»Wir würden das gerne mit Ihrem Sohn selbst besprechen«, betonte Bülent nun jede Silbe.

»Geht's um die Funsenederin?«

Alenka-Walli machte große Augen. »Was ist denn mit der Frau Funseneder?« Die Kleine sah Bülent und Franz an. »Das ist meine Lehrerin. Aber ich mag sie nicht, weil die immer so gemein ist zu mir.«

Genoveva schob das Kind mit sanftem Nachdruck ins Haus hinein. »Geh, Walli, ess dein Pudding, ich komm gleich.«

Äußerst widerwillig stapfte die Kleine davon.

»Genoveva, etz lass uns rein, wir müssen einfach nur kurz mit dem Bremsi …«, brüllte Franz nun wiederum.

Die Alte sog bei dem Spitznamen ihres Sohnes gefährlich scharf die Luft ein, sodass sich Franz sofort berichtigte.

»Mit dem, ähm, Fidelius reden, schließlich war er auch am Tatort. Reine Routine, verstehst?«

Natürlich wollte sie das nicht verstehen. »Geiger, seit wann mandelst dich du denn als Polizist auf? Überhaupt, was hat der Tod von der Funsenederin mit meinem Fidelius zu tun? Ich dacht, die hat der Schlag troffen beim Tanzen.« Sie lachte verächtlich.

»Frau Funseneder wurde ermordet«, klärte Bülent sie auf, »und wir befragen jeden, der direkt oder indirekt mit ihr in Kontakt war. Wie mein Kollege schon erwähnt hat – reine Routine«, erklärte Bülent in aller Ruhe.

Franz grinste bei den Worten »Mein Kollege« Genoveva von oben herab an. Grad, dass er ihr nicht noch die Zunge rausstreckte. Viel hätte wohl nicht gefehlt.

»Ich glaub nicht, dass euch mein Bub da weiterhelfen kann, und jetzt verschwinds, bevor ich noch mei Wut krieg.«

Gott, wollte sie damit sagen, dass sie im Moment noch untertourig lief? Die Alte war schlimmer als ein Türsteher in einer Nobeldisco. Dagegen waren die Walder-Zwillinge fast schon Lämmchen.

»Frau Bremsnagel, wir können Ihren Sohn auch aufs Revier nach Nürnberg bestellen, wenn Ihnen das lieber ist«, grummelte Bülent ungeduldig. »Aber das ist weder in unserem Sinne noch im Sinne Ihres Sohnes, denke ich.«

Immerhin kamen jetzt keine Widerworte. Genoveva schien also verstanden zu haben und abzuwägen, dann ging sie tatsächlich einen Schritt zur Seite.

»In Gottes Namen, dann kommt's halt rein, der Fidelius ist oben in seiner Wohnung. Aber bleibt's ned zu lang, der Bub braucht seinen Schlaf. Is ja schon achte. Und wenn's schon da seids, könnts ja auch die Oxana befragen, die hat allerweil einen rechten Fetz g'habt mit der Funsenederin. Kein' Respekt hat die vor niemandem.«

Franz und Bülent quetschten sich, ohne Genovevas gekonnt platziertem Seitenhieb gegen die Schwiegertochter noch weitere Beachtung zu schenken, schleunigst an dem kittelbeschürzten Dragoner vorbei, bevor der es sich noch anders überlegen konnte, und stiegen die schöne alte Holzstiege hinauf in den ersten Stock.

Vor der Wohnungstür von Bremsnagel junior atmeten sie beide erst einmal tief durch.

»Gibt's die auch in freundlich?«, wollte Bülent wissen.

Franz verzog das Gesicht. »Ich kenn sie nur so. Man munkelt im Dorf, dass der alte Bremsnagel, der im Übrigen zwanzig Jahr älter war als sei Frau, des Regiment von der Genoveva nicht länger ausgehalten hat und deswegen so schnell den Löffel abgeben hat. Der war noch keine fünfzig, als ihn der Schlag getroffen hat. Erste Ausfahrt gen Paradies, verstehst?«

Bülent verstand das nur zu gut und auch wieder nicht. Was musste wohl einem Menschen widerfahren sein, dass er so derartig grantig durchs Leben fuhrwerkte?

Er beschloss, seine Mutter danach zu fragen. Die wusste so etwas, ohne jedoch jemals ihr Wissen zu vertratschen oder sich am Leid der anderen zu ergötzen. Bei ihr, das wusste er, konnte er sich auf eine neutrale Berichterstattung verlassen.

Aber jetzt war erst einmal der Bremsi an der Reihe.

Bülent klopfte an die Tür, die ihnen wenig später von Oxana geöffnet wurde. Fast hätte er die Russin nicht mehr erkannt. Sie war komplett ungeschminkt. Im weitesten Sinne richtig natürlich. Von ihren Lippen und den hintätowierten Balken über ihren großen, leicht verheulten Rehaugen mal abgesehen.

Statt schicker Ausgehklamotten trug sie nun einen hautengen, schwarzsamtigen One-Piece-Jogger mit güldenem Reißverschluss an der Vorderseite, der genau nur so weit hochgezogen war, dass ihre Magic Hills schön zur Geltung kamen.

Sabberlot, da konnte man schon auf Gedanken kommen. Was für eine Grandezza dieses Weib hatte. Selbst im Freizeitlook. Bülent musste sich innerlich kurz schütteln.

»Ja bitte?«, fragte sie mit rauchiger Stimme. Die Überraschung über die späten Gäste stand ihr deutlich ins Gesicht geschrieben. So oft schienen sich Besucher wohl nicht nach hier heroben zu verirren.

»Wir würden gern mit dem Fidelius sprechen, Oxana.« Franz schien alle Milde in seine Worte zu legen, zu der er fähig war.

Und auch Bülent verspürte eine Woge von Mitgefühl über sich hereinbrechen. So gefühlig kannte er sich gar nicht. Aber er konnte deutlich spüren, dass es der Russin nicht gut ging. Kein Wunder, sie hatte die Hölle direkt unter sich, und der Teufel in Gestalt ihrer Schwiegermutter führte dort das Regiment. Oxana ließ sie – ohne eine Frage nach dem Warum – eintreten. Sehr sympathisch.

Die große Galeriewohnung war wirklich schön und äußerst geschmackvoll eingerichtet, wie Bülent neidlos anerkennen musste. Wie ein Loft kam sie daher. Küche, Wohnzimmer, Esszimmer – alles ging nahtlos ineinander über. Dazu noch freiliegende, weiß lasierte Balken und riesige Fensterfronten, die einen weiten Blick über die Strunzheimer Felder erahnen ließen. Jetzt halt gerade nicht, weil fast Nacht, aber sonst.

Astrid würde es hier bestimmt auch gefallen. Meditation mit

Blick ins Grün. Nur wenn geodelt wurde, konnte es wohl mit der Durchlüftung etwas schwierig werden.

Bülent verwarf sein Gedankenwirrwarr so schnell, wie es gekommen war. So weit waren Sunshinechen und er noch lange nicht. Besser gesagt, momentan waren sie gar nirgends.

Er nahm mit Franz auf dem ausgefallenen und äußerst bequemen Sofa Platz, dessen Alcantarabezug in einem ansprechenden Dunkelgrün daherkam.

»Was zu trinken?« Bülent und Franz nickten. Oxana schwebte zur offenen Küchenfront und füllte an einem Wasserhahn eine Karaffe sowie zwei Kristallgläser bis zum Anschlag auf. Vorsichtig platzierte sie das ganze Ensemble kurz darauf auf dem Couchtisch vor ihnen. »Bitte vorsichtig. Fidelius mag eigentlich nicht, wenn man trinkt in Wohnzimmer.« Sie lächelte, aber ihre Augen lächelten nicht mit. »Er hat Angst vor hässliche Ränder auf Tisch«, fügte sie erklärend hinzu.

Sie fischte sich eine Vogue-Zigarette aus einem Schlangenlederetui. »Ich hoffe, es stört nicht, dass ich rauche. Heut ich brauche. Mag Fidelius auch nicht. Aber bin ich egal. Ist er egal. Ist alles egal.« Traurig nahm sie einen ersten Zug.

Bülent fiel auf, wie perfekt manikürt ihre Fingernägel waren. Im souveränen Kate-Moss-Rot, versteht sich. Franz nahm derweil einen tiefen Schluck von seinem Glas und spuckte sofort den ganzen Inhalt wieder ins selbige hinein.

»Ja, mich leckst am Arsch, des is ja gar kein Wasser.« Er leckte sich seine Zunge an seinem Pullover sauber.

»Mag er keine Wodka?« Die Russin war merklich verwirrt.

Jetzt war Bülent klar, warum der Geiger sich so dermaßen seltsam verhielt. Seit er keinen Tropfen Alkohol mehr trank, reagierte er verständlicherweise äußerst allergisch darauf. Hatten ihn auch echt nicht zu einem besseren Menschen werden lassen, die ganze Promille in seinem Blut. Aber die Sache war ja jetzt ausgestanden, und Bülent war sich sicher, dass es wegen so einem kurzen Verseher sicherlich nicht zu einem Rückfall kommen würde. Das war nicht Franz' Art, hatte er sich einmal für etwas entschieden, dann blieb er auch dabei.

Aber wer konnte auch ahnen, dass sich die Bremsnagels eine Wodka-Zapfanlage haben einbauen lassen.

Bülent schob sein Glas von sich. »Sorry, im Dienst keinen Alkohol.«

Oxana haute sich mit der flachen Hand auf die Stirn. »O nein, wie konnt ich vergessen. Dann mach ich euch schnell Bier, okay?«

Klar, für eine waschechte Russin war reiner Gerstensaft von der Umdrehung her betrachtet wohl eher im Bereich einer Limonade angesiedelt.

Bülent lehnte dankend auch dieses Angebot ab.

Oxana schien ein wenig enttäuscht darüber, dass man ihre Gastfreundschaft nicht zu würdigen wusste.

»Na gut, dann ich mache mich kurz frisch und schicken meine Mann runter.«

Anmutig wie ein Katzerl hüpfte sie die Treppe hinauf zur Galerie, von deren Balkon kurze Zeit später ein rotgesichtiger Bremsi auf sie herunterstierte. Nervös war er, und ungesund sah er auch aus. Zu viel Schäuferle und Knödel, vermutete Bülent.

»Was wollts denn ihr noch da? Ich wollt g'rad ins Bett gehen.«

Hätte er nicht sagen müssen, sein furchtbar kackbrauner Schlafanzug aus Großmutters Zeiten sprach Bände.

»Gehst du immer so früh ins Bett?«, begann Franz die Gesprächsführung.

Bremsnagel junior schlich betont langsam die Treppe herunter. Freilich trug er passend zu seinem Outfit die hässlichsten

Hausschlappen, die Bülent seit Langem gesehen hatte. Wie konnte ein Mann sich nur so gehen lassen? Gerade wenn man so ein Zehnerbrett, also so eine Frau, an seiner Seite hatte.

»Ihr seid doch sicher nicht gekommen, um mit mir über meine Schlafgewohnheiten zu sprechen?«, folgerte der Angesprochene dann doch ganz schlau daher. Er stand jetzt vor Bülent und Franz und zupfelte nervös am ausgeleierten Gummibund seiner Hose herum.

»Du hast recht, das ist uns eigentlich wirklich wurscht. Wir wollen wissen, in welchem Verhältnis du zu der Gertrude Funseneder standest?«

Bülent hatte keine Lust auf Small Talk. Irgendwie war ihm der Sparkassendirektor in seiner ganzen Erscheinung zuwider.

»Sie is, also war die Lehrerin meiner Tochter«, antwortete Bremsi zögerlich.

»Sonst war da nix?«, hakte Franz nach.

»Was soll denn da sonst noch gewesen sein? Darfst du mir überhaupt solche Fragen stellen, Geiger? Du bist doch gar nicht bei der Polizei.«

Wenn einmal der Fehler gefunden war, dann wurde der aber auch gnadenlos immer an die Oberfläche gezerrt.

»Dann frag halt ich«, warf Bülent ungeduldig ein. »Also, war da noch mehr?«

Bremsi ließ sich auf einen der Sessel fallen. Das kam fast schon einer Entweihung dieses eleganten Möbelstücks gleich.

»Nein«, bockte der Befragte und wich sämtlichen Blicken, die auf ihm ruhten, gekonnt aus. Da hatte einer eindeutig was zu verbergen.

»Und warum hast dann gestern fast plärrt wegen ihr, und warum hast ihr zwanzigtausend Euro überwiesen, wenn da nix war?«

Der Franz, der konnte einfach nicht seine Goschn halten. Bülent hätte sich das alles für später aufgehoben. Aber was raus ist, ist halt mal raus.

»Etz schrei halt ned so rum, Geiger.« Ängstlich blickte Bremsi nach oben, um sich zu vergewissern, dass seine Frau nicht mithörte. »Die Gertrude und ich, also wir waren sehr gut befreundet. Da hilft man sich halt mal aus.«

Mit zwanzigtausend Euro – wer's glaubt. Bülent glaubte es jedenfalls nicht.

»Obwohl die Funsenederin immer so gemein zu deiner Tochter war, hilfst du ihr?!« Ein Fuchs war er schon, der Geiger.

»Wer behauptet denn so was?« Bremsi schien tatsächlich sichtlich überrascht.

»Deine Tochter«, erwiderte Franz ruhig.

»Davon weiß ich nichts. Die Alenka überdramatisiert gern a weng. Da kommt's ganz nach ihrer Mutter.« Bremsnagel strich sich müde über sein Gesicht. »Und jetzt geht's doch bitte, ich hab morgen einen anstrengenden Tag.«

Bülent spürte, dass sie hier und jetzt nicht recht weiterkamen. Aber eins wollte er dann doch noch. Er erhob sich und ging auf Bremsi zu, der sich ängstlich in seinen Sessel drückte.

»Ich will ja nicht verantwortlich dafür sein, dass du morgen in der Bank die Zahlen verdrehst. Aber dürfte ich dich noch um einen Gefallen bitten? Also einen rein privaten.«

Der Geiger und der Bremsnagel schauten ihn gleichermaßen erstaunt an.

»Ja, was denn?«, kam es zögerlich vom Sessel her. »Ich hätte gern eine Wohnungsführung. Mir gefällt euer Style nämlich total. Sehr inspirierend.«

Bremsi schwoll ad hoc die Brust wie ein Luftballon. Plötzlich war er gar nicht mehr so zusammengesunken.

»Ja also, des freut mich etz aber. Des war nämlich schon viel Arbeit, bis die ganze Sach so dastand, wie sie etz dasteht. Meiner Mama gefällt es nicht, aber da hab ich mich durchgesetzt.«

»Wir habe das«, erklang Oxanas Stimme von der Galerie herab. Oxana, die sich jetzt wieder optisch voll im Griff hatte, tänzelte die Treppe herunter. Sie stellte sich hinter ihren Mann und begann liebevoll sein spärlich behaartes Haupt zu streicheln.

»Eigentlich hab ich gemacht hier alles. Plan und Interieur. Ich liebe schöne Sachen so sehr.«

»Aber ein bisschen hab ich schon auch mitgewirkt«, maulte Bremsnagel beleidigt.

Bestenfalls finanziell, vermutete Bülent.

»Ich gerne wollte Innendesign studieren«, fuhr Oxana fort, ohne auf den Einwand ihres Mannes zu achten. Ihr Blick wurde um eine Nuance trauriger. »Aber wo kein Geld, da net Träume.« Sie atmete einmal tief durch. »Spatzele, holst du Alenka? Ich will nicht, dass sie wieder schlaft bei Genoveva in Bett.«

Bremsnagel machte keine Anstalten, sich zu erheben.

»Pozhaluysta. Bitte«, kam es nun fast flehentlich.

»Augensternler, ich …«

»Bitte«, kam es erneut, und Oxana küsste sanft den Brummschädel ihres Mannes.

Definitiv war ihre Zuneigung nicht gespielt. Das konnte Bülent spüren. Dem Bremsi allerdings schienen die zarten Liebesbezeugungen seiner Frau eher unangenehm. Er erhob sich rasch.

»Also gut. Aber des wird eh nix. Kennst doch die Mama.«

»Aber die Alenka ist unsere Kind und nicht der Schoßhund von deiner Mutter. Schon genug, wenn du bist.« Die Worte der Russin klangen weniger vorwurfsvoll denn verzweifelt.

»Ähm, sollen wir vielleicht gehen.« Franz war der Gesprächsverlauf sichtlich unangenehm.

Bülent knuffte ihn in die Seite. »Aber vorher schauen wir uns noch die Wohnung an.«

Oxana lächelte ihn dankbar an. Endlich schien sich mal wer für sie und ihr Talent zu interessieren. »Komme Sie. Ich zeige.«

»Ist des jetzt ein kriminalistischer Trick?«, wisperte Franz Bülent zu.

Der verzog amüsiert das Gesicht. »Schmarrn. Reines Interesse.«

Franz verdrehte die Augen.

Während die beiden Freunde Oxana in die oberen Stockwerke folgten, machte sich Fidelius mit einem tiefen, leidenden Stöhnen auf den Weg nach unten zu seiner Mutter.

»Hier unser …«, Oxana stockte, »also mein Schlafzimmer.« Sie öffnete eine Glasschiebetür zu einem Raum, der es würdig gewesen wäre, in einem Designmagazin abgelichtet zu werden.

Die Wände waren in einem hellen Blauton gestrichen. Sie harmonierten wundervoll mit dem dezent gräulichen, hochflorigen Teppich. Und erst das Bett – ein schlichter, aber wohl sündhaft teurer Designtraum. Von der ansprechenden Deko mal gar nicht zu reden.

»Sie haben wirklich Talent«, bemerkte Bülent fasziniert. »Oder, Franz?«

Doch der Geiger schien hirnmäßig wo ganz woanders. »Warum schlafen Sie denn nicht beieinander, der Bremsi und Sie?«, gab er dann auch gleich seine Gedanken zum Besten.

Oxana seufzte. »Fidelius hat so leichte Schlaf, und er sagt, dass ich atme zu laut. Darum wir schlafen getrennt.«

Ja, so ein Doldi, dachte Bülent.

»Allmächd na, so ein Doldi«, brach es aus Franz heraus.

Oxana sah ihn tadelnd an. »Bitte reden Sie nicht so über meine Mann, er hat sehr viel Verantwortung in Bank und braucht sein Ruhe.«

Als ob man in der Strunzheimer Filiale der Sparkasse mit Millionen jonglieren würde. Der Bremsi stand an manchen Tagen noch selbst am Schalter und bediente die Kunden, weil's ihm wohl sonst zu fad werden würde in seinem kleinen Kabuff hinter der noch kleineren Kaffeeküche. Aber das musste man der armen Frau ja jetzt nicht unbedingt auf die Nase binden, fand Bülent. Die war ja schon gestraft genug mit der ganzen Situation hier. Sollte sie einfach noch eine Weile an ihren großartigen Prinzen glauben. Obwohl die Wahrheit wohl eine ganz eine andere war.

»Wo haben Sie und der Fidelius sich eigentlich kennengelernt?«, fragte Bülent stattdessen.

»Ich war seine Domina«, kam es, ohne zu zögern, aus Oxanas Mund geschossen, und dann herrschte für einen kurzen Moment Schweigen.

Bülent und Franz mussten das Ganze erst einmal verdauen. Shades of Grey mitten in Strunzheim.

»Es war nur eine Job«, gab Oxana unumwunden zu, die offensichtlich merkte, dass sie die beiden Männer gerade schachmatt gesetzt hatte. »Wir habe uns verliebt, und er hat mich hier gebracht.« Seufzend ließ sie sich auf die Bettkante sinken. »Aber ich glaub, das war große Fehler«, sagte sie leise.

Bülent gab Franz ein Zeichen, den Mund zu halten. Hier bedurfte es einer Menge Einfühlungsvermögen, und er zweifelte diesbezüglich an Geigers Gabe. Dem stand eher die Direktheit gut.

»Warum war das ein Fehler?«, fragte er sanft.

Oxana sah Bülent unverwandt an. »Weil ich nicht mehr

machen kann Job bei Fidelius. Ich kann nicht wehtun Mann, den ich liebe, oder füttern wie eine Hund. Deswegen läuft nix mehr hier.« Sie strich mit ihren Händen gedankenverloren über das Bett. »Seit Alenka auf Welt, herrscht – wie sagt man – Fickstille unter Decke.«

Franz und Bülent sahen sich an und hatten Mühe, nicht spontan loszuprusten bei dem sinnhaften Freudschen Versprecher der Russin, der ja doch irgendwie auch keiner war.

»Liebe ohne Hiebe ist wohl nix für unseren Bremsi«, brummte Franz dann trotzdem noch ganz trocken daher.

Oxana lächelte. »So ist wohl.« Sie atmete einmal tief durch und erhob sich. »Egal, wird schon. Kommen Sie, ich zeig Rest.«

Und der hatte es dann wirklich in sich – so rein kriminalistisch betrachtet. Denn im ausladenden Badezimmer, in dem viel mit Waschbeton gearbeitet wurde und das dadurch wundervoll modern daherkam, war in einer der Ecken ein großer Whirlpool integriert worden. Man musste nicht vom Fach sein, um zu kapieren, dass es sich hier um ein ähnlich luxuriöses Modell handelte, wie sie es auch bei der Funsenederin im Keller entdeckt hatten.

»Hau mi nauf, jetzt wird's hinten höher wie vorn«, blökte Franz und erntete einen zweifelnden Blick von Oxana, die natürlich nicht wissen konnte, was dem Geiger gerade ins Hirn schoss.

»Gefällt Ihnen wirklich? Das war Idee von meinem Mann. Ich mag nicht. Man fühlt sich wie Gemüse in Suppe.« Abschätzig betrachtete sie das Teil. »War viel zu teuer. Fast zwanzigtausend Euro hat Scheusal gekostet. Und …«

»Augensternler, etz sei endlich still!« Plötzlich stand ein wild fuchtelnder, stark schwitzender Bremsi in der Tür. »Des interessiert die beiden bestimmt nicht, was des Ding gekostet hat«, pfiff er seine Frau an. »Überhaupt, warum seid ihr denn immer noch da? Habts ihr kein Daheim?«, bekamen nun auch die Freunde Bremsis Unmut um die Ohren gehagelt.

»Oxana, wie gut kannten Sie Frau Funseneder?«, wandte sich Bülent an die Russin, ohne auf Bremsis aufgeregtes Geschnatter einzugehen.

»Oh, eine furchtbare Person.« Die Russin rollte dermaßen scharf das »R«, dass Bülent glatt eine Gänsehaut den Rücken hochrumpelte. »Hat meiner Alenka das Leben zur Hölle gemacht. Sie war richtiger Teufel. Ist überhaupt nicht schlimm, dass tot.« Sie spuckte jetzt tatsächlich ganz unladylike in die Wanne. »Ist böse zu meine Mädchen und will dann von mir Kosmetikbehandlung. Intimbehandlung. Vorgestern stand plötzlich da. Ich habe rausgeschmissen und gesagt, soll ihr Borsten mit eine Heckenschere schneiden.« Oxana grinste, während Bremsi grad recht leidend daherglubschte.

Bülent hätte sich fast gewünscht, dass die hübsche Russin ein bisschen weniger ehrlich gewesen wäre, so aber musste er sie wohl oder übel ebenfalls zur Liste der Verdächtigen hinzufügen. Wenn auch äußerst widerwillig.

Bremsi transpirierte mittlerweile wie ein Fußballspieler in der Verlängerung und roch ebenso zwiebelig-herb. Unangenehm war das.

»Bitte geht's jetzt«, hauchte er. »Ich brauch wirklich meinen Schlaf.«

Reden wollte er einfach nicht mehr mit ihnen, das war wohl klar, aber Bülent hatte eh genug gehört.

»Gut, dann gehen wir«, erklärte er nonchalant. »Wir wissen ja eh, was wir wissen müssen. Gell, Franz?«

Der Geiger grinste breit und nickte. »Freilich, alles wissen mir.« Er zwinkerte dem Bremsnagel so dermaßen frech zu, dass dem gleich eine ungesunde Röte ins Gesicht schoss. »Schlaf gut,

Bremsi, und lass dir ned wehtun im Traum«, jodelte der Franz noch einen obendrauf, bevor Bülent ihn endgültig aus dem Bremsnagelschen Revier ziehen konnte.

Erkenntnis des Augenblicks – nichts ist, wie es scheint.

# KAPITEL 7

## *Zwischen Liebe und Hiebe*

Bülent und Franz gingen gemütlichen Schrittes über den Bremsnagelschen Hof, als sie hinter sich hektisches Schlurfen und ungesundes Keuchen vernahmen. Tatsächlich, der Bremsi pantoffelte hinter ihnen her und pfiff dabei aus dem letzten Loch.

»Etz wartet halt mal, ihr zwei. Ich will mit euch reden!«, rief er ihnen zu.

Bülent und Franz beschleunigten daraufhin unisono ihren Lauf. Dabei grinsten sie sich diabolisch an.

»Bleibt's halt stehen«, kam es noch mal vom Bremsi.

Franz zählte leise. »Eins, zwei, drei ...!«

Wie auf Kommando blieben sie abrupt stehen, und der Bremsi rumste ihnen in voller Fahrt hintendrauf. Wie war das mit Masse und Bewegung? Immer wieder ein Spaß.

»Hat des etz sein müssen?«, winselte der Bremsnagelsche Koloss. »Ihr seids mir vielleicht zwei Kindsköpf. Des hätt fei ins Auge ah gehen können.«

Bla, bla, bla. Jammer. Jammer. Bülents Mitleid hielt sich schwer in Grenzen. Das war auch damals in der Schule schon so. Da hatten die anderen Kinder dem Bremsi auch immer arg zugesetzt. Verbal und psychisch. Heute nennt man das wohl Mobbing. Oft sind Franz und er dazwischengegangen. Jetzt nicht unbedingt aus Sympathie, sondern eher aus einem ausgeprägten Gerechtigkeitssinn heraus. Der Bremsi sah zwar wirklich schon als kleiner Bub aus wie der geborene Loser, aber so wirklich konnte er dafür auch nichts. Das lag einzig und allein an dem unseligen Wirken seiner Mutter. Eine Wampe hatte sie ihm schon in der Vorschule hinkocht g'habt, und optisch kam er so dermaßen verballert daher, dass einem schon als Kind schlecht werden konnte.

Sehr sparsam war sie auch noch gewesen, die Genoveva, und deswegen musste der Bremsi nicht selten die Sachen von seinem verstorbenen Vater auftragen. Der hatte aber zeit seines Lebens eher das Gestell eines Windhundes und sah nicht aus wie ein rausgefressener Bernhardiner.

Kurzum, der Bremsi war damals schon der klassische Opfertyp gewesen, rekapitulierte Bülent, und war es wohl immer noch.

Dabei gab es doch heutzutage eine geradezu inflationäre Dichte an Life-Coaches und Therapeuten. Sicherlich waren nicht alle geeignet für den Beruf, aber Bülent wollte sich diesbezüglich kein Urteil erlauben. Es war einfach wie mit den Heilpraktikern auch. Nicht jeder, der das Wort Globuli richtig schreiben konnte, verfügte auch gleichzeitig über die Gabe, ebenselbiges nachhaltig und wirkungsvoll an den Mann respektive an die Frau zu bringen. Da brauchte es schon das richtige Gespür und vor allem eine halbwegs aufgeräumte Psyche. Sonst wird's gefährlich. Davon war der Hauptkommissar mehr als überzeugt.

Dem Bremsi jedenfalls sah man an, dass der noch nie den Schraubenschlüssel bei sich selbst angelegt hatte. Bülent sah in ihm noch heute den weinerlichen Schulbub, der immer gleich heimrannte und alles seiner Mutter petzte. Was natürlich noch mehr Ärger nach sich zog. Also für den Bremsi.

Irgendwann muss doch jeder mal aus seiner Komfortzone hupfen und einen Schritt weiter gehen. Sagte er das jetzt eigentlich zu sich selbst?

»Warum seids denn so garstig zu mir, ich hab euch doch überhaupt nichts getan«, schmollte der Bremsnagel daher.

»Uns nicht, aber vielleicht ja der Gertrude«, nutzte Franz die verbale Vorlage, die sich ihm bot.

Bremsi drehte es nervös die Glubscher aus den Höhlen, und er scharrte nervös mit seinen Hausschlappen über den Boden.

»Ich hab die Gertrude nicht umgebracht, zefix. Warum sollt ich denn so was machen?«

Bülent sah ihn scharf an. »Möglicherweise hat sie dich ja erpresst, und die zwanzigtausend Euro waren erst der Anfang«, schlussfolgerte er dann noch.

Aus den Augenwinkeln heraus konnte Bülent einen Schatten im Fenster der Bremsnagelschen Hütte erkennen. Alles klar. Big Mother is watching you. Hoffentlich blieb es auch dabei, und sie kam nicht noch rausgerannt wie eine Furie, um ihren Bubi eigenhändig ins Bett zu wachteln.

Bülent spürte, dass er nur noch Millimeter von der Wahrheit entfernt war. Wenn es auch nicht die Wahrheit war, die zur endgültigen Lösung des Falles notwendig war. Das fühlte er auch.

Der Bremsi ein eiskalter Mörder, und dann noch so perfide mit Gift – im Leben nicht. Aber irgendetwas lag in der Luft, und das wollte er jetzt und hier verdammt noch einmal greifbar machen.

»Also, Bremsi, nehmen wir mal an, du hast sie nicht auf dem Gewissen, aber irgendetwas ist doch zwischen euch gelaufen, und bitte erspare mir irgendwelches zusammengebasteltes Gewäsch, weil sonst landest du schneller in Untersuchungshaft, als dir lieb ist.«

War freilich jetzt nur so dahingesagt, weil wirklich Grund gab es nicht, den Pantoffelhelden da vor ihm einzukasteln, aber es wirkte – wie meistens.

Bremsi wischte sich die Schweißperlen von der Stirn. Hier spritzte eindeutig die Angst ihren puren Saft auf das Hirn.

»Versprecht ihr mir, dass ihr nix weitertratscht? Vor allem nicht meiner Mutter oder der Oxana?«

Bülent und Franz sahen sich an. Letzterer zuckte mit den Schultern.

»Wegen mir. Was meinst du, Boss?«

Bülent nickte. »Meinetwegen. Also, schließ los, bevor ich noch Frostbeulen an den Füßen bekomme oder uns am Ende noch deine Mutter vom Hof jagt.«

Bülents Einwand kam nicht von ungefähr. Genoveva stand nämlich mittlerweile lauernd in der Haustür und zielte mit einer Steinschleuder auf sie.

Die Alte hatte echt mächtig einen Wackelkontakt im Oberstübchen.

Bremsi, der seine Erzeugerin ebenfalls gesichtet hatte, schob Bülent und Franz eiligst aus der Schusslinie in Richtung Stallgebäude. Also was früher der Stall gewesen war. Jetzt prangte ein schwarzes Schild an der Wand, auf dem mit goldenen Lettern geschrieben stand: *OXANA Beauty for your Soul.* Sehr ansprechend. Für Strunzheimer Verhältnisse wohl aber eine Nummer zu drüber, vermutete Bülent. Mit der Seele beschäftigte man sich hier eher selten. Die Nägel mussten leuchten und die Füß enthornt sein, das war's dann aber schon mit der Beauty. Grad, dass man sich ab und an eine Massage gönnte, aber freilich nur die, die es auf Rezept gab. Das Auto bekam den besten Sprit, aber an sich selbst sparte man, wo es nur ging. Ein Trauerspiel.

»Etz kommt's halt«, drängelte Bremsi in Bülents gedankliche Abschweifungen hinein. »Nei mit euch, da seids sicher. Meine Mutter hat nämlich beim Herrgott geschworen, dass sie nie einen Fuß in Oxanas Studio setzen wird.«

Er öffnete die große Stalltür und gab damit den Blick frei auf ein wirklich luxuriös eingerichtetes Beautystudio.

»Mein lieber Schieber.« Franz, der als Erster eingetreten war, drehte sich mit vor Staunen geöffnetem Mund im Kreis. »Des schaut ja hier aus wie im Wellnessbereich eines Nobelhotels.«

Bülent musste seinem Kumpel recht geben. Ein profanes Provinznagelstudio, so à la Susis Supernails, war das wahrlich nicht. Wie schon in der Bremsnagelschen Wohnung, so war auch hier die Handschrift eines innenarchitektonischen Talents zu erkennen. Die aushängende Preisliste ließ eher darauf schließen, dass man in diesem Etablissement auf eine gehobene, anspruchsvolle Klientel mit lockerem Geldbeutel setzte. Alles in allem für Strunzheim also eine komplette Themaverfehlung.

»Alles Feng Shui und das Beste vom Besten. Hab ich der Oxana zur Hochzeit geschenkt. Fragt mich nicht, was das gekostet hat«, ächzte Bremsi.

Bülent und Franz fragten nicht, weil es sie auch gar nicht interessierte. Stattdessen sahen sie den Bankdirektor abwartend an. Dem lief gleich wieder die Soß runter. Wo er ihn nur herbrachte, den ganzen Saft.

Franz zog derweil souverän einen fertigen Joint aus der Jackentasche und zündete ihn an. Genüsslich zog er daran und hielt ihn dann dem Bremsi vor die Nasen.

»Magst auch? Des entspannt, dann geht's vielleicht ein bisschen leichter mit dem Reden.«

Der Angesprochene sah angewidert auf den glimmenden Kolben. »Des ist doch illegal, und dann auch noch im Dienst. Dass du des erlauben tust?« Vorwurfsvoll sah das Sparkassenoberhaupt Bülent an.

»Es gibt Schlimmeres«, antwortete der gefährlich leise, »zum Beispiel Mord.«

Bremsi fuhr sich erschöpft mit der Hand über das Gesicht. »Etz glaubt mir halt, ich hab die Gertrude nicht umgebracht. Ich, also, ich hab sie geliebt.«

Franz verschluckte sich jetzt glatt an seinem Dampf. »Wie bitte? Du hast daheim ein Zehnerbrett von einer Frau und verliebst dich ausgerechnet in die Funsenederin? Des musst mir etz aber schon mal erklären, wie das geht.«

Das wollte Bülent auch wissen, obwohl er die Antwort bereits ahnte.

»Die Oxana und ich, also, des harmoniert einfach nicht mehr so.« Seine Augen verklärten sich. »Die Gertrude, die hat halt genau gespürt, was mir gefehlt hat.«

»Die ein oder andere Tracht Prügel, oder was?«, unterbrach Bülent den weinerlichen Monolog.

»Wie du des sagst, klingt des ja fast schon brutal«, wehrte sich der Bremsi jetzt gleich ganz erbost. »Des ist wie mit dem Essen auch, Rambichler. Ned jedem schmeckt alles, und mir schmeckt's halt ab und an a weng schärfer. Dabei kann ich richtig gut entspannen. Außerdem wird da nicht geschlagen, sondern sinnlich drangsaliert. Des ist was ganz was anderes. Die Gertrude hat zum Beispiel immer …«

Bülent hob abwehrend die Hände. »Bitte erspar uns die Details.«

»Also, mich würd des ja schon interessieren«, insistierte der Geiger neugierig. »Hast denn du dann auch a Chappi fressen müssen?«

Bülent sah seinen Kumpel überrascht an.

»Hab ich mal im Fernsehen gesehen«, beeilte sich Franz zu sagen.

Bremsi schüttelte den Kopf und verschränkte beleidigt die Hände vor der Brust.

»Ihr habt's doch keine Ahnung. Dieses Gefühl, wenn Baccararosen auf dei nackte Haut zünden, des bringt die wahre Erfüllung. Da jubiliert das Herz. Des, dass ich den Hund spiel, des ist ja bloß des Vorspiel, damit des Frauchen auch a bisschen glücklich ist.« Sein Gesicht verdüsterte sich. »Also war, weil etz is' ja nemmer, mei Gertrude.« Er schniefte.

»Wie lange ging das denn zwischen euch?« Bülent wollte unbedingt den Redefluss am Laufen halten, bevor Bremsi sich komplett in sein Selbstmitleid zurückzog.

»Fast ein Jahr, aber vor zwei Monaten hat sie dann plötzlich Schluss g'macht. Ich frag mich immer noch, was ich falsch g'macht hab. Dabei wollt ich mich doch von der Oxana trennen.«

Franz schnaubte. »Nix hast falsch g'macht, Bremsi. Zwanzigtausend Euro hast ihr überwiesen für ihren Whirlpool, damit war für sie die Sach erledigt.«

Kombinieren konnte er rasant, der Geiger, das musste man ihm lassen.

»Du meinst, des war alles geplant?« Ungläubig starrte Bremsi den Geiger an. »Des kann ned sein. So was kann man doch ned spielen.«

»Du wärst nicht der Erste, der in die Falle einer Gottesanbeterin tappt. Sei froh, dass sie dich nicht aufgefressen hat, nachdem sie g'habt hat, was g'wollt hat.«

Bremsi sinnierte einen Moment vor sich hin. »Aber mal ehrlich, so gemein kann doch kein Mensch sein«, brachte er hoffnungsvoll hervor.

»Lehrer vielleicht schon«, erwiderte Franz süffisant. Er hatte es halt noch nie so mit Lehrern gehabt, der Geiger.

»Woher hat die Gertrude überhaupt von eurem Whirlpool gewusst?«, brachte Bülent das Verhör wieder auf eine sachliche Ebene.

»Ich war bei ihr zu einem Elterngespräch zwecks der Alenka, und da hab ich ihr Bilder davon gezeigt. Also da war noch nix zwischen uns. Ganz begeistert ist sie gewesen. Die Oxana steht ja eher nicht so drauf. Aber die Gertrude – des hat sich fast angefühlt wie Seelenverwandtschaft. Hat mich richtig angezirpt, dass sie sich so was auch schon immer gewünscht hat, aber halt des Geld ned dafür hat«, erzählte Bremsi mit tonloser Stimme. Langsam schien ihm tatsächlich ein Lamperl im Hirn aufzugehen. »Gott, bin ich ein Rindviech.«

Bülent und Franz sahen keinen Grund, ihm zu widersprechen.

»Aber erpresst hats dich nicht, die Funsenederin?«

Bremsi schüttelte den Kopf. »Na, die hat doch überhaupt nicht mehr mit mir geredet. Außerdem wär des für sie auch peinlich geworden. Sie ist, also war doch so engagiert in der Kirche und bei den Landfrauen und überall. Da hätt sie sich ja wohl ins eigene Bein geschossen, weil ich hätte ja dann auch was zum Erzählen gehabt.«

Da musste Bülent ihm recht geben. Des wäre ja sozusagen eine Lose-lose-Situation gewesen.

»Wie hat man sie eigentlich, also, wie wurde sie denn umgebracht, die Gertrude«, flüsterte Bremsi jetzt ganz zaghaft daher.

»Vergiftet«, gab Franz äußerst bereitwillig und in aller Kürze Auskunft. Dabei stieß er eine hübsche Rauchwolke aus dem Mund, die für kurz das Gesicht vom Bremsi vernebelte, der daraufhin freilich gleich mal einen Hustenanfall bekam.

»Vergiftet?!« Bremsnagels Stimme überschlug sich fast. So ganz war er eh nie aus dem Stimmbruch rausgekommen. »Und dann verdächtigt ihr ausgerechnet mich? Rambichler, grad du müsstest doch wissen, dass Giftmorde fast ausschließlich von Frauen verübt werden.«

Bremsi schüttelte konsterniert den Kopf. »So was, des weiß man doch als Polizist.«

Franz grinste amüsiert.

»Freilich weiß er des, unser Büli, aber du bist etz halt eher a recht a Weibischer, Bremsi, da könnt des schon passen.«

Bremsnagel funkelte Franz ob dessen frei hinausgeplärrter Wahrheit konsterniert an. Der hieb ihn freundschaftlich mit der flachen Hand auf den Rücken.

»Nix für ungut, alte Wurschthaut, nix für ungut. Kannst eh nix dafür, bei der Mutter.«

Bevor der Sparkassendirektor sich bemüßigt sah zu antworten, ging Bülent dazwischen.

»Hat die Oxana von deinem Verhältnis mit der Funsenederin gewusst?«

Franz hob den Zeigefinger. »Von der schlagenden Verbindung sozusagen«, palaverte er jetzt schon wirklich schön im Kraut stehend gleich hinterher.

»Um Gottes willen, nein! Da hab ich schon aufgepasst.«

Und da, der Schweiß lief wieder.

»Die Oxana war sowieso nicht gut auf die Gertrude zu sprechen zwecks unserer Alenka. Des hätt ein Unglück gegeben, wenn die des rausgefunden hätte. Sie ist halt doch auch sehr emotional, meine Frau.« Er stockte, als hätte er jetzt realisiert, was er da gesagt hatte. »Meint ihr, sie hat was mit dem Mord zu tun?« Er sah Franz und Bülent mit kuhrunden Augen an.

»Traust du ihr so was zu?« Bülent sah Bremsi durchdringend an.

Der kratzte sich nachdenklich den Schorf vom Kopf. »Eigentlich nicht. Sie ist keine Hinterfotzige, sondern schon grad raus. Also eher noch hätte sie ihr eine betoniert, aber ein Mord … Ich weiß nicht.«

Das konnte jetzt alles heißen und nichts.

Fürs Erste hatte Bülent genug gehört. Er entließ den erleichterten Bremsi ins Bett. Es war jetzt auch schon fast halb elf. Ihn selbst gelüstete jetzt erst einmal nach Ruhe, Räucherstäbchen und Leonard Cohen.

# KAPITEL 8

## *Die letzte Ölung*

Bülent und Franz sinnierten noch eine Zeit lang im Rambichlerischen Gartenschuppen über den Fall. Aber so wirklich weiter kamen sie nicht. Zumal Franz im Grunde nur eines im Kopf hatte – die Lispelstimme von der Frau Doktor.

»Ich sag dir, Bülent, die ist die Frau meines Lebens«, wiederholte er sich nun schon zum fünften Mal. Was wohl daran lag, dass er wie immer vollkommen zugeraucht war.

Bülent verkniff sich eine Bemerkung.

Schwerfällig erhob sich der Geiger, nachdem er seinen Joint bis zum Anschlag aufgeraucht hatte. »So, ich geh etz, aber vorher geb ich dir noch einen guten Rat …«

Eine vernebelte Weisheit vom Geiger war jetzt genau das, was er nicht brauchte. Aber freilich war das seinem Kumpel egal, er legte dennoch los.

»Hol dei Astrid und wart nicht, bis hier irgendetwas gelöst ist, des sag ich dir. Nutze die Gunst der Stund, weil morgen kann schon wieder alles ganz anders sein. Des weiß man nämlich nie. Also, Servusler.« Er wankte zur Tür und ließ Bülent allein zurück.

Für einen kurzen Moment genoss dieser die Stille. Niemand war da. Scheiße, niemand war da. Bülent wollte jetzt nur noch zu seiner Mama.

Er traf seine Eltern eng schwofend im Wohnzimmer an. Der ganze Raum war in Kerzenlicht gehüllt, und aus dem alten Musikturm – vor Urzeiten aus dem Schneider-Katalog geordert – symphonierte Roland Kaiser seinen Schmachtfetzen *Dich zu lieben* in einer derartigen Lautstärke heraus, dass die Vorhänge an den Fenstern leicht im Takt mitwippten. Außerdem roch es angenehm komisch. Irgendwie kirchlich sinnlich. Was freilich ein Widerspruch in sich war, aber es war halt so.

Die Geruchsquelle war schnell aufgetan. Auf dem Birkefurnier-Sideboard diffussierte ein Diffuser stoßweise Massen an Duftnebel in die Rambichlerische Luft hinaus. Unbemerkt von seinen Eltern blieb Bülent im Türrahmen stehen und beobachtete die beiden Turteltauben, wie sie sich in ihren Schlafanzügen mit geschlossenen Augen über das beperserte Parkett schoben. So vertraut und liebevoll hatte Bülent seine Erzeuger schon lange nicht mehr miteinander gesehen.

*Dich zu lieben, dich berühren. Mein Verlangen, dich zu spüren. Deine Wärme, deine Nähe. Weckt die Sehnsucht in mir auf ein Leben mit dir.* Der Kaiser gab alles. Da war es wieder, dieses seltsame Ziehen in der Herzgegend. Er schloss die Augen.

»Sag amal, Bub, greinst du?«

Bülent wurde von den Worten seines Vaters spontan wieder ins Hier und Jetzt katapultiert.

Erkan und Maria standen vor ihm und musterten ihn mit besorgtem Blick.

Bülent wischte sich schnell über die Augen. »Bei der Musik kann's einem ja nur die Tränen in die Augen treiben«, schniefte er.

Maria strich ihm liebevoll über den Arm. »Hat sich die Astrid immer noch nicht gemeldet?« Der untrügliche Instinkt einer Mutter, da war er wieder.

Bülent entschied sich erst einmal zu schweigen.

Maria zog ihn mit sich auf das Sofa. »Etz hockst dich erst einmal zu uns und trinkst einen Kräutertee. Des wärmt von innen.«

Erkan nickte zustimmend und schlürfte, wie zum Beweis, demonstrativ aus seiner schwarz-roten 1.-FC-Nürnberg-Tasse, dabei lächelte er seine Frau liebevoll über den Tassenrand hinweg an.

Sein Vater und Tee?! Normalerweise bezeichnete Erkan dieses Getränk als lauwarme Seuchbrüh, in die ein Stängel Kamille oder sonst ein geschmackloses Gefunsel neibrunzt hat. Also quasi so gar nicht sein Gusto. Überhaupt, wo kam sie her, diese plötzliche Harmonie und Einigkeit?

Heute Morgen noch Sturmwarnung und jetzt eitel Sonnenschein, der, wie Bülent schon auch erkennen konnte, nicht gespielt war. Irgendetwas Seltsames war hier im Gange.

»Habt ihr vom Franz seine Kekse genascht?« Argwöhnisch beäugte er seine Eltern.

Maria kicherte und wechselte einen kurzen Blick mit Erkan. Der schüttelte den Kopf. »Viel besser, mein Sohn, viel besser. Des ist *Passion* – Leidenschaft, verstehst.«

So weit war Bülent des Englischen schon mächtig. »Aha, und woher kommt sie plötzlich, eure *Passion?*«

Erkan rollte entnervt mit den Augen. »Geh, Maria, zeig's ihm, der gibt ja sonst eh keine Ruh.«

Bülents Mutter nahm ein hübsches Holzkästchen vom Couchtisch und öffnete es. Darin befanden sich zahlreiche kleine Fläschchen. »Des hat mir die Reichelmeier Susi zum Testen vorbeibracht. Des sind reinste ätherische Öle, da wennst bloß dran riechst, geht's dir schon besser«, erklärte sie mit gewichtiger Oberlehrerstimme.

Erkan schnalzte mit der Zunge. »Oder was anderes geht«, säuselte er frivol.

Gespielt entrüstet gab ihm Maria einen Klaps auf den Oberarm. »Du wieder«, säuselte sie nicht minder anrüchig zurück.

Schlussendlich hielt sie ihrem Sohn ein Fläschchen mit der Aufschrift »Peppermint« unter die Nase. »Da, riech.«

Bülent zögerte. Was der Bauer nicht kennt und so.

»Jetzt riech halt, fällt dir schon net ab, dei Rüssel.« Ungeduldig stupste Erkan seinen Sohn an.

Vorsichtig schnupperte Bülent am Rand der kleinen Flasche herum, und schon traf ihn die Minze mit voller Wucht. Herrgottzack, das ging mal rein bis unter die Hirnrinde. Sofort fühlte sich Bülent hellwach und wieder ein Stück klarer.

»Stark, gell?« Erkan grinste wissend und griff mit seinen Pranken zu einem weiteren Fläschchen. »Und des da, des ist des *Passion*-Öl, des ist für gewisse Stunden.« Bevor Bülent zu der Flasche greifen konnte, entzog sie ihm sein Vater flink. »Des brauchst du doch gerade eh nicht.«

Maria bedachte Erkan mit einem strengen Blick. »Was haben mir denn grad g'redet, wie du dich benehmen sollst?«

Schuldbewusst senkte Erkan den Kopf. »'tschuldigung. Aber es stimmt doch auch. Außerdem mag ich net, dass der uns des wegschnüffeln tut. Jetzt, wo es gerade so schön is zwischen uns.«

Bülent sah seine Eltern zweifelnd an. »Ihr wollt mir doch nicht allen Ernstes weismachen, dass ihr euch nur zwecks dieser Dinger da wieder vertragen habt? Das glaubt euch doch kein Mensch.«

Maria griff zu der Hand ihres Mannes. »Natürlich nicht nur deswegen. Aber eine wertvolle Hilfe waren sie schon, gell, Erri?«, gurrte Maria.

Der nickte. »Weihrauch für den Frieden und *Passion* für …« Erkan ließ holprig die Hüften kreisen.

Bülent winkte ab. »Ich will's gar nicht wissen. Eigentlich will ich nur noch in mein Bett.«

Sein Versuch, sich von der Couch zu erheben, wurde von

Maria jäh im Ansatz ausgebremst, indem sie ihn an seinem Gürtel festhielt und zurück aufs gute fliederfarbene Velours zog.

»Du bleibst etz mal da. Dei Vadder will dir nämlich noch was sagen.«

Auf eine wie auch immer geartete Rede seines Erzeugers hatte Bülent um diese Uhrzeit – also eigentlich nie – wirklich keine Lust. Oder hatte Erkan am Ende etwas mit dem Tod der Funsenederin zu tun? Bülent wurde es ganz heiß innerlich.

»Etz schau ned so derangiert, Bub, es geht ned um die Funsenederin.«

Erkan platzierte sich nun ebenfalls neben seinem Sohn, sodass sich Bülent bereits rechts und links flankiert von seinen Eltern auf dem Sofa eingeklemmt sah. Die beiden rutschten nämlich schon ganz nah an ihn ran. Fast schon unangenehm war das.

Erkan räusperte sich etwas umständlich. »Also, Bub, pass amal auf, des heut bei die Walders und mei Auftreten heut Nacht auf dem Ball, also, des, des …«

Da hatte jemand sichtliche Schwierigkeiten, den Satz zu vollenden. Maria sah ihren Mann aufmunternd an.

Der holte tief Luft, bevor er weitersprach.

»Also, des tut mir leid. Überhaupts tut mir alles leid, wie ich mich in letzter Zeit benommen hab. Der Mama, aber auch dir gegenüber. Ich war schon irgendwie ein rechter …« Erkan suchte nach den richtigen Worten.

»Depp!«, vollendete Maria den Satz trocken und grinste.

Dieses Geständnis überraschte Bülent nun doch. Er konnte sich nicht erinnern, wann sein Vater ihm gegenüber mal ein Unrecht zugegeben, geschweige denn sich dafür entschuldigt hätte. Das kam ja glatt einem Wunder gleich. Er fühlte sich fast ein wenig beschämt.

Er winkte ab. »Passt schon, ich kenn dich ja nicht anders.«

Erkan grinste ihn schief und schon schwer erleichtert an. »Wie läuft's denn in deinem Fall?«, fragte er.

»Also wennst nix darüber erzählen willst, erzählst auch nix. Gell, Erri, des muss er nicht«, grätschte Maria gleich dazwischen.

»Also ich hab damit überhaupt kein Problem, is eh besser, man weiß ned so viel«, schmalzte Erkan daher und setzte eine derartige Unschuldsmiene auf, dass Bülent schon ahnte, wie sehr die Neugierde an den Synapsen seines Vaters herumzupfte.

Apropos Neugier, Bülent fiel ein, dass er seine Mutter etwas fragen wollte.

»Du, sag mal«, wandte er sich an Maria, »weißt du, warum die Genoveva Bremsnagel so ist, wie sie ist?«

»Wie kommst denn etz auf die alte Bissgurken?«, fiel Erkan ihm ins Wort. »Vor dem Weibsstück hat selbst der Teufel Angst, des sag ich dir.«

Für diese wenig feinfühlige Aussage erntete Erkan von Maria einen unsanften Klaps auf den Hinterkopf.

»Red ned so dumm daher, Erri, die Genoveva hat's auch ned leicht g'habt in ihrem Leben.« Sie dachte kurz nach. »Die Bremsnagels haben vor dem Fidelius noch eine Tochter g'habt, die hat ihr aber der Herrgott durch ein tragisches Unglück genommen. Ich glaub, da war das Maadla noch keine vier.«

Bülent schluckte. »Weißt du, was passiert ist?«

Maria nickte sichtlich ergriffen. »Die Kleine war mit ihren Eltern im Wald beim Holzmachen und ist von einem fallenden Baum erschlagen worden, den ihr Vater g'fällt hat. Vor den Augen ihrer Mutter. Furchtbar ist des. Ich denk, in dem Moment ist der Genoveva ihr Herz zerbrochen und nimmer g'scheit zamg'wachsen. Deswegen is' a so kalt.«

Was für eine tragische Geschichte, aber sie erklärte auch das übertrieben innige Verhältnis von Genoveva zu ihrer Enkeltochter, überlegte Bülent. Man sollte wirklich einen Menschen nicht nach seinem Verhalten beurteilen, denn man weiß nie, was für ein Schicksal dahintersteckt.

Alle drei Rambichlers saßen für einen kurzen Augenblick ihren Gedanken nachsinnierend da.

»Also, wie läuft's etz mit dem Fall?«, brach Erkan als Erster das bedrückende Schweigen.

»Geht so. Wisst ihr, wer in Strunzheim alles Eiben in seinem Garten stehen hat?«, fragte Bülent.

Irgendwie gefiel es ihm gerade, mit seinen Eltern zu reden. Er hatte ja sonst niemanden. Astrid irgendwo bei sich selbst und der Franz, der war gerade auch nicht mehr von dieser Welt. Wo kein Partner in Crime, müssen halt die Eltern herhalten. Die sahen ihren Sohn jetzt mit großen Augen an. »Eiben?!«, wiederholte Maria seine Frage. »Ja, also des halbe Dorf hat die im Garten stehen. Mir auch hinten beim Kompost. Weißt nemmer, wie ich dich als kleiner Bub g'rad noch derwischt hab, bevor du dir eine Eibenbeere neigestopft hast? Weil du auch pfeilgrad immer alles zamfressen hast müssen, was dir in die Finger gekommen ist.« Sie schüttelte noch immer schockiert über das damalige Geschehen den Kopf. »Des hätt bös enden können, ganz bös. Und du bist schuld.« Sie funkelte Erkan an. »Weil du es ihm vorgemacht hast.«

Ihr Ehemann zuckte mit den Schultern. »Wennst ned auf die Kerne beißt, sind die Beeren auch ned giftig. Des weiß doch jeder.«

»Aber a Bub mit zwei Jahr ned.« Maria stieg der Zorn knallrot ins Gesicht.

Frauen und ihr Elefantengedächtnis. Nix wird vergessen und im unpassendsten Moment wieder ausgegraben. Wahrscheinlich führen alle Ehefrauen akribisch ein Büchlein über die Verfehlungen ihrer Männer. Alphabetisch sortiert, so wird's sein.

»Hey, hey, hey, ich leb ja noch«, fuhr Bülent nun beschwichtigend dazwischen.

Maria atmete tief durch. »Ja, Gott sei Dank!« Und bekreuzigte sich schnell. »Die ganze Sach ist zwar längst rum ums Eck, aber wenn ich dadran denk, dann wird's mir heut noch ganz anders.«

Erkan tätschelte über Bülents Knie hinweg ihre Hand. »Ich versprech dir, dass ich des nie wieder mach und genauso schön auf unseren Bubi aufpass wie du.«

Maria lächelte erleichtert. »Danke, Erri, des ist gut zu wissen. Er ist ja manchmal schon noch ein kleiner Tollpatsch.«

»Hallo, ich kann euch hören«, insistierte Bülent, weil ihm das jetzt doch ein wenig zu weit ging, das ganze Gerede über ihn. »Außerdem weiß ich jetzt sicher, dass man Eibenkerne nicht frisst, weil die haben nämlich die Funsenederin ins Nirwana geschossen.«

Maria wirkte fast ein wenig entrüstet. »Also, als Lehrerin müsst man aber schon wissen, welche Pflanzen giftig sind und welche nicht.«

»Spatzl, die hats doch nicht freiwillig gegessen, sonst müsst unser Bub doch gar nicht ermitteln. Stimmt's?« Erkan taxierte seinen Sohn mit listigem Blick.

»Stimmt«, gab Bülent zu. »Die hat ihr jemand in die Schokolade getan. Aber bitte schweigt euch aus darüber, des soll nämlich noch niemand wissen.«

Bülent wusste seit jeher, dass er auf die Verschwiegenheit seiner Eltern zählen konnte. *What happens bei die Rambichlers, stays bei die Rambichlers,* hatte ihm sein Vater schon von Kindheitsbeinen an beigebracht, und so war es auch immer gewesen.

»Ein Giftmord also.« Erkan erhob sich. Nachdenklich kratzte er sich am Kopf. »Dann muss es eine Frau gewesen sein«, schlussfolgerte er nach einem kurzen Moment des eifrigen Überlegens.

Maria wollte schon kurz aufmucken ob dieser voreilig gezogenen Schlüsse ihres Mannes, entschloss sich dann aber doch, schweigend weiterzulauschen.

»Statistisch betrachtet, ja, aber in Strunzheim glaub ich ned, dass man irgendein vorgefertigtes Wissen anwenden kann, hier laufen die Uhren ja schon allerweil ein wenig anders«, seufzte Bülent. »Oder könnt ihr euch vorstellen, welche von den Damen hier zu so etwas fähig wäre?«

»Alle!«, kam es unisono aus dem Mund seiner Eltern geträllert.

Na bravo. Bülent fuhr sich müde mit der Hand über sein Gesicht. »Faktisch weiß ich noch gar nichts, und ich weiß auch nicht, wie ich irgendwann was wissen könnte. Ich krieg einfach in meinem Kopf nix Gerades zustande.«

Erkan sah seinen Sohn nachdenklich an, dann wackelte er bedächtig mit dem Kopf. »Da hilft nur noch eins.« Er sah Maria an, die wissend nickte.

»Seh ich genauso, Erri. Ganz genauso.«

Die beiden lächelten sich in stummem Einvernehmen an.

Ungeduldig sah Bülent von einem zum anderen. »Was, was hilft da nur? Was meint ihr?« Er glaubte zwar nicht, dass ihm die Antwort wirklich gefallen könnte, aber sie nicht zu wissen, war jetzt so gesehen auch keine Option.

Erkan rollte mit den Augen. »Also des liegt doch glasklar auf der Hand, da muss man doch gar nicht mehr lang drüber sinnieren.«

Maria nickte. »Genau.«

Wieder schwiegen sie bedeutungsvoll. Es wirkte fast wie einstudiert. Als hätten Erkan und Maria vorher ein Drehbuch auswendig gelernt.

Plötzlich dämmerte es Bülent, und sofort ging er in die Kontrahaltung, auch wenn er eigentlich etwas ganz anderes fühlte. Er verschränkte die Hände vor der Brust.

»Nie im Leben, das ist wirklich die schlechteste aller Ideen. Ich renne niemandem hinterher.«

Maria ächzte angestrengt. »O mei, Bub, du sollst ihr doch nicht hinterherrennen. Du sollst sie nur zurückholen.«

Erkan räusperte sich, und es war offensichtlich, dass es ihn viel Mühe kostete, nicht gleich in die Luft zu gehen. »Etz sei doch mal g'scheid, Bub. Ohne Yin kein Yang, verstehst. Du bist doch nur ein halber Mensch ohne die Astrid. Des merkt doch ein Blinder.«

Jetzt hatte Bülent aber genug. »Ihr glaubt wohl, ich schaff das nicht. Aber ich brauch keinen Babysitter, der mir sagt, wie ich meinen Job zu machen hab. Ich find schon raus, wer die Funsenederin auf dem Gewissen hat, und zwar ganz ohne Hilfe.«

Patsch. Kurzerhand touchierte Erkans Handfläche schmerzhaft seinen Hinterkopf. »Depp. Dei Maadla sollst holen. Für dich, ned für eine Leich. Schau dich doch mal an, wie du beieinander bist. A Schluck Wasser in der Kurven ist ein Dreck dagegen.« Wütend funkelte er seinen Sohn an.

Bülent seufzte. »Die Astrid will mich aber gerade nicht sehen. Sie braucht Abstand, und den lass ich ihr.« Bülent erhob sich schwerfällig von der Couch. »So, und etz geh ich ins Bett.«

»Wenn dei Vadder so schnell aufgeben hätte, dann hätte es dich nie gegeben«, bretterte es unwirsch in sein Kreuz.

Er wurde unsanft zurück auf seine vier Buchstaben gezogen.

»Ja, des war schön, die Nacht deiner Zeugung«, schwelgte Erkan in erotisch aufgeladenen Erinnerungen, die kein Kind wissen will.

»Mama, Vadder – jetzt lasst es doch bitte gut sein.«

Aber alles weinerliche Flehen half nichts. Das brachte Maria nur noch mehr in Fahrt.

»Abstand, so ein G'schmarri«, zeterte sie ungewohnt heftig. »In der Liebe gibt's keinen Abstand. Da gibt's nur ein Ja oder Nein! Alles andere findet sich dann schon. Dieses neumodische Rumgestochere und Abgewarte, was soll denn des bringen? Liebe ist da, oder sie ist ned da! Wenn sie da ist, dann muss man auch handeln, weil sonst bereut man es irgendwann. Schau dich doch mal an, du wartest jetzt schon über vierzig Jahr. Spätestens wennst ins Gras beißt, war's des aber. Chance vertan. Ende. Aus. Finito.«

Maria holte tief Luft, während Erkan die Luft anhielt. Verständlicherweise, weil so in Rage war sie selten, sein Weibi. Aber sie war auch noch lange nicht fertig.

»Menschen finden sich nicht ohne Grund, jede Begegnung bringt einen vorwärts, wenn man sich drauf einlassen tut und wenn man kapiert, was einem das Leben damit für einen Spiegel vorsetzt. Man kann daran nur wachsen. Ja, und manchmal zerreißt es einem auch des Herz, aber nix ist umsonst. Aber ohne des ist alles nix. Schau uns zwei an …« Sie nahm Erkans Hand in die ihre. »Mir zwei, mir sind wie Feuer und Wasser. Er stinkt mir oft gewaltig. Aber irgendwie brauch ich des, was er in sich trägt, des Wilde, des Draufgängerische. Manchmal ist er nicht für a Fünferl g'scheit, dei Vadder, aber dafür is ihm auch wurscht, was andere von ihm denken. Er macht des, was er macht, weil er es machen will. Muss man aushalten, ohne Frage, aber anders würd ich es grad gar nicht aushalten. Ich hab mir des echt überlegt, ob ich des will …«

Erkan sah sie mit großen Augen an, anscheinend hörte er das alles auch zum ersten Mal.

»Aber ich liebe ihn ja genau deswegen. Weil er der ist, der er ist, und weil er mich davor bewahrt hat, den faden Huber Xandi zu heiraten, die sichere Partie. Dann wäre ich zwar jetzt eine reiche Witwe, aber garantiert mit dreißig Jahr schon innerlich tot gewesen und hätt noch bis achtzig auf meine Beerdigung warten müssen. Des ist des alles ned wert. Leben und Liebe gibt's nur im Jetzt. Also, liebst du die Astrid, ja oder nein?!«

Bülent spürte, wie ihm die Röte ins Gesicht schoss. Sein Herz pochte bis zum Hals.

»Evet veya hayır! Ja oder nein!«, polterte sein Vater jetzt noch lautstark mit rein. Auf Türkisch – das kam selten vor.

»Evet«, flüsterte Bülent kaum hörbar. »Ja, ich liebe sie, aber …«

Maria schnitt ihm mit einer Handbewegung das Wort ab. »Nix aber, dann fahrst zu ihr und sagst ihr des, und zwar besser gestern als gleich.«

Bülent zuckelte seinen letzten Rettungsanker aus der Tasche. »Und der Fall?«

»Die Tode läuft dir doch nemmer davon. Du sollst ja bloß sagen, was zu sagen ist, und dann mit der Astrid zurückkommen.«

Und das aus dem Munde seines Vaters. Jenem Mann, der ihn geradezu in den Polizeidienst hineinbeschworen hatte – zwecks des guten Prestiges für die Familie freilich. Der Mann, der noch vor Stunden darüber schwadroniert hat, dass die ersten Stunden nach Auffinden eines Mordopfers die wichtigsten seien. Genau dieser Mann wollte jetzt, dass er seinen Job Job sein ließ, um einer Frau hinterherzujagen – unglaublich.

»Ein Mann muss tun, was ein Mann tun muss«, philosophierte Erkan in seine Gedanken hinein, als könnte er sie lesen. »Und darum geh ich etz mit meiner Herzensdame ins Bett.« Galant hielt er seiner Frau die Hand hin. Über Marias Gesicht huschte ein Lächeln.

Wie ein junges, verliebtes Mädchen, dachte Bülent. So hatte ihn Astrid auch angesehen, damals, als sie sich das erste Mal näherkamen. Lange noch, nachdem seine Eltern den Raum verlassen hatten, saß er da, unfähig, sich zu bewegen. Aus den Boxen beatelte es – *Let it be.*

# KAPITEL 9

## *Bis er platzt, der Hirsch*

Bülent erwachte in embryonaler Schmerzenshaltung auf der Couch. Irgendwann musste er wohl vor emotionaler Erschöpfung eingeschlafen sein. Aufgewacht ist er auch nur, weil ihm plötzlich der indische Pfarrer im abgewetzten Fernsehsessel seines Vaters erschienen war und ihm einen hintersinnigen Satz eingeflüstert hatte: »*It's better to look back on a life and say: ›I can't believe I did that‹, than to look back and say: ›I wish I did that‹.*« Die Anwesenheit des Geistlichen fühlte sich so real an, dass Bülent ihn förmlich riechen konnte. Als er allerdings kurz blinzelte, war der Spuk vorbei und alles wie vorher. Außer dass es nach wie vor im Wohnzimmer ganz schön laut roch. *Passion*, Weihrauch … Da konnte man ja nur die wildesten Träume haben. Dennoch, der aufdringliche Gottesdiener hatte schon irgendwie recht gehabt – wenn nicht jetzt, dann nie.

Bülent riskierte einen Blick auf seine Uhr. Viertel nach drei. Er könnte es also pünktlich zum Frühstück schaffen. Also falls es da, wo es Astrid hin verschlagen hatte, überhaupt etwas zu essen gab. Kaffee und frische Semmeln vertrugen sich wohl eher nicht so ganz mit inneren Reinigungsambitionen. Aber sei's drum, er holte sie da jetzt raus, aber vorher musste er auf alle Fälle noch in die Badewanne. In jedes neue Abenteuer sollte man in aller Gepflegtheit starten, davon war Bülent mehr als überzeugt.

Er hatte allerdings die Rechnung ohne Maria und Erkan gemacht.

Nicht mal zehn Minuten lag Bülent mit Heilerdemaske im Gesicht und Leonard Cohen lauschend in der überschäumenden Wanne, da stürmten seine Eltern das Bad und bauten sich wie zwei kampflustige Erdhörnchen vor ihm auf.

»Schau dir des an, Maria. Der Bub hat vielleicht Nerven. Irgendwo hockt seine Frau, um die er sich kümmern sollte, und der Kerl hat nix Besseres zu tun, als sich in aller Herrgottsfrüh an Dreck ins G'sicht neizubatzen«, wetterte Erkan. »Was ist denn mit dir bloß kaputt?«

Maria sagte gar nichts, aber die Enttäuschung stand ihr mehr als ins Gesicht geschrieben. Sie presste ihre Lippen so fest zusammen, dass sie schon ganz weiß waren.

Bülent verdrehte die Augen. »I fa a su Ahid«, keuchte er schwerfällig, da die Heilerde in seinem Gesicht mittlerweile bretthart war und ihm das Sprechen somit kaum möglich war.

Die seniorigen Rambichlers sahen sich an, als hätten sie einen Wahnsinnigen vor sich. Bülent schrubbte sich eiligst den Sand aus dem Getriebe.

»Ich fahr ja zur Astrid«, wiederholte er.

»Wann?«, lauerte sein Vater heraus.

»Na, jetzt dann.« Langsam wurde es Bülent wirklich zu bunt mit der ganzen Fragerei.

Ad hoc änderte sich allerdings Marias Miene von Regenwetter in Sonnenschein. »Ich wusst ja, dass du doch noch g'scheit wirst«, frohlockte sie.

Bülent wusste haargenau, woran sie dachte: linke Masche. Rechte Masche. Linke Masche. Babyjacke.

Erkan klatschte vorfreudig in die Hände. »Na dann kumm, entsteige deinem Bade, Kleopatra, damit wir fahren können.«

Es dauerte etwas, bis diese Worte in Bülents Hirn ankamen. Vielleicht hatte er sich ja auch verhört. Bestimmt war das so.

»Brauchst gar ned schauen wie ein Bus mit Standlicht. Du glaubst doch nicht, dass ich dich allein losziehen lasse. Am End kehrst auf halber Strecke wieder um. Außerdem musst dich noch a weng ausruhen, damit du Kraft hast für des, was kommt.«

Maria nickte zustimmend, wobei doch auch ein leichter Zweifel in ihren Augen zu erkennen war. »Dein Vadder hat schon recht, und er hat mir auch versprochen, dass er sich überhaupt nicht einmischen tut.«

Erkan hob mit unschuldiger Miene beide Hände. »Ich halt mich total raus. Bin quasi nicht vorhanden.«

Merkten sie eigentlich nicht, dass alles, was sie taten, alles andere als raushalten war? Merkten sie denn das nicht?

»Ich schmier euch schnell noch ein paar Brote für unterwegs. Und tu du dich fei ordentlich herrichten, Bub, gell.« Maria zwinkerte ihm zu und verließ gemeinsam mit ihrem Mann endlich das Badezimmer.

Nein, sie merkten es tatsächlich nicht. Aber das war jetzt auch egal. Bülent wollte nur noch eins – zu Astrid.

Die Autobahn war um diese frühe Uhrzeit kaum befahren, dafür schneite es mittlerweile in dicken, dichten Flocken vom Himmel. Erkan, der sich gegen alle Proteste hinter dem Steuer von Bülents Dienstwagen platziert hatte, fuhrwerkte über die Straße und wühlte so dermaßen dilettantisch durch die sechs Gänge des Autos, dass der BMW schon des Öfteren laut vor Schmerz aufheulte. Als Erkan zum wiederholten Male den Motor umdrehungsmäßig absolut ungesund hochjubelte und dabei jegliche Fahrbahnmarkierungen außer Acht ließ, hatte Bülent genug. Mit 180 km/h völlig anarchistisch mittig zwischen rechter und linker Spur dahinzugondeln, erschütterte irgendwann selbst das hartgesottenste Beifahrergemüt.

»Du fährst jetzt bitte am nächsten Rastplatz raus, weil sonst ist das Getriebe im Arsch und mir am Ende auch, bei dem Stiefel, den du zusammenfährst«, verbalisierte Bülent seine Befürchtungen, bekam aber keinerlei Antwort.

Erkan stierte mit eng zusammengezwickten Augen geradeaus und hielt sich krampfhaft am Lenkrad fest.

»Hey, hast du mich gehört?«

»Nicht mit dem Fahrer sprechen«, nuschelte Erkan. »Nicht mit dem Fahrer sprechen.« Er rutschte dabei noch einmal ein ganzes Stück im Sitz nach vorn, sodass seine Nase mittlerweile fast an der Windschutzscheibe klebte, während sein Bauch zwischen Rückgrat und Lenkrad eingeklemmt schien.

»Vadder, da fahr raus!« Chance verpasst. Bülent stöhnte. Das ging ja schon alles gut los. Einatmen, ausatmen und jetzt bloß nicht die Nerven verlieren.

»Was schnaufst denn so laut wie ein Ochs, Bub? So kann ich mich doch ned g'scheid konzentrieren. Siehst doch, dass ich mei Brille ned aufhab. Ohne fährt sichs bei dem Sauwetter halt nicht ganz so galant«, erklärte Erkan.

Zeitgleich trieb er den Scheibenwischer zu Höchstleistungen an und den Drehzahlmesser in die Verzweiflung.

»Bitte, Papa, der Wagen ist von Steuergeldern bezahlt«, winselte Bülent jetzt schon auch ein wenig um sein Leben.

»Warum hast denn auch keine Automatik wie jeder g'scheite Mensch?«, meckerte sein Erzeuger zurück.

Aufgrund der etwas angespannten Fahrsituation ersparte Bülent es sich, seinen Vater darüber aufzuklären, dass Schalten für ihn zu einem guten und ehrlichen Fahrgefühl dazugehörte. Reichte schon, dass sein Dienstwagen im Grunde nur noch ein Laptop auf vier Rädern war. Zu viel Schnickschnack und viel zu viel Gepiepe. Wenn es nach ihm ginge, würde er ja ein altes

BMW Coupé 2000 fahren oder gleich einen Porsche Targa Baujahr 1970 in Senfgelb. Nicht nachhaltig, aber geil. Außerdem hatte er bald – also, wenn alles glattlief – eine extrem nachhaltige Freundin an der Hand, die sogar ihre Spülmaschinentabs selbst herstellte. Das allein schon musste seine Ökobilanz doch in ungeahnt positive Gefilde schrauben. Also, falls er den Trip überlebte.

Erkan kurvte nämlich gerade blind wie ein Maulwurf den Standstreifen entlang. Dabei kam er der Leitplanke gefährlich nahe.

»Da vorn ist der nächste Rastplatz. Da fährst du jetzt raus, ist des klar? Du bist ja eine Gefahr für die Allgemeinheit.« Bülent stand das Arschwasser vor Angst mittlerweile bis zum Haaransatz.

»Dann fahr ich halt raus. Muss eh aufs Klo«, gab Erkan nonchalant zurück.

Blinkerlos zimmerte er auf den Rastplatz, riss die Handbremse nach oben und ließ den Wagen nahezu perfekt in eine Parkbucht – haarnadelscharf zwischen zwei abgestellten Autos – sliden, bevor er den Motor abwürgte. Also sagen wir mal so, wenn quer einparken das neue Geradeaus war, dann wäre es perfekt gewesen.

Bülents Augen hingen ihm fast aus den Höhlen. Sein Vater missdeutete seine angstgeweiteten Glubscher freilich völlig.

»Gell, da schaust. Hab ich beim ADAC-Fahrertraining gelernt. Also im Fernsehen gesehen.« Er grinste, und seine Brust schwoll vor Stolz gleich mal um ein paar Zentimeter. »So, etz muss ich aber. Hast du Geld für mich?« Erkan hielt Bülent seine offene Hand hin.

Am liebsten hätte Bülent seinem alten Herrn eine Ohrfeige verpasst. So wie er damals seine erste und einzige bekommen hatte, als er mit zwei Jahren, ohne auf die Rufe seiner Eltern zu hören, vom Gehsteig auf die Straße gerumpelt war und dabei fast überfahren worden wäre. Eine panische Affektwatschn war das gewesen, das verstand Bülent schon. Jetzt allerdings war ihm mehr nach brutaler Bestrafung.

»Bub, ich brunz dir gleich in dein Karrn nei.« Nervös rutschte Erkan auf dem Sitz herum.

Bülent hatte nicht übel Lust, ihn noch ein wenig zappeln zu lassen, aber es wär schon auch schade um das gute Leder. Widerwillig zückte er seinen Geldbeutel, der ihm von Erkan eiligst entrissen wurde.

»Aber schick dich!«, rief Bülent ihm noch hinterher.

Erkan winkte ab und wackelte mit leicht angestrengtem Gang zu den Toiletten. Ein Wunder, dass er sich nicht gleich an den nächsten Baum stellte. Aber das war dann wohl selbst unter Erkans Würde.

Bülent nutzte die Gunst der Stunde und rutschte auf den Fahrersitz. Da blieb er jetzt erst einmal pappen, bis sie am Ziel waren, beschloss er. Sollte sich sein Vater aufregen, was er wollte.

Der aber nahm, nachdem er sein eiliges Geschäft erledigt hatte, friedlich pfeifend neben ihm Platz und war binnen weniger Minuten eingeschlafen. Vorher hatte er aber noch brav eine Familienpackung Duplo mit seinem Sohn geteilt.

So wie früher, als er noch ein kleiner Junge war. Da hatten sie immer heimlich zusammen genascht. Am liebsten vor dem Mittagessen und noch lieber am Abend nach dem Zähneputzen, beim Vorlesen. Maria hat's jedes Mal herausgefunden, weil halt weder Sohn noch Vater sich dazu imstande fühlten, die leeren Packungen in den Müll zu befördern. Bülents Bett sah nach derartigen Orgien jeden Morgen aus, als wäre ein Kindergeburtstag darin gefeiert worden.

Ja, es gab durchaus viele schöne Erinnerungen mit seinem Vater. Er war halt anders. Nicht immer pädagogisch wertvoll, aber dafür voller wilder Ideen.

Wann hatte es eigentlich angefangen, ihn zu nerven? Bülent wusste es nicht, und das Warum wusste er eigentlich auch nicht mehr so genau. Im Grunde steckte hinter all dem, was sein Vater so trieb, nie eine böswillige Absicht. Wenn man es ganz positiv betrachten wollte, dann war Erkan wie Pippi Langstrumpf und Robin Hood in einer Person. Immer für das Gute und dabei aber leicht verquer in der Umsetzung.

Bülent lächelte. Eigentlich war er froh, dass er nicht allein die Höhle der Löwin betreten musste. Zumal er keine Ahnung hatte, wie die ganze Aktion mit einem Happy End für ihn ausgehen sollte.

Aber er hatte ja noch ein wenig Fahrtzeit vor sich, vielleicht fiel ihm noch was ein.

Drei Stunden später war Bülent immer noch so schlau wie zuvor und dazu in höchstem Maße nervös.

Sie waren am Ziel. Hoch oben auf einem Berg und mitten im tiefsten Schnee. Vor ihnen stand ein riesiger, bestimmt drei Meter hoher Buddha, der vom Nabel abwärts mit dem kühlen Weiß verschmolzen schien. Die Begrüßung war also schon mal stilecht.

Bülent und Erkan stapften langsam einem futuristischen, klimaneutralen Holzbau entgegen, dessen imposante Glasfront einen sensationellen Blick über das Tal vermuten ließ. Ringsherum befanden sich zudem kleine, nicht minder modern gestaltete Tinyhäuser, die wohl als Unterkünfte für Sinnsuchende gedacht waren. Da wusste aber jemand den Weg zur Erleuchtung wirkungsvoll in Szene zu setzen.

»Nicht schlecht, Herr Specht«, resümierte Erkan, »da lässt es sich aushalten.«

Bülents Mut schwand bei dieser Aussage gleich noch ein bisschen mehr. Dieser Ort war mit seiner dominanten Einzigartigkeit garantiert verlockender als die Aussicht auf ihn, den komplizierten Hauptkommissar mit eingewachsenen zwischenmenschlichen Defiziten.

»Ich weiß ned, ich glaub, mir fahren besser wieder«, flüsterte Bülent, der Angst hatte, dass die Stille hier oben sonst seine Stimme zu weit tragen könnte.

Seinem Vater war das wurscht. »Nix da. Du ziehst das etz durch«, pfiff Erkan ihn an. »Außerdem ist etz eh kein Auskommen mehr.«

Wo er recht hatte, hatte er recht. Aus dem Holzbau tummelte sich nämlich urplötzlich eine Gruppe von etwa zwanzig nackerten Männlein und Weiblein, die laut johlend im Schnee herumhüpften und sich gegenseitig einzuseifen versuchten. Begleitet wurde das Ganze von wilden Trommelschlägen, die der offensichtliche Guru dieser Veranstaltung – ein hinterfotziger Schönling, wie Bülent gleich erkennen konnte – zum Besten gab.

Dicht neben dem Oberwilden erkannte er sein Astrid, sein Sunshinechen, welches sich lasziv im Schnee wälzte und dabei sonderbare Urlaute von sich gab.

Erkan war so fasziniert von dem Treiben, dass er wider sein sonstiges Naturell keinen einzigen Ton rausbrachte.

Der Trommel-Kasper und Astrid schienen gefühlsmäßig schon ganz nah beieinander zu sein, das konnte Bülent förmlich spüren, und die Eifersucht schoss ihm heiß durch sämtliche Körperzellen. Man konnte dem Schnee unter ihm förmlich beim Schmelzen zusehen.

»Etz geh schon hin und hol dir deine Frau.« Erkan gab seinem Sohn einen derartigen Schubs, dass dieser glatt das Gleichgewicht verlor und mit einem lauten Schrei vornüber in den Schnee fiel.

Die Trommel verstummte abrupt, und die Truppe, die bis dato keinerlei Notiz von Erkan und Bülent genommen hatte, starrte nun völlig konsterniert auf die beiden Eindringlinge, von denen sich einer fluchend aus dem Schnee zurück in die Senkrechte hievte.

Astrid schien von alldem nichts mitzubekommen. Sie räkelte sich immer noch im Schnee und gurrte seltsam vor sich hin. Ihre Lippen waren schon ganz blau. Das konnte doch nicht gesund sein?

Schlussendlich kam es wohl aber auch in ihrer weit entfernten Dimension an, dass irgendetwas anders war. Sie öffnete die Augen und wurde mit einem Schlag krebsrot im Gesicht. Hektisch sprang sie auf und versuchte ad hoc, souverän zu wirken. Was ihr angesichts ihrer verstrahlten, unterkühlten sowie nackten Optik nicht ganz so gelang.

»Bülent, Erkan, was zum Teufel macht ihr denn hier?«, bibberte sie.

Wahre Wiedersehensfreude sah anders aus.

»Du kennst diese Männer?«, wienerte der Trommler ang'schmäht daher und rückte nahe an Astrid heran.

Eindeutig zu nahe, wie Bülent fand.

»Ähm, ja, Petrus, also, das ist mein …« Astrid machte eine Pause und holte tief Luft. »Das ist mein Chef, der Bülent. Also du weißt schon, und sein Vater«, beendete sie mit fester Stimme den Satz.

Die Worte gaben Bülent einen Stich ins Herz, vor allem das vertraute »Du weißt schon«, und dann noch Petrus. Dieser Heini sah ihm eher nach einem Judas aus.

»Servusler«, tönte Erkan fröhlich heraus und winkte in die Runde.

Keiner winkte zurück. Im Gegenteil, ein paar der anwesenden Frauen fingen tatsächlich an, leise zu schluchzen.

»Meine Herren, wie Sie sehen, ist das Gruppengefüge höchst sensibel und reagiert auf die kleinste Störung von außen mit schwerwiegenden Irritationen. Was auch immer sie zu uns geführt hat, ich muss Sie dennoch bitten, uns zu verlassen«, klugscheißerte der österreichische Mattencasanova nur grad so siebengescheit daher.

Sensibles Gruppengefüge. Pah, ein Haufen hysterischer Weiber war das. Also bis auf Astrid freilich.

»Ich muss aber mit der Astrid reden.« Bülent wusste selbst nicht, woher plötzlich dieser Mut zur Gegenwehr kam.

Seinem Vater jedenfalls gefiel es, denn er knuffte ihn anerkennend in die Seite.

»Mein Freund«, wandte sich nun der nackerte Depp, der durchgeomte, mit mildem Tonfall an Bülent. Genau so, als würde er mit einem Vollidioten sprechen. »Unsere liebe Astrid hat viel Geld dafür gezahlt, hier zu sein, in diesem geschützten Rahmen, fern von Alltag und Außenwelt. Sie möchte mit sich selbst in tiefe Verbindung treten, ihre Muster auflösen und ins Licht geführt werden hin zu ihrer wahren Bestimmung. Sie ist wirklich schon weit und eine sehr, sehr gute Schülerin. Mach ihr das nicht kaputt, Herr Hauptkommissar.« Zwinker. Zwinker. Arschloch.

»Astrid, bitte. Ich brauche dich bei mir. Nicht nur als Kollegin«, presste Bülent nun in letzter Verzweiflung heraus.

Ein tiefes, mitleidiges Seufzen drang aus der Kehle des hinterlistigen Schakals, des hinterlistigen. »Könnt ihr alle sein verletztes Ego spüren?«

Die Runde um ihn herum nickte geflissentlich.

Er wandte sich wieder an Bülent. »Ich kann verstehen, dass du das alles hier nicht verstehst. Aber ich bitte dich, respektiere Astrids Willen, hier zu sein. Öffne dein Herz und sende ihr dein Wohlwollen. Mache sie nicht zur Geisel deiner Befindlichkeiten, Bruder.« Er lächelte breit.

Nein, der Typ zeigte ganz klar seine Zähne. Dann legte er seine Handflächen vor der Brust zusammen und verneigte sich.

»Meine Herren, Namaste.« Er wandte sich an seine Gruppe. »Und wir gehen jetzt hopp, hopp, hopp unter die warme Dusche. Danach treffen wir uns im Yogaraum.« Damit schob er Astrid sanft aus Bülents Dunstkreis.

Sie drehte sich noch einmal zu ihm um. Ihr Blick war unergründlich, ihre Lippen blieben verschlossen.

Der Rest der Gruppe blieb ebenso stumm, und alle folgten wie angefrorene Lemminge ihrem Herrn und Meister.

»Baba, Herr Hauptkommissar. May the love be with you«, kam es noch süffisant vom Wiener Lump, und dann schlossen sich die Pforten vor den Rambichlerischen Nasen und hinter Sunshinechen.

»Sakradi, was war denn etzadla des?« Erkan kratzte sich am Kopf.

Bülent schnaubte. »Eine eiskalte Abfuhr war das, und peinlich noch dazu«, resümierte er frustriert. »Ich hab's ja gleich gewusst, dass so eine Aktion nichts bringt. Die Astrid will nichts mehr von mir wissen. Hast doch selber gesehen, wie die an den schwindsüchtigen Yoga-Doldi hingeschmachtet hat. Ich bin raus aus der Nummer, und zwar endgültig.« Bülent ließ sich erschöpft auf einen Schneehaufen sinken und barg den Kopf in seinen Händen.

»Du redest vielleicht einen Schmarrn daher, dass einem ganz anders werden könnt. Des haben ja sogar meine Hühneraugen g'sehen, was da Sache ist.« Erkan stapfte aufgeregt hin und her. »Die Astrid ist doch ned auf der Brennsuppen dahergeschwommen und fällt mir nichts, dir nichts auf so einen scheinheiligen Schluchtenscheißer rein. Na, Bub. Einen rechten Grant hat's halt auf dich, und des ist super, des sag ich dir.«

»Super, aha, und warum?« Was für eine Erkansche Logik da wohl wieder dahinterstecken würde. Bülent sollte es gleich erfahren.

»Allmächtiger, bei dir muss man wirklich bei null anfangen. Etz pass amal auf, da, wo viel Grant, da viel G'fühl, und da, wo viel G'fühl, da geht auch allerweil noch was. Also, wenn man sich ned ganz dumm anstellt.Verstehst? Was du etz brauchst, ist eine Eins-a-Dakdik, und ich hätt da schon so eine Idee«, zwitscherte Erkan nun völlig selbstüberzeugt daher.

»Dakdik – alles klar. Und die wäre wie?« Neugier, Masochismus, Verzweiflung, eine Mischung aus allem – Bülent wusste nicht, warum er nachgefragt hatte. Die Einfälle von seinem Vater führten bestenfalls zu nichts und schlimmstenfalls noch tiefer ins Verderben.

Aber jetzt war es zu spät. Die Büchse der Rambichlerischen Pandora war geöffnet.

Erkan grinste selbstgefällig und schwieg sich noch ein wenig aus.

»Jetzt spuck ihn schon aus, deinen grandiosen Plan«, motzte Bülent gelangweilt.

Die Miene seines Erzeugers ähnelte daraufhin der einer eitlen Diva, der man gerade gesagt hatte, dass sie einfach zu fett für den Fummel war, den sie am Leib trug. Also so richtig beleidigt war er halt jetzt.

»Wenn mein Herr Sohn keinen Wert auf meinen Rat legt, dann kann ich es auch bleiben lassen. Aber die Soß mit der Mutter, wenn du ohne die Astrid heimkommst, die löffelst dann schön selbst aus.« Rambichler senior drehte sich einmal um 180 Grad und gab Bülent den Blick auf die Rückansicht seiner grellfarbigen Skijacke von anno dazumal frei.

Warum ging es eigentlich nie um ihn, und warum musste seit seiner frühesten Kindheit alles immer in einer Erpressung münden?

Na, weil's halt auch funktionierte.

»Jetzt sag schon. Ich hör dir auch zu. Wirklich«, schoss Bülent noch mit Nachdruck hinterher.

Erkan dachte gar nicht daran, sich umzudrehen. Er schüttelte einfach nur stumm den Kopf.

»Vadder, ich sag dir jetzt was. Die Soß mit der Mutter, wenn die erfährt, dass du mir nicht geholfen hast, die kannst dann du auslöffeln.« Auge um Auge, Zahn um Zahn.

»Du Hundling«, baunzte Erkan und drehte sich um. »Also gut, hier mein Plan: Die Astrid ist schwer ang'fressen zwecks dir, und des wird sich, wie ich des Maadla kenn, auch ned so schnell ändern. Uns bleibt also nur eins …«

Cliffhanger. Freilich baute der Alte jetzt einen Cliffhanger ein.

»Was? Was bleibt?« Bülent konnte nicht leugnen, dass er das Ende dieser Ausführungen jetzt schon gerne hören möchte.

»Dass sie auf diesen eing'seuchten Wiener Gockel, diesen eing'seuchten, noch viel ang'fressner wird als auf dich. Und darum geh ich etz da nei und schau amal, wie offen des Herz von unserm heiligen Petrus so is.«

Wie bereits erwähnt, manche Ideen führen direkt ins Verderben.

Dem selbst ernannten Wiener Guru, der mit nacktem Oberkörper auf einem schafbefellten Podest über seinen Jüngern thronte, bretterte es die Kinnlade fast auf sein indisches Harmonium, als Vater und Sohn mitten im schönsten meditativen Mantrengesang in den Yogaraum schlichen.

Der alte Rambichler bot aber auch wirklich einen skurrilen Anblick. Zwecks der Bequemlichkeit hatte er sich nämlich sämtlicher überflüssiger Klamotten entledigt. Übrig geblieben an seinem Leib war nur die tarnfarbene Winterunterwäsche aus alten Bundeswehrbeständen.

Die schob er jetzt mit würdevoller Miene an vorderste Front, genau zwischen zwei Mittvierziger-Ladys, deren teuer designte Peace-&-Shanti-Yogaklamotten sich perfekt an ihre modelmäßigen Körper schmiegten.

In ihren Gesichtern war jedoch wenig Friedvolles zu erkennen. Die Mundwinkel hingen merkelisch nach unten, und auch die Augen schienen schon seit Längerem nicht mehr gelächelt zu haben. Alles in allem war man hier von einer wie auch immer gearteten Erleuchtung noch weit entfernt.

Erkans charmantes »Etz rutscht halt amal a weng« half auch nicht gerade dabei, die Stimmung zu heben. Sein übertriebenes Stöhnen und Seufzen, als er sich in den Schneidersitz manövrierte, tat ein Übriges dazu.

Man stand kurz vor einem Eklat, das erkannte auch Petrus. Er schwor seine Jünger darauf ein, sich nicht vom Außen irritieren zu lassen. Es war unschwer zu erkennen, dass er um seine Contenance sang.

Bülent, der sich im hintersten Eck des Raumes verschanzt hatte, kam nicht umhin, seinem Vater für diesen Auftritt Respekt zu zollen. Zumal dieser jetzt noch einen Zahn zulegte.

Erkan schloss die Augen und fing an, mit einem türkischen Kinderlied gegen den Wiener Sängerknaben anzusingen. Und das gar nicht mal so schlecht.

*Dandini, dandini, dastana,*
*dannalar girmiş bostana,*
*kov bostancı danayı,*
*yemesin lahanayı.*

Ein türkisch-indisches Gesangsbattle mitten in den Bergen von Österreich. Das hatte was.

Bülent erkannte in Erkans Gesang sein Lieblingsschlaflied, mit dem er aufgewachsen beziehungsweise als kleiner Junge täglich in das Land der Träume geschickt worden war. Er fühlte plötzlich einen dicken Kloß im Hals vor Rührung und Zuneigung. Und ohne dass er lange darüber nachdachte, schloss er ebenfalls die Augen und sang mit.

*Dandini dandini danadan,*
*bir ay doğmuş anadan,*
*kaçınmış yaradan,*
*mevla korusun nazardan.*

*Dandini, dandini, danalı bebek,*
*mini mini elleri kınalı bebek.*
*Annesi babası çok sever.*
*Uyur, büyür nazlı bebek.*

Nachdem die letzte Strophe verklungen war, nahm Bülent die Stille wahr, die um sie herum eingetreten war.

Zahlreiche Augenpaare waren nun gar nicht mehr so abweisend, sondern geradezu wohlwollend auf sie gerichtet. Auch Astrid softete ihn für einen kurzen Moment zartschmelzend an, zumindest bildete er sich das ein. Lediglich bei Petrus schien sich ein Gewitter im Schädel zusammengebraut zu haben, dem er nur noch mit Mühe Herr zu werden schien. Da fehlte wohl nicht mehr viel, nur noch ein kleiner Tropfen.

»Fürs Chakrentuning ist euer Gesang wohl eher nicht geeignet, meine Freunde«, presste er mit einem falschen Lächeln im Gesicht hervor.

Außer den beiden frustrierten Yoga-Amseln neben Erkan lachte keiner über diesen Seitenhieb.

»Moi liewer Herr Gesongveroi«, pfälzerte eine füllige Dame Mitte fünfzig in Pink aus der Ecke. »Ich könnt mich schon seit Daa uffreesche über demm sei dumm Gebabbele. Isch geh etz an Schoppe drinke.«

Plopp, da war er, der Tropfen.

# KAPITEL 10

## *Wer ist hier der Boss?*

Schon klar, dass Astrid überhaupt nicht gut auf Bülent und Erkan zu sprechen war. Sie saß schmollend im Fond des Autos und dachte überhaupt nicht daran, das Wort an Vater und Sohn zu richten. Hin und wieder schickte sie ihnen böse Blicke in den Nacken, aber das war's dann auch schon.

Dabei konnten die beiden wirklich nichts dafür, dass die ganze yogische Lage so dermaßen eskalierte. Wer konnte schon ahnen, dass der Wiener Haubentaucher so vollkommen die Nerven verlieren würde und schlussendlich alle unter wüsten Beschimpfungen aus dem Raum jagte. Von wegen, sie wären spirituelle Dilettanten und würden im Leben nie ihr Higher Self erreichen, selbst wenn man ihnen eine Rakete in den Arsch schieben würde.

Daraufhin verloren ein paar der Damen die Contenance und heulten sich die Augen aus, was wiederum Petrus, oder ganz simpel Hans-Peter Swoboda, wie Bülent später erfuhr, dazu veranlasste, über seine weiblichen yogischen Groupies im Allgemeinen sowie im Besonderen herzuziehen.

Fazit des ganzen Theaters: HP fühlte sich zu Höherem berufen, war aber dann am Ende doch nur ein armes Würstchen, dessen exzentrisches, selbstdarstellerisches Ego schwer darunter litt, dass Bülent und Erkan ihn einfach so, ohne großen esoterischen Zauber, entzauberten. Er war halt dann am Ende des Tages auch nur ein Mensch und doch kein selbstloser Guru.

Da half dann auch kein Lavendelöl mehr, das Erkan zur Beruhigung zückte und damit auf den Tobenden einzutropfen versuchte. Fast hätte der ihm dafür das Schaffell um die Ohren gezunden. Brutal. Die Rambichlers hatten letzten Endes erreicht, was sie wollten.

Sunshinechen war stinksauer. Zwar auch noch ein bisschen auf sie, aber bestimmt noch viel mehr auf Petrus. Weil der halt nach seinem explosiven Auftritt gnadenlos verbal auf sie eingewinselt hatte, sie möge doch bitte als Einzige hierbleiben, um mit ihm in Einzelsessions tiefer in Verbindung zu treten. Ihrer beider Energy wäre so magic, und sie kämen gar nicht umhin, sich einer tantrischen Experience hinzugeben, um am Ende den menschlichen Urknall heraufzubeschwören.

Geknallt hat es dann auch, und zwar flach mit der Hand mitten rein in seine österreichische Goschn. Die Brust als Sesam öffne dich zur weiblichen Lusthöhle. Blöd nur, wenn man nicht vorher fragt, bevor man hingriffelt und am Schlüssel herumzuckelt.

Von Bülent wurde Petrus für diese übergriffige Unverschämtheit jedenfalls gleich noch mit Schnee eingeseift, während die Dame aus der Pfalz sich gurrend an Erkan heranwallte.

»Du bist ja äänzischardisch. Neben die dät isch a ma gern im zabbeduschdere liege. Trinke ma ää Schoppe zusamme?«

Schmatz, hatte der alte Rambichler schon ihre dicken Lippen zwischen den Gesichtsfalten kleben.

»Himmel, die sind ja alle gnadenlos unterbefriedicht hier«, stellte Erkan mehr entsetzt denn erstaunt fest und stob fluchtartig gen Auto davon.

Auch Bülent zog es vor, schleunigst den Rückwärtsgang einzulegen. Es hing jetzt nämlich so überhaupt kein Frieden mehr in der Luft, und auf blaue Flecke oder gar ein blaues Auge hatte er so gar keine Lust.

Zu Erkans und seiner Überraschung ließ sich dann auch Sunshinechen samt ihrem zerhauten Seesack in die Autositze sinken. Laut ihrer Aussage fuhr sie zwar nur mit, weil sie noch weniger Bock auf Zug als auf Bülent und Erkan hatte, aber das konnte man ja mal geflissentlich ausblenden.

Bülent jedenfalls hatte seit der Abfahrt ein Dauergrinsen im Gesicht. Sunshinechen saß in seinem Auto, und das war mehr, als er noch vor ein paar Stunden zu hoffen gewagt hatte.

Mitten in die schönsten rosengebetteten Gedanken hinein klingelte sein Handy. Der Köhl. War klar, dass der keinerlei Sinn für den richtigen Augenblick hatte. Bevor Bülent das unvermeidliche Gespräch annahm, gebot er seinem Vater noch, sich in Schweigsamkeit zu üben. Kurz darauf schallte schon die schnoddrige Stimme des Dienststellenleiters durch den Freisprecher. Wie immer ungehalten und wie immer, ohne jegliche Begrüßungsformen zu wahren.

»Rambichler, warum hör ich denn nix von Ihnen. Sind Sie schon weiter in dem Fall?« Ohne eine Antwort von seinem Untergebenen abzuwarten, bretterte er gleich weiter in seinem Monolog. »Ich wünsche, dass Sie mich über jeden einzelnen Ihrer Schritte informieren, ist des klar? Jetzt, wo die Frau Weber nicht da ist, braucht es jemanden, der die Fäden bei diesem Mord in der Hand hält, und das bin in diesem Fall ich.«

Kurze, bedeutungsschwere Pause. Bülent wagte kaum zu atmen.

»Geh, Horscht, alte Wurschthaut, mein Sohn hat des alles voll im Griff«, schmiss sich Erkan selbstlos auf die Seite seines Nachkommen, ohne dass der ihn darum gebeten hätte.

»Ja, servus, Erri.« Sofort schlug der Köhl einen Feierabendton an. »Wie geht's dir? Wollt mich eh schon lang mal bei dir melden.«

Seit Erkan beim ersten Mordfall in Strunzheim hinterlistigst mit Bülents Chef kollaboriert hatte, waren die beiden zu Bülents Leidwesen Best Buddies.

»Schlechten Menschen geht's immer gut«, salvte Erkan daher und erntete für diese platte Floskel tatsächlich einen Lacher.

»Du, vielleicht gehen mir auf ein Bier, wenn ich rauskomm zu euch. Ich habe mir nämlich überlegt, dass ich mir selbst ein Bild von der Lage ma...«

Zack, Funkloch. Bülent hatte aufgelegt, weil, was er nicht hörte, würde auch nicht geschehen. Der Köhl in Strunzheim, das hätte ihm gerade noch gefehlt. Am Ende wollte er noch mit ihm gemeinsam ermitteln. Da würde es dann mit Sicherheit einen Toten mehr geben.

»Aha«, tönte es dumpf und schon auch ein wenig gefährlich von hinten. »Jetzt ist mir klar, warum du mir meinen Urlaub versaut hast. Du hast einen Mordfall auf dem Tisch, und der Köhl sitzt dir im Nacken. Wirklich sehr selbstlos. Danke dafür.« Die Enttäuschung klebte wie klumpiger Torf an Astrid Worten.

»Maadla, des siehst du völlig falsch«, versuchte Erkan sich als übermotivierter Moderator. Er kratzte sich nachdenklich am Kopf. »Wobei praktisch wär's freilich schon, wennst a bissl miterмitteln tätest. Des würd unserem Bub schon helfen. Weißt ja eh, dass er ned immer der Schnellste ist. Gell, Bub?« Erkan klopfte Bülent mit der flachen Hand auf die Schenkel.

»Vadder, bitte.« Bülent sah im Rückspiegel, dass Astrids Laune sich merklich verschlechtert hatte. Also falls das überhaupt noch möglich war. Ihr Blick, den sie ihm im Rückspiegel zuwarf, war voller Zorn.

»Das habt ihr zwei euch ja fein ausgedacht. Das könnt ihr aber mal schön vergessen. Ich habe frei, und zwar noch genau drei Wochen, und so lange rühre ich keinen Finger. Da muss der Herr Hauptkommissar wohl mal selber die Arbeit machen.«

Das war jetzt fast schon gemein.

Erneut hagelte ein Anruf vom Köhl in die missratene Veranstaltung hinein. »Rambichler, was war denn das gerade? Haben Sie mich weggedrückt?«

Erkan wuchtete seinen Mund vor den Freisprecher in der Decke des Wagens. »Na, Horschti, die Verbindung war schlecht. Zu viele Amseln in der Luft«, log er, ohne rot zu werden, einen rechten Schmarrn daher.

Bülent drückte ihn zur Seite. »Herr Köhl, Ihr Angebot, nach Strunzheim zu kommen, find ich super, aber das ist überhaupt nicht nötig, weil …«

Er sah sich kurz zu Astrid um, die wild den Kopf schüttelte und ihm mit einer unmissverständlichen Geste klarmachte, was passieren würde, wenn er jetzt auch nur noch ein falsches Wort sagen würde: Kopf ab!

Aber scheiß drauf! Gemein, das konnte er nämlich auch. »Frau Weber sitzt neben mir. Wir haben sie gerade abgeholt.«

Gelogen war das ja nicht, und er hatte auch nicht gesagt, dass Astrid in den Fall einsteigen würde. Was der andere in seine Worte hineininterpretieren würde, dafür konnte er überhaupt nichts.

»Ja, das ist ja wunderbar. Hallo, Frau Weber, schön, dass Sie wieder da sind«, zwitscherte der Köhl dann auch gleich schon erleichtert daher.

»Hallo, Herr Köhl«, knödelte es verschnupft aus Astrids Mund.

»Unter uns, meine Elvira hätte mir ganz schön den Marsch geblasen, wenn ich mir jetzt auch noch eine Mordermittlung aufgehalst hätte. Ist ja eh schon immer viel zu viel zu tun, und ich bin eh kaum daheim.«

Klar, das Golfwägelchen von A nach B kutschieren und es als Dienstfahrt tarnen – Bülent kannte sich aus.

»Frau Weber, Ihrem vorbildlichen Einsatz gebührt jedenfalls aller Respekt. Das nenne ich Teamgeist. Schade, dass nicht alle so eine gute Arbeitsmoral haben, nicht wahr, Rambichler?«

Der Seitenhieb war präzise platziert und tat schon auch ein wenig weh.

»Jedenfalls freu ich mich schon auf baldige Ergebnisse, mit Ihrer Hilfe dürfte dieser Mordfall ja in null Komma nichts aufgeklärt sein. Also dann Servus miteinander.«

»Ich bin eigentlich nicht…«, schrie Astrid, aber da war er schon weg, der Köhl.

Selbst Erkan zog, in Erwartung eines heftigen Donnerschlages von hinten, seinen Kopf ein. Aber es passierte nichts. Zumindest nichts Schmerzvolles.

Stattdessen vernahmen die beiden Männer heftig schnüffelnde Atemgeräusche von der Rückbank. Gesund hörte sich das nicht an. Viermal eingeschnüffelt, Atemstillstand, viermal ausgeschnüffelt, und das in Endlosschleife.

Besorgt linste Erkan über die Schulter nach hinten. »Maadla, ist alles in Ordnung mit dir?«

Keine Antwort, nur ein kontinuierliches tiefes Ein- und Ausgeschnaufe.

Bülent beobachtete Astrid im Rückspiegel. Sie saß mit geschlossenen Augen da und hatte ihre Beine zum Schneidersitz verknotet.

»Sie meditiert«, klärte Bülent seinen Vater auf.

Der blickte sich noch einmal mit skeptischem Blick zu Astrid um, die keinerlei Notiz von den Männern zu nehmen schien.

»Ist des etz gut oder schlecht?«

Bülent zuckte mit den Achseln. Er wagte keine Prognose. Grundsätzlich war Astrid nach ihren kleinen geistigen Auszeiten zwar immer besser drauf als vorher, aber in diesem Fall war er sich da nicht so sicher. Sie war schon arg grantig auf sie beide, deswegen war's jetzt einfach nur gut, dass sie keinen Laut von sich gab. Solange sie schwieg, konnte er das auch tun, und dann konnte schon nichts Falsches gesagt werden.

Die Stille hielt dann auch an, bis sie in die Rambichlerische Hofeinfahrt einbogen.

Kaum jedoch hatte Bülent den Motor abgestellt, wurde auch schon die Haustür aufgerissen. Maria stürmte gefolgt vom Geiger und den Walder-Zwillingen auf das Auto zu. Was sollte denn dieses Empfangskomitee? Bülent verstand ja, dass seine Mutter wahrscheinlich schon seit Stunden in Erwartung ihrer Schwiegertochter in spe mit der Nase an der Fensterscheibe klebte, aber was machten Franz und die zwei Miniaturwahnsinnigen da?

Erkan war das alles wurscht. Er hatte nur Augen für seine Frau. Er lief mit ausgebreiteten Armen und gespitztem Mund auf sie zu. Seine Liebesbekundungen verpufften jedoch im Nichts.

Marias Aufmerksamkeit galt nämlich ausschließlich Astrid, die sie nun fast schon rabiat aus dem Auto zerrte, um sie aufs Heftigste zu drücken und zu herzen.

»Mein Maadla, ist des schön, dass du wieder da bist. Mei, ganz dünn bist du geworden.«

Maria drückte jetzt tatsächlich ein paar Tränchen raus und drückte Astrid gleich noch ein wenig fester an ihre Brust.

Astrid erwiderte die Umarmung mit derselben Herzlichkeit.

Immerhin, dachte Bülent, ließ sie sich seiner Mutter gegenüber ihren Grant nicht anmerken. Das konnte man ja schon mal als gutes Zeichen werten.

»Etz lass halt mal wieder los, die kriegt ja schon gar keine Luft mehr«, moserte Erkan eifersüchtig auf seine Frau ein.

»Außerdem hab ich Hunger, und die zwei müssen sich eh um den Fall kümmern. So ein Mord klärt sich ned vom Dumm-Rumstehen auf.«

Da war er wieder, sein alter Herr Papa.

»Da hat er ausnahmsweise mal recht, der alte Rambichler«, krähte Erna nun auch noch mit rein. »Geh, Franz, sag's ihm, was ich rausgefunden hab.«

Traudl stampfte ärgerlich mit dem Fuß auf. »Was heißt da, du hast des rausgefunden? Wenn ich den Hartmut aus den Augen gelassen hätte, hättest du gar nix g'wusst. So schaut's aus. Immer stellst du des so hin, als wenn du die Größte wärst, bloß weilst deinen Arsch ein paar Minuten früher ins Licht gestreckt hast. Des geht mir so was von auf den Geist, geht mir des.« Sie wandte ihrer Schwester demonstrativ den Rücken zu.

Zwilling eins sah etwas konsterniert, fast schon betroffen drein. »Sie ist halt immer noch im Wechsel.« Entschuldigend blickte Erna in die Runde.

Menopause mit achtzig, was es nicht alles gab …

»Jedenfalls bleib ich heut Nacht bei die Rambichlers, dann kannst schaun, wer dich in den Schlaf zeiserlt«, entschied Traudl kurzerhand.

Und das schien jetzt Erna wirklich zu treffen. »Aber Traudilein, ich kann doch ohne *La-Le-Lu* ned einschlafen, des weißt du doch, und keine kann des so schön singen wie du. Wenn du dableibst, bleib ich auch.« Da war keine Ironie in der Stimme, höchstens Verzweiflung.

Die sah man jetzt auch in Erkans Augen. Eine Nacht mit den Walders unter einem Dach war nichts für schwache Nerven.

»Des machts, ihr zwei«, tönte Franz freimütig. »Dann hab ich sturmfrei und kann die Rakete von der Gerichtsmedizin einfliegen lassen«, flüsterte er Bülent und Astrid zu.

Letztere verstand überhaupt nicht, um was es ging, und Bülent hatte gerade auch keine Lust, es ihr zu erklären.

»Kann jetzt bitte mal jemand so freundlich sein und mich darüber aufklären, was heute Nacht passiert sein soll oder was wer wo gesehen haben will? Wäre das vielleicht möglich?«, wollte Bülent jetzt nachdrücklich wissen.

»Herrgottzack, ist der schon wieder unentspannt«, semmelte es wie immer ungefiltert aus Erna heraus.

Franz wandte sich Astrid zu. »Gut, dass du wieder da bist. Der alte Zausl ist ohne dich ja nur ein halber Mensch.«

Astrid verzog den Mund zu etwas, das man mit viel gutem Willen als Lächeln deuten konnte. Also wenn man es ganz rosarot sah.

»Eine Antwort bitte!« Bülents Stimme überschlug sich fast, nachdem sich immer noch niemand bemüßigt sah, mit ihm zu sprechen, sondern mehr über ihn. Außerdem hatte er Hunger, und da war's dann nicht mehr weit her mit der guten Laune.

»Er hat bestimmt Hunger«, erklärte Maria dann auch prompt. »Schon als Bub konnte der von einer Minute auf die nächste in die Luft gehen, wenn sein Griesbrei ned pünktlich auf dem Tisch stand.«

Erna lachte meckernd. »Ein Breifresser also – des passt.«

Traudl stimmte mit ein in das Gelächter ihrer Schwester.

Ja, Pack schlägt sich, Pack verträgt sich.

»Bitte, ich flehe euch an, was wisst ihr, was ich nicht weiß?«

»Allmächd, da werden mir ja morgen ned fertig damit, wenn mir dir des alles sagen. Aber des Wichtigste ist, dass mir zwei …«, Ernas Betonung lag definitiv auf der Zwei, was ihr einen liebevollen Knuffer von ihrer Schwester einhandelte, »… gesehen haben, wie der Urschlecht heute Nacht bei der Funsenederin eingestiegen ist.«

Ihre Schwester nickte zustimmend »Genau, mir haben den nämlich obsolviert.«

Ernas Augen drehten sich einmal um 360 Grad, aber sie vermied tunlichst einen bissigen Kommentar zwecks des noch semmelwarmen Friedens, der nun wieder zwischen ihr und ihrem Zwilling herrschte.

»Bülent, der wird doch etz weggesperrt, oder?« Traudls Augen blitzten diabolisch.

Da hatte sich Liebe wohl in Rachsucht verwandelt.

»So schnell geht das nicht«, brachte sich nun tatsächlich Astrid ein.

»Seid ihr denn wirklich sicher, dass des der Urschlecht war? Ich mein, in der Nacht sind oft alle Katzen schwarz«, gab Maria zu bedenken.

»Aber den Hund erkennen mir auch mit verbundenen Augen. Außerdem haben mir einen Beweis. Traudl, zeig's ihnen.«

Umständlich fischte die Genannte ihr Handy der neuesten Generation aus ihrer Strickweste und tippte mit flinken Fingerchen darauf herum. Stolz präsentierte sie Bülent ein Foto, auf dem außer Dunkelheit nicht viel zu erkennen war. Nur mit viel gutem Willen konnte man eventuell die Umrisse eines Menschen erahnen.

»Zeig mal her!« Erkan riss Traudl das Handy aus der Hand. »Ja freilich, das ist der Urschlecht, des G'stell erkennt man sofort.«

Maria linste ihm über die Schulter und nickte. »Ja, das ist er.«

Also entweder waren hier alle hellsichtig, oder sie wollten den Kirchenchorleiter in die Pfanne hauen. Das klang fast wie abgesprochen, aber seinen Eltern traute er so ein mieses Komplott nicht zu. Traudl ja, von Eifersucht gepeinigt, da kann schon mal eine Sicherung durchknallen, aber irgendwie passte das nicht zu ihr, und zu Erna schon dreimal nicht. Wenn die Zwillinge eins nämlich nicht waren, dann hinterfotzig.

Deshalb entschloss Bülent sich dazu, die ganze Geschichte erst einmal zu glauben.

»Wisst ihr denn, was der Urschlecht im Haus getrieben hat?«

Die Schwestern schüttelten synchron ihre Köpfe. Ihre zartrosa gefärbte, dünne Haarpracht wippte dabei wie Wellen im Ozean.

»Glaubst du denn, Rambichler, dass mir den g'fragt haben?« Verwundert sah Erna ihn an.

»Am End hätte der uns auch noch dermeuchelt.« Traudl schüttelte es, als sie die Worte aussprach.

»Jetzt macht's mal halblang mit euren Verdächtigungen. Noch wissen wir nichts.«

»Des ist ja nix Neues«, grummelte Erna.

»Bitte sprecht mit niemand Weiterem mehr über das, was ihr gesehen habt, und vor allem keine Alleingänge mehr, ist des klar?« Er fixierte die beiden mit ernstem Blick.

Die beiden blickten genauso ernst zurück.

»Und?!«, krächzte Erna nach einem kurzen Moment des Schweigens.

»Was und?«

»Bedanken sollst dich halt, Bub«, kam es mütterlich von der Seite.

Ja, freilich, das auch noch. Er hatte die zwei Amseln ja nicht gebeten, sich nachts auf die Lauer zu legen. Immer dieses übertriebene Bedanken für was, was man gar nicht gewollt hatte. Wenn jemand was ned gerne tut, sondern bloß, weil er was erwartet, dann war das die gerechte Strafe dafür, wenn er nix bekommt. So schaut's aus.

»Das war wirklich gute Arbeit. Danke. Vielleicht haltet ihr

auch in Zukunft eure scharfen Augen offen, das hilft dem Hauptkommissar sicherlich ungemein.«

War Sunshinechen denn von allen guten Geistern verlassen? Wusste sie denn nicht, was sie mit solch einem Lob anrichtete? Das würde die zwei doch nur noch mehr ermutigen, überall rumzuschnüffeln.

Er sah sie verstohlen grinsen und kapierte, dass sie genau wusste, was sie tat. Noch so eine rachsüchtige Person, so eine rachsüchtige.

»Des Maadla hat wenigstens einen Anstand und weiß, was sich g'hört.« Erna schien tatsächlich um ein paar Millimeter gewachsen zu sein. »Kein Wunder, dass sie des mit dir Stoffel ned aushält«, gab es gleich noch ein wenig mehr scharfen Senf dazu.

Bülent seufzte. »Wenn ich vielleicht mal mit der Astrid allein sprechen dürft, sie muss ja schließlich wissen, um was es geht.«

»Na, dann hockt euch halt nei in den Schuppen, dafür ist er doch da, aber fei nur arbeiten, gell.« Erkan hob gespielt drohend den Zeigefinger.

Maria gab Astrid gleich mal einen kleinen Schubs in Richtung Bülent. »Dann redet euch aus, ihr zwei, ich mach uns derweil eine schöne Brotzeit. Alles vegan, eh klar.«

Nach dieser kulinarischen Ansage warfen die Walders ihre Übernachtungspläne ad hoc über den Haufen und verabschiedeten sich unter fadenscheinigsten Gründen aus dem Rambichlerischen Dunstkreis.

Obwohl der Zwillingssturm noch einmal an ihm vorübergezogen war, folgte Erkan seinem Weibi dennoch mit hängendem Kopf. Die Aussicht auf Tofuwiener und Griebenschmalz aus ausgepressten Sonnenblumenkernen ließ ihn so gar nicht frohlocken.

»Ich wart auf euch, aber schickt euch a wenig.« Der Geiger, der Doldi, grinste jetzt auch recht deppert daher.

Bülent war wohl der Einzige, der sah, dass die Harmonie zwischen Astrid und ihm noch lange nicht wiederhergestellt war.

Richtig widerwillig folgte sie ihm daher auch in den Gartenschuppen, wo schon immer und darum auch diesmal die provisorische Kommandozentrale beheimatet war. Nichts hatte sich diesbezüglich verändert. Selbst die Schmierereien, die vom letzten Fall herrührten, wo Bülent und Franz unter reichlich Dope-Einfluss diverse schwindsüchtige Mordszenarien an die Wände gekritzelt hatten, waren noch da.

Astrid nahm im Schneidersitz auf dem Hackstock Platz und sagte immer noch nichts. Sie starrte Bülent einfach nur an.

Wie hübsch sie war. Ihre Augen funkelten in einem dunklen Grün. Wie eine Wildkatze. Jetzt, wo Bülent sie so dasitzen sah, spürte er erst, wie sehr er sie vermisst hatte, und vor allem verspürte er auch eine große Angst davor, dass sie wieder gehen würde.

»Na, dann schieß mal los«, forderte Astrid ihn zum Sprechen auf.

Das klang doch jetzt eigentlich gar nicht mal so unfreundlich.

»Also, erst einmal … ich, als … du hast mir wirklich sehr …«

Sie schnitt ihm mit einer raschen Handbewegung das Wort ab. »Wir reden ausschließlich über den Fall, okay? Ich bin hier als deine Kollegin und als sonst nichts.« Sunshinechen sah ihn ernst an.

Als sonst nichts – autsch, das tat weh. Bülent schluckte seinen Schmerz hinunter.

»Klar, natürlich. Wir sind nur Kollegen«, gab er sich betont cool. Dann würde eben die Aufklärung des Mordes eine Zeit lang in Anspruch nehmen, so zwecks der kollegialen Nähe.

»Und sollte ich mich entscheiden, mit dir an dem Fall zu arbeiten, dann werden wir nicht im Schneckentempo ermitteln.«

Ertappt. Gedanken lesen konnte sie also auch.

Bülent hob unschuldig die Hände. »Was denkst du denn von mir?«

»Nur das Schlimmste«, erwiderte sie, und da war es endlich, ein kleines, zaghaftes Lächeln.

Er war sich ganz sicher, dass das keine Einbildung war.

»Also, was ist passiert, und was wissen wir?«, lenkte Astrid nun schnell das Thema aufs Mörderische.

Bülent klärte sie in wenigen Worten auf. Viel gab es eh nicht zu sagen. Die Tatsache, dass er Franz kurzerhand zu seinem Partner auserkoren hatte, verschwieg er besser. Da war doch zu viel Zündstoff in der Luft, als dass er noch mit dem Feuer spielen musste.

»Hey, Partner, dauert es noch lange? Wir müssen doch zum Tatort.« Franz polterte gegen die Tür des Gartenschuppens und zeitgleich gegen Bülents letzten Nerv.

Astrid zog eine Augenbraue nach oben. »Wie, Partner? Sag bloß, der Franz hilft dir bei den Ermittlungen?« Sie erhob sich vom Hackstock. »Also dann bin ich ja hier überflüssig. Zusammen mit den Walders hast du doch schon eine echt scharfe Truppe beieinander.«

Meinte sie das jetzt ironisch, beleidigt oder wie? Bülents Verwirrung schlug langsam in Wut um. Zickige Frauen konnte er nämlich auf den Tod nicht leiden und schon gar nicht aushalten. So ambivalent kannte er sein Sunshinechen gar nicht, und so wollte er sie auch überhaupt nicht haben. Hatte ihr dieser Wiener Schlawiner denn völlig die Synapsen verdreht?

»Himmelherrgott«, fluchte er. »Glaubst du allen Ernstes, dass ich mit einem durchgerauchten Typen wie dem Geiger und zwei wahnsinnigen Zwillingsweibern einen Fall lösen könnte?«

Astrid zuckte mit den Schultern und dehnte lässig an der

Wand des Gartenschuppens ihre monstermäßig wunderschönen Beine.

»Wenn du es wirklich wollen würdest, dann könntest du es auch. Dann bräuchtest du niemanden dafür. Aber du traust es dir einfach nicht zu.« Sie sah ihn herausfordernd an.

Auf so einen Psycho-Quark hatte er jetzt wirklich überhaupt keine Lust mehr. Das war heute eh schon alles wieder viel zu viel für ihn.

»Weißt du was, denk, was du willst. Auf jeden Fall sag ich dir jetzt als dein Chef, dass du dableibst und den Job machst, für den du bezahlt wirst. Und das ist ein Befehl, damit das klar ist.«

Bülent wartete die Antwort auf seinen Anpfiff lieber gar nicht erst ab. Er stürmte aus dem Schuppen und rumpelte Franz, der immer noch draußen wartete, geradewegs ins nächstgelegene winterlich gefrorene Gartenbeet.

Der sah mehr als perplex drein, als er sich vom harten Boden zurück in die Senkrechte manövrierte.

»Ist alles klar bei euch? Also so energisch hab ich den Rambichler selten erlebt.« Prüfend sah Franz Astrid an, die ebenfalls aus dem Schuppen herausgetreten war und Bülent sinnierend hinterherblickte.

»Als Chef hat er sich aufgespielt und mir befohlen, dass ich dableibe«, berichtete Astrid mehr erstaunt als verärgert.

Franz neigte seinen Kopf wie ein liebestrunkener Wellensittich. »Aber wenn wir ganz ehrlich sind, dann ist er des ja auch – also dein Chef.«

Astrid kickte ein Kieselsteinchen von sich. »Schon, aber bis heute habe ich nicht viel davon gemerkt.«

Franz schmunzelte. »Du holst halt alles aus ihm raus, Sunshinechen, ob er will oder nicht. Und etz sei doch mal ehrlich, dich juckt's doch schon auch in den Fingern. Sobald du etwas von toten Leichen hörst, bist du eigentlich nicht mehr zu halten. Du bist doch Kriminalerin durch und durch.«

»Momentan weiß ich gar nicht so genau, wer oder was ich eigentlich bin oder was ich will«, flüsterte Astrid.

Franz knuffte sie liebevoll in die Seite. »Eins nach dem anderen. Mit denken kommst da eh ned weiter. Des fühlt sich schon irgendwann hin. Wirst sehen. Jetzt finden wir erst einmal den Täter oder die Täterin, und danach wird über des geredet, über des zu reden ist, aber halt erst dann, wenn man auch weiß, welche Worte die richtigen sind.«

Astrid knuffte ihn liebevoll zurück. »Amen.« Spontan drückte sie Franz ein Bussi auf die Wange. »Alter Philosoph, du. Ich wusste gar nicht, dass man durch Dope so weise wird.«

Franz schüttelte den Kopf. »Weise ist man nur, wenn man ganz klar ist. Des Dope hilft mir nur manchmal, den Schmarrn auf derer Welt auszublenden. Aber der Jakobsweg ist des auch ned. Man muss sich schon eigentlich dem Leben stellen, aber manchmal schafft man es einfach ned. Hauptsach, ich sauf nemmer. Weil Alkohol hat wirklich den Teufel gesehen. Der macht dich weder zu einem besseren Menschen, noch bist dadurch der Mensch, der du eigentlich bist.«

Astrid lehnte ihren Kopf an seine Schulter. »Warum kann ich mich eigentlich nicht in dich verlieben?«

Franz legte seinen Arm um sie. »Weil dein Herz schlauer ist als dein Kopf.« Kurz dachte er nach. »Du kannst übrigens jederzeit bei mir pennen, wenn du magst. Für dich find ich schon auch noch ein Plätzchen in meiner Hütte.«

»Und was ist mit deiner, wie hast du sie genannt, Gerichtsgranate? Wird sich die nicht wundern bei so viel Damenbesuch in deinem Haus?«

Der Geiger winkte ab.

»Die muss etz einfach noch ein wenig warten, und wenns g'scheit ist, machts des auch. Wenn nicht, dann is auch keine G'scheite ned.« Er grinste spitzbübisch.

Just in dem Moment, wo der Geiger aus reiner Emotionalität zum Gegenbussi ansetzte, kam Bülent zurück und musste nun original mit ansehen, wie die Lippen seines Kumpels sich in Sunshinechens Gesicht festpappten. Ja, warum auch nicht? Warum nicht einem verliebten Bullen schön die Hörner aufsetzen. Der beste Freund, hört man ja immer wieder. Aber er würde sich nichts anmerken lassen. Er nicht.

Das alles dachte er, und zwar immer noch, als er seinen Kumpel ein weiteres Mal ins bretthartes Beet schubste.

# KAPITEL 11

## *Ein Mann sieht rot*

»Also bei deiner Zeugung muss schon elendig viel schiefgegangen sein«, knurrte Franz. Er befühlte vorsichtig seinen Steiß, der ihm nach dem erneuten unfreiwilligen Bodenkontakt noch immer heftig schmerzte. »Bitte einreiben.«

Er hielt Bülent eine Mobilat-Salbe hin, die Maria aus ihrem antiquierten Erste-Hilfe-Kasten gezogen hatte, nachdem der Geiger ihr wild fluchend erzählt hatte, was passiert war.

»Mei, Bub, was machst denn immer«, war das Einzige, was Maria sagte, und hielt ihnen dann allen Brote mit diversen veganen Aufstrichen unter die Nase.

Essen war im Hause Rambichler schon seit jeher Mittel für alles oder gegen alles. Ob jetzt allerdings die Grünkernpaste so das Richtige war?

»Der Hunger treibt's rein«, frotzelte Erkan, der immer noch beleidigt war, dass Maria ihm weder Stadtwurst noch Presssack auf seinem Brettchen kredenzte.

Jedenfalls hatte der Bülent dem Geiger freilich nicht den Steiß eingerieben, das hat dann Maria ziemlich ausgiebig erledigt. Was Erkan wiederum schwer eifersüchteln ließ. Bülent war froh, als sie sich endlich zum Haus der Funsenederin aufmachten.

Astrid hingegen tat so, als würde sie das alles gar nichts angehen. Sie verkündete, dass sie erst einmal eine Runde spazieren gehen würde, und schon war sie raus.

»Du bist wirklich so ein Depp«, fing Franz von Neuem an, als sie durch den verwilderten Vorgarten der Funsenederin auf die Haustür zuliefen. »Als ob ich was von der Astrid wollen würde. Du weißt doch eh, dass ich eine ganz eine andere im Visier hab.« Franz' Blick bekam gleich wieder etwas leicht verliebt Debiles. Aber er fing sich schnell wieder.

»Wennst du so weitertrampelst, ist sie wieder weg, und wahrscheinlich dann für immer.«

»Es hat halt so ausgeschaut, als ob, und jetzt wohnt sie auch noch bei dir. Was soll ich denn da denken?«, versuchte Bülent es halbherzig mit seiner Ehrenrettung.

»Am besten denkst du mal schön überhaupt nicht mehr. Du musst sie einfach lassen und dich ned allerweil benehmen wie ein Riesenhornochs. Ich sag dir eins, die liebt dich, sonst würde sie sich gar nicht so aufregen. Wart's ab, und derweil machst des, was du machen musst.«

Bülent wollte das alles nur zu gerne glauben. Aber so wie Astrid auf ihn losgegangen war, als er den Franz zum zweiten Mal im Beet versenkt hatte, war er sich nicht wirklich sicher, ob sein Freund recht hatte. Sunshinechen war nicht verbal ausfällig geworden, im Gegenteil. Ganz mitleidig hatte sie ihn angeschaut. Was noch gefährlicher war als alles andere. Und dann hat sie einfach nur gesagt, dass es schon schade wäre, dass er so wenig Vertrauen hätte, und wo denn bitte schön sein Selbstbewusstsein geblieben wäre. Weil, wenn er mehr an sich glauben würde, dann hätte er so was wie Eifersucht gar nicht nötig.

»Fixluja, etz hör auf zum Grübeln, schau lieber her, die Walders haben recht g'habt.«

Franz deutete auf die Haustür, und tatsächlich, das Polizeisiegel war aufgebrochen. Die Tür sowie das Schloss schienen allerdings auf den ersten Blick nicht beschädigt.

»Scheint mir, als hätte der Urschlecht einen Schlüssel gehabt«, überlegte Franz folgerichtig. Er drückte die Klinke, und die Tür sprang auf.

Sofort schlug ihnen wieder die pure Tristesse entgegen. Es schien, als ob die Zeit sich nach dem abrupten Ableben der Bewohnerin entschieden hatte, dass es hier herin für sie nichts mehr zu tun gab. Es roch nach Stillstand und Tod.

Bülent überlegte gerade krampfhaft, wie sie herausfinden sollten, ob etwas fehlte, wenn sie sich doch gar nicht sicher waren, was vorher eigentlich da gewesen war. Zumindest im Wohnzimmer sah es nicht danach aus, als hätte jemand etwas gesucht.

Franz starrte auf die Schrankwand, als wollte er sie hypnotisieren. »Irgendetwas ist anders«, raunte er.

Bülent folgte seinem Blick, konnte aber nichts erkennen.

»Und ich weiß etz auch, was.« Triumphierend sah Franz Bülent an. »Die Sissi fehlt.«

»Welche Sissi?« Unbemerkt war Astrid hinter sie getreten und erfüllte den Raum mit ihrer glockenhellen Stimme.

Bülents Herz machte gleich einen kleinen Hopser. Aber nein, jetzt bloß nicht zu viel hineininterpretieren. Sie war nur als Kollegin da. Nur als Kollegin. Aber yeahh, yipphii yeah, sie war da. My heart is beating like a jungle drum, dumdurumdumdurumdumdum.

»Reiß dich zusammen«, zischte Franz.

Anscheinend hatte Bülent nicht nur in Gedanken getrommelt.

»Die DVDs von der Sissi fehlen, alle drei Teile«, klärte Franz die beiden Kommissare auf. »Hier waren sie gestanden.« Er deutete auf einen leeren Platz neben dem DVD-Player.

»Bitte, für so etwas begeht man doch keine Straftat.« Bülent konnte es kaum glauben. Die junge österreichische Kaiserin als Motiv. War so was möglich?

»Franz, Bülent, kommt schnell, das müsst ihr euch ansehen.«

Astrid war anscheinend weiter durchs Haus gestromert und rief sie nun aus Gertrudes Schlafkammer zu sich.

»Alter Schwede, wer hat denn hier gewütet?« Franz drehte sich einmal im Kreis. »Wer macht denn so was, des ist ja …« Er suchte nach den richtigen Worten. »Des ist ja der pure Hass.«

Auch Bülent war entsetzt über das, was er da zu sehen bekam. Die Wände des kleinen Zimmers waren über und über beschmiert mit den unflätigsten Worten. Hure war da noch eines von den schmeichelhaftesten.

Darüber hinaus standen da Sätze wie: Wer sich anlegt mit mir, wird tot gemacht. Ein Wortvirtuose war da schon mal nicht am Werk gewesen. Damit fiel der Urschlecht aus. Der war Schuldirektor und sollte des Deutschen also einigermaßen mächtig sein.

Wobei, in Strunzheim gab es nichts, was es nicht gab. Schon zu Bülents Grundschulzeit gab es immer ein paar Lehrer im Kollegium, die es anderswo nicht gepackt hatten und vom Kultusministerium quasi in die dörfliche Verbannung geschickt worden waren. So von wegen, da konnte man am wenigsten kaputt machen. Frechheit eigentlich.

»Ist des eigentlich Blut?« Franz war blass um die Nase geworden. »Des kann ich nämlich eigentlich nicht sehen.«

Na, das sind ja mal gute Voraussetzungen für ein Date mit einer aus der Gerichtsmedizin, dachte Bülent jetzt fast schon ein wenig schadenfroh. Aber nur ein bisschen.

Astrid schien am wenigsten beeindruckt von der ganzen Sauerei zu sein, sie schoss ein paar Fotos mit ihrem Handy und beäugte dann das Gekritzel auf der Wand aus nächster Nähe, sie fasste es sogar an.

Da grauste es Bülent jetzt schon auch. »Das ist Nagellack«, erklärte sie den Männern.

»Nagellack«, kam es unisono und schon auch schwer erleichtert von den beiden Freunden.

»Ja, Nagellack. Sehr schöne Farbe, wie ich finde.«

Bülent nickte. »Ja, souverän Kate-Moss-Rot«, sagte er leise.

Alles in allem passten der dilettantische Satzbau und der Lack nur zu einer Person, die er kannte, und eigentlich wollte er gar nicht weiterdenken.

»Die Oxana hat so einen Lack drangehabt«, übernahm Geiger das Denken für ihn.

Astrid sah fragend von einem zum anderen. »Wer ist das?«

Es half ja doch nichts, jetzt zu schweigen. »Die Oxana ist die russische Frau vom Bremsi, also vom Bremsnagel, unserem Sparkassendirektor. Eigentlich eine ganz eine Nette.«

»Ein mega Feger. Fast modelmäßig«, warf Franz unbedacht ein. Das hätte er sich schenken können.

Astrids Miene verdüsterte sich leicht, aber nur kurz.

»Jedenfalls hat der Bremsi ein Verhältnis mit der Funsenederin gehabt. Sie war quasi seine Domina«, fuhr Bülent in seinem Bericht fort.

»Autsch«, lautete der kurze Kommentar von Astrid dazu.

»Sehr«, grinste Franz.

»Irgendwie passt das aber alles nicht zusammen. Vielleicht war des ja doch auch der Urschlecht«, mutmaßte Bülent, in der Hoffnung, ein wenig die Gedanken von Oxana weg zu leiten. Er konnte sich beim besten Willen nicht vorstellen, dass diese sympathische Person zu so einem Geschmiere, geschweige denn zu einem Mord fähig war. Und es war nicht nur die Optik, die ihn da blendete.

»Giftmord wird ja meistens von Frauen ausgeübt«, kam nun auch Astrid mit dieser Klischeetheorie ums Eck. »Und Eifersucht ist ein starkes Motiv.«

Franz grummelte Zustimmung. »Vielleicht hat's ja die Russenmafia engagiert für die Drecksarbeit.«

»Franz, spinn dich aus, mir sind hier in Strunzheim, da wäre doch so eine Russencombo sofort aufgefallen. Außerdem wurde der Urschlecht von den Walders heut Nacht beobachtet und nicht die Oxana. Also greifen wir uns den zuerst. Oder?« Abwartend sah er Astrid an, die verhalten zustimmte.

»Mir auch recht«, gab sich der Geiger lässig. »Ich geh etz auf jeden Fall heim für einen flotten Couchinger.«

»Sag bloß, du kommst nicht mit, Franz? Mit dir macht das Ermitteln wirklich noch mal mehr Spaß.« Astrids Lippen verzogen sich zu einem süßen Schmollmund.

Schön, aber auch schon wieder so gemein. Machte sie das eigentlich alles mit Absicht? Bülent wusste es nicht.

»Etz, wo du wieder da bist, Sunshinechen, braucht's mich doch nicht mehr«, erklärte Franz. »Ihr schafft des schon. Mir sehen uns heut Abend. Und tut euch ned haun. Servusla.«

Astrid und Bülent standen noch für einen kurzen Moment unschlüssig herum.

»Gut, dann wollen wir mal.«

Wahre Motivation klang anders. Aber immerhin schien Astrid sich auf die Ermittlungsarbeit einzulassen. Halleluja.

Aus einem Anbau neben Urschlechts Haus drang schräges Geigenspiel an die Ohren der Ermittler. Das Instrument wurde so dermaßen malträtiert, dass es einem die Zehennägel beim Zuhören aufbog.

»Da bluten einem ja die Ohren«, stellte Astrid trocken fest.

Bülent konnte ihr nur recht geben. Die musikalischen Fähigkeiten von Soundhardy schienen bei Weitem nicht so ausgeprägt zu sein, wie er alle gerne glauben machen wollte. Bülents Klopfen an der Tür blieb ungehört. Das virtuose Desaster übertönte einfach alles. Sie betraten daher den Raum, ohne dass sie vorher hereingebeten worden waren, und stellten fest, dass es gar nicht der Urschlecht selbst war, der hier so dermaßen dilettantisch danebengriff.

Es war Alenka, die kleine Bremsnagel höchstpersönlich, die hier hoch konzentriert und mit hochrotem Kopf auf der Fidel herumschrappte.

Wann war wohl der richtige Zeitpunkt, einem Kind die Wahrheit zu sagen? Also so von wegen, lass es bleiben, das wird nix.

Kaum erblickte Alenka die beiden Ermittler, hielt sie sofort in ihrem Spiel inne und schaute sie mit großen Augen an, dabei huschte ein Lächeln über ihr Gesicht. »Hallo, Herr Polizist.«

Urschlecht, der mit dem Rücken zu Astrid und Bülent stand, drehte sich zu ihnen um. Freude sah anders aus, als er gewahr wurde, wen er da vor sich hatte. Zumindest was Bülents Erscheinung betraf. Astrid musterte der Musikheini mit unverhohlener Begeisterung.

»Welch Glanz in meiner bescheidenen Hütte.«

Wobei, bescheiden war hier nichts. Sie standen in einem perfekt eingerichteten Musikstudio, das einem Profi alle Ehre gemacht hätte.

Während Bülent sich umsah, ergriff Urschlecht Astrids Hand und hauchte einen angedeuteten Kuss auf ihren Handrücken.

»Welch elfengleiches Geschöpf haben Sie denn da an Ihrer Seite, Herr Hauptkommissar?«

Astrid entzog ihm ihre Hand hastig, was Bülent nicht ohne Genugtuung registrierte.

»Das ist Frau Weber, meine Assistentin, und wir würden jetzt gerne mal ein Wörtchen mit Ihnen reden.«

Urschlecht hob bedauernd die Schultern. »Wie Sie sehen, bin ich noch mitten in einer Geigenstunde mit einer meiner Schülerinnen. Wenn Sie vielleicht später noch einmal vorbeikommen wollen?«

Ja, das könnte ihm so passen.

»Wir warten gerne«, erwiderte Bülent, und die Strafe für diese Lüge folgte aufs Wort.

Alenka strich nämlich jetzt den Bogen über die Saiten, dass es einem ganz anders werden konnte. Publikum schien sie erst recht zu motivieren. An Selbstbewusstsein mangelte es dem kleinen Persönchen jedenfalls nicht. Sie hantierte so dermaßen mit der Geige umher, dass es fast an Ausdruckstanz grenzte.

Astrid verzog mehr als einmal schmerzhaft das Gesicht. Musikalische Körperverletzung, gab es so etwas?

Aber auch diese Pein ging irgendwann vorbei, und sie rafften sich sogar zu einem schalen Schlussapplaus auf.

Alenka verneigte sich wie eine Diva in alle Richtungen. Immerhin, die Auftrittsperformance hatte sie drauf.

Während Urschlecht Alenka verabschiedete, raunte Bülent Astrid zu, dass es sich bei dem Mädchen um die Tochter von Oxana handelte.

»Echt jetzt?« Astrid sah ihn überrascht an. »Ich dachte, ihre Mutter wäre so ein Brett.«

»Das hat der Geiger gesagt«, verteidigte sich Bülent. »Alenka kommt leider nach ihrem Vater oder ihrer Oma. Aber das verwächst sich bestimmt noch.«

»Bist du gemein«, konterte Astrid zurück.

Wie bitte, wem ist denn gerade vor Überraschung die Kinnlade runtergefallen ob des Anblicks dieses kleinen Wonneproppens in Designerklamotten? Außerdem mochte Bülent dieses kleine, verschrobene Mädchen irgendwie. Sie hatte ihr ganz eigenes Köpfchen, und das war in der heutigen Zeit wertvoller als irgendwelche Modelmaße. Auch wenn das eine klumsche Heidi womöglich anders sah.

»So, jetzt bin ich für Sie da, am besten, wir gehen rüber ins Haus, da unterhält es sich bequemer.«

Ohne eine Antwort abzuwarten, lotste Urschlecht die Ermittler durch eine Seitentür ins angrenzende Wohngebäude. Auch hier war die Handschrift eines leidenschaftlichen Musikers deutlich zu erkennen. Alte Schallplatten so weit das Auge reichte, und zwar kein Käse. Beatles, Doors, Jimi Hendrix, sogar ein handsigniertes Plattencover von Metallica hing an der Wand. Irgendwie passte das gar nicht zu dem schmalzigen Alleinunterhalter, den Bülent vom Faschingsball her kannte.

Im Wohnzimmer fiel ihm sofort eine E-Gitarre auf, die neben einem Verstärker in der Ecke stand, und sein Herz machte glatt einen kleinen Sprung.

Der Hauseigentümer folgte dem Blick des Hauptkommissars. »Das ist eine Jaguar von Fender«, erklärte er nicht ohne Stolz. »So eine hatte der Curt Cobain auch.«

Bülent lächelte versonnen. »Ich weiß, darf ich mal?«

»Ja klar.« Urschlecht, der offensichtlich heilfroh darüber war, dass es gerade nicht mehr um seine Person ging, steckte die Gitarre eiligst an den Verstärker an und reichte sie Bülent.

»Was wird das jetzt?« Astrid sah verwundert von einem zum anderen.

Statt einer Antwort bekam sie die ersten Töne von *Smells Like Teen Spirit* von Nirvana um die Ohren geknallt, und das nicht einmal schlecht.

Das gab dann auch der Soundhardy zu – so von Musiker zu Musiker, versteht sich.

»Respekt, Herr Hauptkommissar, das war gar keine so üble Performance«, schleimte er geradeheraus, was Bülent nur ein mildes Lächeln entlockte.

»Ich hatte als Teenager auch so eine. Sie war mein Baby«, erklärte er Astrid.

»Warum hast du aufgehört zu spielen?«, fragte sie, und plötzlich war da wieder so ein Hauch von Vertrautheit.

Bülent zuckte mit den Achseln. »Manchmal verliert man das, was man liebt, einfach so aus den Augen.«

Ihre Blicke trafen sich, und er hatte das Gefühl, sein Herz würde gerade in Flammen aufgehen.

Urschlecht räusperte sich laut und schon auch unangenehm penetrant.

Bülent hätte nämlich noch ewig so dastehen können. Er fühlte sich fast ein wenig gestört, und das machte ihn nicht freundlicher.

»Was hatten Sie heute Nacht im Haus von Frau Funseneder verloren?«, schnalzte er dann auch gleich ohne Vorwarnung dem Schuldirektor ins Gesicht.

Der tat mal auf ganz überrascht. »Was? Wo soll ich gewesen sein?« Nervös zubelte er an seiner Nagelhaut herum.

Das würde noch blutig werden, wenn er so weitermachte.

»Wir suchen die Kaiserin von Österreich, und wir sind uns sicher, dass wir sie hier bei Ihnen finden.«

Astrid grinste verstohlen, anscheinend amüsierte sie die Formulierung ihres Partners, was wiederum einen neuen Flächenbrand in Bülents Pumpe verursachte. Vielleicht war ja doch noch nicht alles zu spät.

»Herr Rambichler, ich versteh nur Bahnhof.« Urschlecht wandte sich an Astrid. »Können Sie mir vielleicht erklären, was er von mir will?«

»Herr Urschlecht, Sie wurden dabei beobachtet, wie Sie heute

Nacht in das Haus von Frau Funseneder eingedrungen sind«, erwiderte die Angesprochene kühl.

»Aha, und wer behauptet so etwas? Wobei, ich kann's mir schon denken. Ich kenne nur eine, die mir seit Wochen auf Schritt und Tritt hinterherstalkt. Über achtzig Jahre und dann noch so sexuell aufgeladen. Wo gibt's denn so was?« Er sah die beiden Ermittler prüfend an. »Es war doch die Walderin, die euch den Schmarrn erzählt hat, oder?«

»Das tut nix zur Sache. Fakt ist, die Sissi ist weg, und wir glauben, dass sie hier bei Ihnen ist.« Bülent hatte die Faxen langsam dicke, er mochte diesen schmierigen Typen mit seinen hingeföhnten Pudellocken überhaupt nicht. »Wir können Sie auch gerne eine Nacht in Untersuchungshaft stecken, wenn Ihnen das lieber ist. Vielleicht hilft das Ihrem Gedächtnis ein wenig auf die Sprünge.«

Jetzt bekam es sein Gegenüber deutlich mit der Angst zu tun. Das rasante Schweißaufkommen auf seiner Stirn sprach Bände. »Aber warum denn das? Ich habe nichts gemacht. Ich habe mir nur mein geistiges Eigentum zurückgeholt. Ehrlich, mehr war es nicht, und mit dem Mord habe ich schon überhaupt nichts zu tun.«

»Das klären wir später, jetzt würden wir gerne wissen, was auf den DVDs drauf ist.« Astrid schien wieder voll und ganz in ihrer Ermittlerrolle aufzugehen.

»Glauben Sie mir, das wollen Sie nicht«, seufzte Urschlecht.

Bülent war sich tatsächlich nicht sicher, ob er es sehen wollte. So viel, wie er mittlerweile über die Gertrude Funseneder wusste, konnte es leicht wieder horizontal schmutzig werden.

»Doch, wollen wir«, gab Astrid sich weit weniger prüde.

Urschlecht stöhnte. »Also gut, ich zeig es Ihnen. Vielleicht verstehen Sie mich dann ein wenig besser, warum ich handeln musste.«

Er kramte die *Sissi*-DVD-Collection aus einem leeren Gitarrenkoffer hervor und nestelte betont langsam die erste DVD in den Player.

»Bereit?«, fragte er und meinte dabei wohl eher sich selbst. Ohne eine Antwort der Ermittler abzuwarten, drückte er auf »Play«.

Es war jetzt nicht unbedingt das, was Bülent erwartet hatte, und darüber war er schon froh, aber skurril war es trotzdem, was ihnen da auf dem überdimensionierten Flatscreen entgegenflimmerte.

Urschlecht und die Funsenederin, in Tracht, hinterseerten Hand in Hand gemeinsam über eine geblümte Almwiese mit Kuh und trällerten dabei ein volkstümliches Lied à la Marianne und Michael. Die Frisur bei der Funsenederin wirkte so dermaßen hingezimmert, dass selbst der stärkste Orkan an deren Zerstörung gescheitert wäre. Sie erinnerte fast ein wenig an eine ehemalige Landesmutti namens Muschi. Der Urschlecht selbst sah zwar bei der ganzen Darbietung etwas gequält aus der Wäsche, dafür strahlte die Gertrude umso mehr wie ein jodelnder Sonnenschein in die Kamera.

*So a Stückerl heile Welt hab ich beim Himmel heut bestellt*
*Sonne und Regen, so a bisserl von jedem.*
*So a Stückerl heile Welt*
*Wo einer fest zum andern hält.*
*So a Platzerl halt, wo's Herz allein nur zählt.*

Üble Sache, dachte Bülent, ganz üble Sache. Auch wenn es gesanglich wirklich nicht schlecht war. Über die Performance ließ sich streiten, aber es gab bestimmt genug Menschen, denen bei so einer alpenländischen Heile-Welt-Inszenierung das Herz aufging. Allen voran seine Eltern, wenn es sein Vater auch nie wirklich zugab. Aber der ging ja schon beim Bergdoktor sentimental in die Knie und verpasste keine einzige Sendung. Aber freilich nur zwecks des schönen Panoramas, das man da immer zu sehen bekam. Mit der Story hatte er nichts am Hut. Er war Jagger und nicht Moik, wie er immer wieder betonte und sich dann verstohlen ein Tränchen aus dem Auge wischte, wenn Dr. Martin Gruber wieder recht tiefsinnig daherschwadronierte.

»Ich muss es jetzt ausmachen, sonst spei ich«, verkündete der Urschlecht gequält und beendete die Show.

Er war jetzt erst recht richtig ins Schwitzen gekommen.

»Was genau ist jetzt an diesem Video so schlimm, dass man dafür eine Straftat begehen muss?«, wollte Astrid wissen. »Es ist jetzt nicht unbedingt mein Musikgeschmack, aber soweit ich es beurteilen kann, ist es wirklich gut gemacht.«

Der Musiker in spe wischte sich mit dem Handrücken den Schweiß von der Stirn. »Nicht schlecht, es ist eine Katastrophe. Das kann meinen ganzen Ruf ruinieren.«

Als ob Alleinunterhalter immer so einen guten Ruf hätten, dachte Bülent und sagte es auch.

»Darum geht's doch gar nicht. Ich weiß schon auch, dass ich mit meinen Auftritten keinen Grammy gewinnen werde. Aber den Leuten gefällt's, und ich habe eine Bühne. Manchmal spiel ich sogar meine eigenen Sachen. Mir hängt dieses *Hulapalu* von diesem singenden Grazer Brocken nämlich auch schon zum Hals raus. Aber das hat immerhin noch ein bisschen was mit Pop zu tun, das da …« Er deutete auf das Standbild, mit dem er sich und Gertrude nicht gerade vorteilhaft eingefroren hatte. Beide mit weit aufgerissenem Mund und schielend. »… das da ist ein galaktischer Albtraum. Volksmusik war noch nie meins, und bist du einmal in der Lederhosen-Schublade drin, kommst du ganz schlecht wieder raus. Ganz schlecht. Deswegen habe ich mir die DVDs geholt, damit sie niemand anders in die Hände fallen. Ich darf mir gar nicht vorstellen, wenn das bei YouTube gelandet wäre.«

Er stellte es sich anscheinend doch vor, so theatralisch, wie er jetzt die Hände vor das Gesicht schlug. Bülent konnte das schon alles ein wenig nachvollziehen. Soundhardy sah nun wirklich nicht aus wie einer, der gern im Musikantenstadl rumhopst, eher wie der jüngere Bruder von Howard Carpendale. Kein Wunder, dass die Walderin da in Wallung geriet.

»Immerhin kann man mit Volksmusik viel Geld verdienen«, warf Astrid ein.

Urschlecht grunzte abfällig. »Da spiele ich lieber in Nürnberg in der Breiten Gasse für ein paar Cent.«

»Also gut, verstanden«, warf Bülent ein. »Warum gibt es dann dieses Video, wenn es gar so schrecklich für Sie ist?«

Urschlecht ließ sich erschöpft auf den Klavierhocker sinken, der vor einem stattlichen Steinway-Flügel stand. »Weil sie mich erpresst hat, die Gertrude«, flüsterte er.

»Mit was?«, kam es wie aus der Pistole geschossen aus Astrids Mund.

»Muss ich das wirklich sagen?«

»Besser wäre es«, antwortete Bülent, der sich schon ganz genau vorstellen konnte, um was es ging.

Urschlecht atmete tief durch. »Also gut. Ich hatte einmal einen schwachen Moment und habe mich zu etwas Unsäglichem hinreißen lassen, was überhaupt nicht mit meiner Rolle als Kirchenchorleiter und Vorbild für die Jugend vereinbar ist.«

Der Hauptkommissar nickte wissend. »Die Sache im Beichtstuhl?«

»Ja genau«, gab Hartmut zerknirscht zu. »Aber es war wirklich eine einmalige Sache.«

»Was war im Beichtstuhl?« Strunzheimer Gossip, für Astrid schon immer ein Highlight.

»Er hat sich mit der Gertrude dort versündigt«, erklärte Bülent schmunzelnd.

»Oh, ah okay. Wow!« Astrid war sichtlich beeindruckt.

»Na, so wow war das nicht. Sie ist mir an die Wäsche, und irgendwann wehrst du dich dann als Mann auch nicht mehr. Aber ich habe sie nicht angerührt. Das schwöre ich.« Demonstrativ hob er seine Orgelpranken ans Herz.

»Wie ging es dann weiter?«, hakte Bülent nach.

Urschlecht sah ihn konsterniert an. »Wollen Sie jetzt auch noch Einzelheiten wissen, ist doch eh schon peinlich genug. Also sie hat halt …«

Bülent hob abwehrend die Hände. »Um Gottes willen, nein. Ich will wissen, wie es nach dem Beichtstuhl weiterging.«

Urschlecht atmete erleichtert auf. »Danach hat sie mir verkündet, dass sie mit mir an ihrer Seite Volksmusikstar werden will.« Er lachte bitter auf. »Ich habe natürlich Nein gesagt. Daraufhin hat sie mich erpresst. Eiskalt hat sie gedroht, die ganze Beichtstuhl-Geschichte weiterzutratschen, und zwar verdreht. Von wegen, ich hätte sie dazu genötigt, dass sie an mir rumhantiert, damit sie die erste Stimme im Chor singen darf. Aber so war's nicht. Das müssen Sie mir glauben.«

Er sah die beiden Ermittler fast schon flehentlich an. Wie ein reuiges Schaf Gottes. »Mal ganz ehrlich, dann hätte ich mir wirklich eine Hübschere ausgesucht, wenn es mir darum gegangen wäre.« Er musterte Astrid unverhohlen. »Können Sie singen?« Ein plumper Vorstoß, der mit einem müden Lächeln bedacht wurde.

»Weiter!«, trieb Bülent die Vernehmung an.

»Ja, nix weiter, ich habe mit ihr Bewerbungsvideos gedreht,

keine Ahnung, wo sie die hinschicken wollte, aber dazu ist es ja Gott sei Dank nicht mehr gekommen.«

»Logo, weil du sie vorher umgebracht hast«, schlussfolgerte Bülent, und Soundhardy blies spontan aus dem letzten Loch.

»Um Gottes willen, nein. Ich bin doch kein Mörder.«

»Aber vielleicht ja ein Maler«, erwiderte Bülent.

»Hä, wie, Maler?« Urschlechts Verwunderung schien echt.

Astrid hielt ihm ungefragt ihr iPhone mit den Aufnahmen des verschmierten Zimmers unter die Nase.

Urschlecht riskierte einen kurzen Blick und tat noch erstaunter. »Das soll ich gewesen sein? Hören Sie mal, ich habe Deutsch studiert. Diese Kritzelei da ist nicht mein Niveau.«

Aber sich im Beichtstuhl die Trompete blasen lassen – alles klar.

»Sie wollen uns also allen Ernstes weismachen, dass Sie nichts mit diesem unsäglichen Kunstwerk im Schlafzimmer von Frau Funseneder zu tun haben? Sie wurden aber heute Nacht als Einziger dort gesehen. Was sollen wir also Ihrer Meinung nach davon halten?« Langsam zog Bülent die Schlinge zu.

Wider Erwarten blieb Urschlecht ruhig. »Die Kammer des Schreckens würde ich im Leben nicht freiwillig betreten. Da sind Sie auf der falschen Spur.« Er lachte übertrieben. »Die Gertrude hat mir sogar vor Kurzem ihren Hausschlüssel gegeben und mir fast schon befohlen, dass ich sie irgendwann mal ohne Vorwarnung nachts besuchen kommen soll. Ich glaube, die war untenrum etwas sonderbar aufgestellt, wenn Sie mich fragen. Jedenfalls wäre ich lieber zum Eunuchen geworden, als mich noch einmal auf die einzulassen. Kurz: Ich kenne ihr Schlafzimmer nicht, kann mir aber vorstellen, dass es dort ausschaut wie in einem Puff.«

Das tat es nicht, aber Urschlecht konnte auch nur den Ahnungslosen spielen. Bülents Intuition flüsterte ihm aber schon auch ein, dass sie es hier nicht mit dem Täter zu tun hatten. Schlimmstenfalls mit einem Arschloch, aber nicht mit einem Mörder.

»Wollen Sie auch eine Schokolade, beruhigt die Nerven«, oberlehrerte Urschlecht und griff zu einer Kristallschüssel, die auf zahlreichen Notenbüchern neben dem Klavier in einem Billy-Regal von IKEA stand.

»Wie soll ich sie eigentlich ermordet haben?«, gab der Musiker sich lässig und biss genussvoll und unter den fassungslosen Augen der Ermittler in eine herzförmige Praline.

»Vergiftet«, flüsterte Astrid tonlos.

# KAPITEL 12

## *Mord ist kein Kinderspiel*

Seit einer Dreiviertelstunde war Urschlecht nun auf dem Klo verschwunden, wo er panisch versuchte, die Schokolade unter kräftigem Würgen wieder aus seinem Körper zu pumpen. Es klang so, als würde ein Löwe versuchen, einen Elefanten zu gebären. Schön jedenfalls nicht.

Bülent und Astrid hatten die restlichen Pralinen sowie das angebissene Stück des Musikers fein säuberlich in einem Beweismittelbeutelchen verstaut und standen jetzt gelinde gesagt reichlich dumm rum.

»Er ist jedenfalls nicht unser Mörder, weil, so blöd kann man gar nicht sein.« Astrid betonte dabei das Wörtchen »man« so dermaßen unverschämt, dass Bülent sich fast schon ein wenig angegriffen fühlte.

Aber wie hatte er letztens in einem schlauen Buch gelesen: einfach nichts mehr persönlich nehmen. Gar nichts mehr.

Endlich taumelte Urschlecht aus dem Klo. Er sah reichlich mitgenommen aus. Bis auf Unterhose, Unterhemd und Socken hatte er sich all seiner Klamotten entledigt. Zudem standen ihm seine Haare so dermaßen wild zu Berge, dass man meinen konnte, er hätte an einem Starkstromkabel gelutscht. Allerdings war von der Ruhe nach dem Sturm bei ihm nichts zu merken.

»Was seid ihr denn bitte für zwei Hirnis?«, ging er die beiden Ermittler an. »Schaut seelenruhig dabei zu, wie ich Gift fress. Ihr Vollpfosten!«

Von seinen vormals guten sprachlichen Manieren nix mehr da. Der Mann war ein einziger hysterischer Ausnahmezustand.

»Jetzt beruhigen Sie sich doch bitte mal«, versuchte Astrid sanft auf ihn einzureden. »Bis jetzt ist doch noch gar nichts passiert. Jetzt setzen Sie sich erst einmal hin, Herr Urschlecht, und atmen Sie ganz konzentriert ein und aus. Erst in den Bauch, dann in die Brust bis hoch in die Schulterspitzen. Schauen Sie, so …« Astrid schloss die Augen, blies wie ein Blasebalg die Luft durch ihre Nase ein und aus.

Süß sah sie dabei aus, fand Bülent. Der Musikus jetzt weniger. Der sah Astrid nur völlig entgeistert an.

»Madame, blockert bei dir da oben was falsch? Ich werd mich jetzt hinhocken und darauf warten, dass es mich wegrafft, oder wie stellst du dir des vor?« Er wandte sich an Bülent. »Wo habt ihr denn die ausgegraben? Bei der fehlt's vorn wie hinten. Die ist ja nicht ganz sauber.«

Patsch, und schon konnte der nächste Typ Astrids fünf Finger der rechten Hand im Gesicht abzählen.

Fassungslos hielt Hartmut sich die Wange. »Haben Sie das gesehen, Rambichler, die hat mich geschlagen?«

Natürlich hatte Bülent es gesehen, und natürlich hatte er es demzufolge nicht gesehen. »Soweit ich das beurteilen kann, hat meine Kollegin lediglich versucht, Sie aus Ihrem Schockzustand zurückzuholen, sonst wären Sie uns ja am Ende noch kollabiert«, teilte Bülent Urschlecht kühl mit.

Der schnappte nach Luft wie ein Fisch auf dem Trockenen. Sein Schädel verfärbte sich fast ins Dunkelrote. »Das wird ein Nachspiel haben, ich werde mich bei Ihrer Dienststelle beschweren. So was wie ihr zwei gehört aus dem Verkehr gezogen«, drohte er. Was angesichts seiner Optik schon fast lustig war.

Ohne ein weiteres Wort zu verlieren, schnappte sich Astrid die

*Sissi*-Trilogie samt unsäglichem Gesangsinhalt und schwenkte sie demonstrativ vor Urschlechts Nase hin und her.

»Jetzt will die mich auch noch erpressen«, gab er gar nicht mehr laut, sondern eher weinerlich von sich.

»Aber nein, sie sichert nur Beweismaterial«, sagte Bülent.

Er lächelte Astrid an, und sie lächelte zurück – yes. Sie waren wieder ein Team. Zumindest beruflich.

Urschlecht war geschlagen. Er ließ sich auf seine Couch sinken und atmete schwer.

»Hoffentlich glaubt ihr mir wenigstens jetzt, dass ich nichts mit dem Tod von der Gertrude zu tun habe?«

»Was wir glauben, überlassen Sie am besten uns«, erwiderte Astrid, die anscheinend noch nicht wieder ganz in den Shanti-Modus geschaltet hatte.

»Aber jeder Mensch weiß doch, dass Giftmorde hauptsächlich von Frauen begangen werden«, winselte Hartmut.

Bülent konnte es langsam nicht mehr hören. »Ja, normalerweise schon«, baunzte er zurück. »Aber vielleicht ist es ja diesmal anders, wo haben Sie eigentlich die Pralinen her?«

Urschlecht schnappte nach Luft. »Ich habe ja schon gedacht, Sie fragen mich das nie. Das wäre mir als Erstes eingefallen.«

Jetzt will der am Ende noch klug daherscheißen, dieser Musikheini. Bülents Geduldsfaden verdünnisierte sich langsam.

»Also, woher?«, fragte er erneut und überhaupt nicht mehr freundlich.

»Von der kleinen Bremsnagel habe ich die. Gerade erst hat sie sie mir geschenkt.« Er spuckte die Worte fast aus. »Dabei wollte ich ihr heute sagen, dass ich ihr keinen Unterricht mehr geben kann. Habe ich dann nicht, obwohl das schreckliche Gezupfe von dem Kind kein Mensch auf Dauer aushält. Im Vergleich zu dem Balg ist ein Glas Essiggurken musikalischer. Aber die Bremsnagels stopfen der Alenka trotzdem ein sündhaft teures Instrument in die Griffel, das sich vor Schmerzen biegt, wenn der Wurm daran herumfingert. Und wer darf es dann am Ende ausbaden?« Er blickte nach Mitleid heischend in die Runde.

Bülent verspürte einen Lavastrom heißer Wut in sich aufflammen. Dass aus der kleinen Bremsnagel niemals nicht die nächste Vanessa-Mae werden würde, war eine Sache, aber als Grundschuldirektor so wenig Feingefühl für kleine Kinder übrigzuhaben und auch noch dermaßen wild über sie herzuziehen, eine ganz andere. Der Mann war ihm durch und durch unsympathisch.

Auch bei Astrid hörte Bülent die Zähne knirschen.

»Und jetzt schleppt mir die Amsel auch noch Gift ins Haus«, wetterte Urschlecht schon wieder aufs Neue über Alenka.

»Herr Urschlecht«, unterbrach Bülent ihn scharf. »Noch wissen wir überhaupt nicht, ob diese Pralinen ebenfalls vergiftet waren, das lassen wir im Anschluss an den Besuch bei Ihnen gleich in der Gerichtsmedizin überprüfen.« Bülent schoss eine kleine Boshaftigkeit ins Hirn, die er sofort mit dem reinsten Vergnügen herausplauderte. »Und Sie kommen mit uns mit, dann kann Ihnen Frau Dr. Senftchen, die Gerichtsmedizinerin, gleich mal den Magen auspumpen, zwecks Beweismaterialsicherung. Zwar nicht besonders angenehm, aber dann sind wir auf der sicheren Seite, und Sie müssen auch keine Angst mehr haben, dass was passiert.«

Letzteres glaubte Bülent sowieso nicht mehr, denn so weit war er schon im Bilde, dass die ersten Vergiftungserscheinungen ein bis zwei Stunden nach Verzehr von Eiben auftraten, und sie hampelten jetzt immerhin schon über eine Stunde mit dem Musikheini herum. Außerdem hatte dieser nicht gerade elfengleiche Mensch nur eine homöopathische Dosis Praline zu sich genommen und die im Grunde auch gleich wieder ausgespuckt. Alles in allem also reichlich unwahrscheinlich, dass es den Urschlecht in den nächsten Minuten vor ihren Augen dahinraffen würde. Zumal man den Magen eh nicht mehr auspumpen sollte, wenn die Gifteinnahme länger als eine Stunde zurücklag. Aber das musste der Urschlecht alles erst einmal so nicht wissen. Strafe musste sein.

Der Schuldirektor war jetzt kalkweiß im Gesicht geworden, und sicherlich nicht, weil er kurz vor dem Exitus stand. Die blanke Angst schrie aus seiner Visage. Grad schön war der Anblick.

»Magen auspumpen? Ich weiß nicht. Mir geht's ganz gut.« Er klopfte sich demonstrativ auf seinen Bauch. »Alles ruhig hier.« Er lächelte gequält. »Ich glaube wirklich nicht, dass es nötig ist, dass ich mitkomme. Sie können mir Bescheid geben, was die Gerichtsmedizinerin herausgefunden hat. Derweil lege ich mich einfach mit einer Wärmflasche ins Bett.« Plötzlich war ihm die falsche Freundlichkeit wieder ins Gesicht geschrieben, dem feigen Hund, dem feigen.

Bülent tat, als würde er über diesen Vorschlag nachsinnieren. »Meinst du, wir können es wagen, ihn allein zu lassen?«, wandte er sich an Astrid.

»Hm, ich weiß nicht. So ein Vergiftungstod ist kein feiner nicht«, lud Sunshinechen noch eine Schippe Gemeinheit mit obendrauf. »Aber wenn Sie unbedingt wollen, Herr Urschlecht, zwingen können wir Sie nicht.«

Der Musiker nickte eilfertig. »Das passt schon, ich fühle mich wirklich pudelwohl.« Was angesichts seiner Frisur fast schon witzig war.

»Gut, dann gehen wir. Wir melden uns, wenn wir was Neues wissen«, sagte Bülent. Aber vorher lassen wir dich noch ein wenig zappeln, dachte er hinten nach.

Vor Urschlechts Haus trafen die Ermittler auf Alenka, die dick eingemummelt in einer schicken Daunenjacke auf ihrem pinken Mountainbike die Straße auf und ab fuhr. Sie hatte riesige goldene Kopfhörer auf den Ohren und trällerte irgendeinen Hit aus den Charts, der morgen schon wieder vergessen sein würde. Stimmlich hatte sie genauso viel drauf wie auf der Fidel. Ein musikalisches Wunderkind war sie wahrlich nicht.

Als die Kleine die beiden Ermittler erblickte, trat sie in die Pedale und fuhr mit einem Affenzahn auf die beiden zu. Kurz bevor ihr Vorderreifen Bülents Knie touchierte, stieg sie in die Eisen und bremste in einer gekonnten Slidebewegung ab. Fast konnte man vermuten, dass sie auch die Sendung über das ADAC-Fahrertraining angesehen hatte. Sie zog die Kopfhörer von den Ohren und ließ sie lässig um ihren Hals hängen.

»Hallo, Herr Polizist.« Offensichtlich freute sich die kleine Bremsnagel, Bülent zu sehen.

»Hallo, hast du auf uns gewartet?«, fragte er sie.

Die Kleine sah ihn mit einem breiten Grinsen an. »Nur auf dich. Wer ist die da?« Misstrauisch begutachtete sie Astrid.

»Alenka, darf ich vorstellen, dass ist meine Freu… ähm, meine Kollegin Frau Weber.« Er hätte sich ohrfeigen können für seinen Versprecher, aber Astrid schien es gar nicht bemerkt zu haben. Zumindest tat sie so.

Sie hielt Alenka ihre Hand hin. »Hallo, du kannst Astrid zu mir sagen, und wer bist du?«

Alenka rümpfte die Nase und dachte gar nicht daran, nur irgendeine ihrer in Fäustlingen steckenden Hände Astrid entgegenzustrecken. »Ich bin Alenka Walburga Bremsnagel. Mein Papa ist der Sparkassendirektor«, tönte sie protzig heraus.

Da konnten Väter noch solche Vollhonks sein, für ihre Töchter blieben sie, zumindest in den ersten Lebensjahren, die absoluten Superhelden. Jahre später kam dann die Ernüchterung, und oftmals kam dann die Couch beim Therapeuten gleich noch hinterher.

»Wow, ein Sparkassendirektor«, honigte Astrid der Kleinen jetzt um den Mund. »Dann muss er ja sehr schlau sein, dein Papa, und sich ganz gut mit Geld auskennen.«

Alenka nickte ernst. »Ja, das ist auch so. Meine Omama sagt immer, ohne meine Mama wäre mein Papa schon längst ein Millionärmann, wie der Dagobert Duck. Aber die Mama ist sein Ruin, sagt die Omama immer, weil sie das ganze Geld zum Fenster rauswirft.« Sie sah Bülent und Astrid mit großen Augen an.

»Aber ich hab das noch nie gesehen, obwohl ich immer ganz arg aufpassen tu. Die Mama wirft manchmal nur Sachen vom Papa raus, aber nur, wenn er sie wieder ganz arg nerven tut, aber Geld noch nie.« Jetzt sprach fast ein wenig Enttäuschung aus ihrer Stimme ob der Tatsache, dass bei ihr daheim keine Euros zum Fenster raussegelten.

Bülent konnte direkt sehen, wie es in Astrids Gehirn arbeitete und sie sich sicherlich auch über die Zustände im Bremsnagelschen Haushalt wunderte.

»Sag mal, Alenka, hast du dem Herrn Urschlecht heute diese Pralinen geschenkt?« Bülent zeigte ihr die Tüte mit den Schokoladenteilen.

Überrascht beäugte das Mädchen die Tüte. »Ja, hab ich. Schmecken sie ihm nicht? Das sind die Lieblingspralinen von meiner Mama«, kam es nun etwas zögerlich.

Bülent und Astrid wechselten einen schnellen Blick, jetzt bloß nicht die Unterhaltung abreißen lassen. »Hat sie die dir mitgegeben?«

Auf diese Frage hin setzte Alenka abrupt ihre Kopfhörer wieder auf. Sie tatschte auf ihrem mit pinken Strasssteinen besetzten iPod die Lautstärke nach oben und fing an, mit geschlossenen Augen lauthals mitzugrölen. Selbst mit viel gutem Willen konnte man das Lied nicht erkennen, was allerdings auch daran lag, dass Alenka ein dermaßenes Fantasie-Englisch von sich gab, dass man ihr für dieses sprachliche Abstraktum fast schon Respekt zollen musste. Bülent stupste sie vorsichtig an und zog ihr den Kopfhörer von den Ohren.

»Alenka, magst du Astrid mal ihre Frage beantworten?«

Bockig schob das Mädchen die Unterlippe nach vorn. »Nein, außerdem muss ich heim, bei der Omama gibt's heute Schnitzel mit Apfelstrudel und Vanillesoße.« Alenka leckte sich die Lippen.

Genoveva schien so ihre eigene Vorstellung von einer Ernährungspyramide zu haben.

»Alenka, bitte«, softete Bülent weiter auf das Mädchen ein. »Erzähl uns, wie du zu den Pralinen gekommen bist. Sonst müssen wir mitkommen und deine Eltern fragen, und das wäre doch doof, oder?«

Schweigen. Langes Schweigen. Das Mädchen schien alle Alternativen im Geiste abzuwägen. Auch Flucht schien darin vorzukommen, denn sie zuckelte schon etwas auffällig an ihrem Fahrrad herum. Bülent griff vorsichtshalber zur Lenkstange und hielt sie fest. Er erntete dafür einen giftigen Blick von der kleinen Bremsnagel, bevor diese vom Rad sprang und davonrannte.

»Du oder ich?«, fragte Astrid.

»Mach du, ich glaube, sie hat soeben mit mir Schluss gemacht«, scherzte Bülent.

Astrid musste nicht weit laufen, denn Alenka war schon nach wenigen Metern die Puste ausgegangen.

Schwer atmend blieb sie stehen und hielt sich die Seite. »Wegen dir hab ich jetzt Seitenstechen.« Alenka funkelte Astrid wütend an. »Ich mag dich nicht«, motzte sie, wie eben ein kleines Kind motzt, wenn es genau das sagt, was es jetzt gerade meint.

Astrid zuckte mit den Schultern. »Auch gut.« Sie deutete auf Bülent, der langsam auf sie zuschlenderte. »Den da magst du aber, oder?«

Alenka wurde jetzt glatt ein bisschen rot um ihre kleine Stupsnase herum. Sie nickte verschämt.

»Ich will nicht, dass er böse auf mich ist«, brodelte es plötzlich aus dem Mädchen heraus.

»Aber wieso sollte er das denn sein?«

»Ja, weil, weil, weil ich doch die Pralinen meiner Mama geklaut habe«, flüsterte Alenka kleinlaut und konnte weder Bülent, der nun neben ihr stand, noch Astrid dabei in die Augen sehen. Sie blickte starr auf einen imaginären Fleck auf dem Boden. »Mama gibt mir immer keine, weil sie nicht will, dass ich so viel nasche, und da hab ich sie einfach genommen.«

Bei diesen Worten wurde es Bülent ganz schwummrig. »Hast du denn auch eine davon gegessen?« Er versuchte, seine Stimme ganz normal klingen zu lassen, um das Mädchen nicht zu beunruhigen.

»Nein, ich schwör's.« Alenka schrie fast und hieb ihre Fäustlingshand gegen ihr Herz. »Erst wollte ich ja, aber dann, dann hab ich mir gedacht …« Sie atmete heftig, denn die Worte flossen fast schneller aus ihr heraus, als ihr Hirn denken konnte. »… ich gebe sie dem Herrn Urschlecht, weil, weil, weil der sich doch immer so aufregt, wenn ich Geige spiele, aber ich muss viel üben, weil ich doch der Omama zum Geburtstag *Candle in der Wind* vorspielen will. Und meine Omama sagt immer, Schokolade macht glücklich.« Sie sah die beiden Ermittler mit großen Augen an. »Muss ich jetzt ins Gefängnis?«

Bülent grinste. »Nein. Du warst fast wie Robin Hood. Kennst du den?«

Alenka strahlte ihn an. »Logisch, das ist der, der alles von den Reichen für die Armen klaut«, plapperte sie nun schon wieder etwas munterer daher. »Aber der Herr Urschlecht ist, glaube ich, gar nicht arm, nur immer so sauer. Gilt das auch?«

Bülent strich ihr sanft über den Kopf. »Das gilt auch.«

Das Mädchen kochte fast vor Erleichterung über. »Cool, und du sagst nix meiner Mama?«, vergewisserte sich die Kleine noch einmal.

Bülent hob seine rechte Hand zum Schwur. »Ehrenwort.«

Ehe er sich's versah, warf Alenka ihre kleinen, feisten Kinderärmchen um seinen Hals und umarmte ihn aufs Heftigste. Er bekam kaum Luft, was wohl auch an dem Kloß lag, der ihm jetzt schon ein wenig im Hals steckte. Unbeholfen klopfte er ihr ein paarmal auf den Rücken.

»Eine Frage habe ich aber noch«, brachte Astrid die ganze Situation wieder ein wenig ins emotionale Gleichgewicht.

Neugierig hob Alenka ihr Köpfchen von Bülents Hals.

»Hast du deiner Lehrerin, der Frau Funseneder, auch schon mal Pralinen geschenkt?«

Von jetzt auf gleich blitzten die Augen der kleinen Bremsnagel zornig, und Bülent spürte, wie der Griff um seinen Hals sich noch etwas fester zuzog. Unangenehm fester. Er röchelte, aber niemand interessierte sich für ihn.

»Nee, bestimmt nicht. Die war immer so gemein zu mir. Ich bin froh, dass die weg ist, und meine Mama auch!«, schoss es scharf aus dem Kindermund. Verdammt scharf!

# KAPITEL 13

## *Herzschmerzangelegenheiten*

Frau Dr. Senftchen war wenig erfreut darüber, als Bülent sie informierte, dass noch nach Feierabend Arbeit auf sie warten würde. Er konnte sie jedoch von der Dringlichkeit der ganzen Angelegenheit überzeugen, und so heizte er jetzt, wider seinen sonst gewohnt moderaten Fahrstil, mit zweihundert Sachen über die Autobahn gen Nürnberg. Das Letzte, was er nämlich im Ohr hatte, war ein ungehaltenes und wenig einladendes »Aber pronto!«. Die Dame schien es selten in freundlich zu geben, und er hatte keine Lust, dass sie ihn direkt vor Astrid zur Minna machte, weil er ihres Erachtens wieder zu lange gebraucht hatte. Eigentlich sollte man Franz tunlichst davon abhalten, mit dieser Frau in irgendeiner Weise näher in Kontakt zu treten, vor allem nicht in horizontale. Bülent jedenfalls flößte sie Angst ein.

Da hatte er doch lieber sein Sunshinechen an seiner Seite, wenn die auch seit ihrer Abfahrt aus Strunzheim in grüblerisches Schweigen versunken war. Fast hoffte er, sie würde ausschließlich über den Fall nachdenken und nicht über sie beide. Denn zu viel Gedenke überlagerte oft das Gefühl. Da kannte er sich aus.

»Ich wusste gar nicht, dass du so gut mit Kindern kannst«, unterbrach Astrid jetzt aber doch die Stille zwischen ihnen.

»Ich auch nicht«, gestand er. Er wusste tatsächlich selbst nicht, warum ihm das kleine dicke Mädchen so naheging. Irgendwie spürte er hinter ihrem Dampfnudelpanzer ihre Verletzlichkeit, und das berührte ihn mehr, als er zugeben wollte. Außerdem kannte er ihren Vater, den Bremsi, und er konnte sich nicht vorstellen, dass dieser Mann, der es ja noch nicht mal schaffte, für sich selbst einzustehen, für seine Tochter einstehen konnte.

Wenn jetzt am Ende Oxana tatsächlich in den Mordfall verwickelt sein sollte, nicht auszudenken, was dann aus der kleinen Alenka werden würden. Allein mit einer überfürsorglichen, aber herrischen Großmutter, die jeden Schritt ihrer Enkeltochter kontrollierte, und einem Waschlappen von einem Erzeuger. Eine fatale Kombination. Wobei die gottesfürchtige Genoveva sicherlich bis nach Lourdes hutschen würde, wenn herauskam, dass ihre Schwiegertochter aufgrund einer längeren Haftstrafe aus dem Verkehr gezogen würde. Dann könnte sie faktisch die Mutterrolle für Alenka übernehmen. Sie könnte schalten, walten und manipulieren, wie sie wollte. Eine gruselige Vorstellung.

Kurz hakte sich dieser Gedanke in seinem Hirn ein, war aber binnen Sekunden wieder verflogen, als er Astrids Hand für einen Moment auf seinem Knie spürte.

»An was denkst du?«, fragte sie ihn.

Die Stelle, wo sie ihn für den Hauch eines Augenblicks berührt hatte, fühlte sich an, als würden tausend Ameisen im Takt Walzer tanzen.

»Ach, über Oxana, die Mutter von Alenka, ich kann mir einfach nicht vorstellen, dass die einen hinterfotzigen Mord aus Eifersucht begeht. Das passt einfach nicht zu der.«

Astrid zuckte mit den Achseln. »Zu wem passt Mord schon?« Prüfend sah sie ihn an. »Vielleicht bist du ja einfach nur befangen, weil sie dir gefällt?«

Oh, oh, das war jetzt ein ganz arschglattes Terrain. Jetzt musste eine Antwort wohlüberlegt sein.

»Schau mal«, er deutete aus dem Fenster, »wie schön der Himmel ist.« Gekonnt dämlicher Themawechsel.

Astrid beäugte ihn forschend von der Seite. »Du kannst es ruhig zugeben, wenn du sie attraktiv findest. Ich laufe auch nicht blind durch die Gegend. Wir sind freie Menschen, Bülent.«

Was sollte das jetzt wieder heißen, hatte sie am Ende einen anderen?

Er wollte sich den schlimmsten aller Fälle gar nicht vorstellen. Allerdings, so wie sich Astrid seit Wochen benahm, war das durchaus im Bereich des Möglichen. Sie sprach kaum mit ihm, ließ keinerlei Nähe zu und reagierte auf seine Versuche, über ihre Zukunft zu sprechen, mit Ablehnung oder gleich mit gar nix.

»Und?«, fragte sie.

»Was und?« Er hasste es, wenn er in die Ecke gedrängt wurde.

»Ob sie dir gefällt?«

Bülent seufzte. »Ja, sie sieht schon gut aus, aber sie ist nicht mein Typ. Zufrieden?«

Astrid starrte nachdenklich zum Fenster hinaus. »Der Himmel ist wirklich schön«, sagte sie nach einer kurzen Pause.

Hä? Er verstand die Welt nicht mehr und war heilfroh, als sie wenig später ihr Ziel, die Gerichtsmedizin, erreicht hatten.

Sie trafen Frau Dr. Senftchen im Sektionssaal an, wo sie gerade emsig an einer Leiche herumfuhrwerkte. Der Tote, der da vor ihr auf dem Tisch lag, hatte wohl auch zu Lebzeiten keine sonderlich gute Zeit gehabt, so körperlich derangiert, wie der daherkam.

»Gut, dass Sie schon da sind, Herr Rambichler. Bin gleich bei Ihnen«, begrüßte sie Bülent, ohne dabei von ihrer Arbeit aufzublicken. Stattdessen besprach sie ein kleines Diktiergerät mit allerlei medizinischem Fachgeplänkel, wovon Bülent nicht mal die Hälfte verstand.

»So, jetzt hab ich's. Was kann ich für Sie …« Überrascht musterte Senftchen über ihre Designerbrille hinweg Astrid. Ein bisschen Enttäuschung spiegelte sich allerdings auch in ihren Augen. Sie hatte wohl eher etwas kernig Männliches an Bülents Seite erwartet. »Wer sind Sie denn?«

»Hallo, Frau Dr. Senftchen, ich bin die Partnerin von Herrn Rambichler.«

Man sah der Ärztin an, dass sie die Welt gerade gar nicht verstand.

»Seit wann denn das, und wo ist Franz, also, Herr Geiger?«

Schon waren sie mittendrin im schönsten Beziehungsgeflecht.

Bülent kam sich vor wie in einer dieser unsäglichen Soaps, die sich seine Eltern am Nachmittag immer reinzogen. »Sie liebt mich und ich weiß nicht, warum« oder wie das TV-Kraut auch immer heißen mochte.

»Der Franz, der war nur Vertretung für Frau Weber, solange sie im Urlaub war«, log Bülent gnadenlos, während er mit einer wilden Gesichtsperformance möglichst unauffällig versuchte, Astrid ebenfalls auf die richtige Gedankenspur zu bringen.

»Haben Sie irgendein Problem mit Ihrem Gesicht, Herr Rambichler?«

So unauffällig war es dann wohl doch nicht.

»Nein, nein, alles gut«, beeilte er sich zu sagen.

Immerhin schien bei Astrid jetzt der Groschen gefallen zu sein.

»Ich soll Sie von Herrn Geiger lieb grüßen, er bedauert es sehr, heute nicht dabei sein zu können. Aber er steckt schon wieder in einem anderen Fall«, flötete Astrid die Gerichtsmedizinerin an.

»Ach tatsächlich.« So wie Senftchen das Leichentuch jetzt über den Toten zündete, war vollkommen klar – sie glaubte ihnen kein Wort. »Das scheint ja mächtig wichtig zu sein, wenn er nicht einmal Zeit findet, mich anzurufen.«

Himmel, legte diese Frau ein Tempo vor. Es war doch erst gestern gewesen, dass Frank so dermaßen plump nach ihrer Nummer gefragt hatte.

»Ist das eine Fettleber?« Astrid deutete auf eine silberne Wanne, in der ein ekelhaft gelb verfärbtes Stück menschlicher Innerei vor sich hin waberte.

Der nächste miese Versuch eines dilettantischen Themenwechsels. Langsam wurde es pathologisch.

»Richten Sie Ihrem Kollegen-Freund doch bitte aus, dass ich ihm mehr zugetraut hätte als dieses unsinnige Drei-Tage-Regel-Gehabe.«

Sie löste die Bremsen der Leichenbahre und rammte Bülent selbige fast über den Fuß, als sie den Toten ans Ende des Raumes hin zu den Kühlfächern bugsierte.

»Schade, hätte wirklich was werden können«, brüllte sie atemlos, während sie den Verstorbenen wenig zimperlich in sein temporäres, kühl temperiertes Grab versenkte.

»Was meint sie denn mit dem Drei-Tage-Gehabe?«, raunte Bülent Astrid zu.

»Na, dass sich Männer erst drei Tage nach dem ersten Date melden, damit sie nicht gar so bedürftig oder notständig rüberkommen«, wisperte Sunshinechen zurück.

Man lernt doch nie aus, dachte Bülent, wusste aber sofort, dass der Geiger so niemals agieren würde. Das hatte der doch gar nicht nötig. Dem war doch generell wurscht, was irgendwer von ihm hielt.

Frau Dr. Senftchen trat wieder zu ihnen. Ein paar Haarsträhnen fielen ihr ins Gesicht, was sie gleich nicht mehr so streng daherkommen ließ, außerdem lächelte sie jetzt sogar.

»Wissen Sie was, ich sag's ihm persönlich. Einer von Ihnen hat doch sicher die Adresse vom Franz.« Abwartend sah sie von einem zum anderen.

Astrid hatte es von jetzt auf gleich wahnsinnig wichtig mit ihren Fußspitzen und setzte sich intensiv mit ihnen auseinander. Sprich, sie glotzte mal eins a auf den Boden, während Senftchens Adlerblick Bülent mitten in die Pupille traf.

»Also, ich weiß nicht«, stotterte Bülent. »Das fällt ja schon unter Datenschutz.«

Frau Dr. Senftchen musterte ihn mit einem unergründlichen Blick. »Wie Sie meinen. Ich kann auch bei Ihrem Chef, dem Herrn Köhl, anrufen. Der hilft mir bestimmt weiter.«

Game over. Sie hatte sie ihn im Sack. Wenn dem Köhl zu Ohren kam, dass Bülent einen Freund mit in den Fall involviert und ihn gar in die Pathologie eingeschleust hatte, war er geliefert. Dann konnte er seine restlichen Dienstjahre als Bereitschaftspolizist bei den Clubspielen absitzen, und das war selbst für einen eingefleischten Clubfan, wie er einer war, nicht immer eine Freude. Dann doch lieber seinen Kumpel ans Messer liefern beziehungsweise dieser Gottesanbeterin zum Fraß hinwerfen.

»Gib ihr die Adresse vom Franz«, bat er Astrid. Immerhin war sie es dann und nicht er.

»What? Nee, nee, da hältst du mich mal schön raus«, protestierte sie und tat freilich mal wieder nicht das, was sie tun sollte.

»Ich höre.« Senftchen hatte ihr Handy gezückt, und Bülent diktierte ihr zähneknirschend die Koordinaten von Franzens heimatlicher Hood.

Entweder der Geiger liebte ihn dafür oder würde ihm auf ewig die Freundschaft kündigen.

»Gut, dann wäre das ja mal erledigt.« Zufrieden steckte Senftchen ihr iPhone zurück in die Kitteltasche und zwinkerte Astrid zu. »Manchmal müssen wir Frauen den Männern einfach ein wenig auf die Sprünge helfen, oder was meinen Sie, Frau Weber?«

Jetzt schmunzelten die beiden tatsächlich gleichzeitig schamlos durch den Raum. Solidarisch ambitionierte Frauen, das hatte Bülent gerade noch gefehlt.

»Frau Dr. Senftchen, wenn wir jetzt vielleicht mal zu dem eigentlichen Grund unseres Besuches kommen könnten«, unterbrach Bülent die beginnende freundschaftliche Hühnerei der beiden Damen. »Hier.« Er hielt ihr das Beweismittelbeutelchen mit den Schokopralinen unter die Nase. »Die haben wir heute im Haus eines Verdächtigen sichergestellt. Das heißt, er ist jetzt eigentlich nicht mehr verdächtig, der Verdächtige.«

»Ja, was denn nun, Herr Rambichler, ist er nun verdächtig, oder ist er es nicht?« Sie nahm das Beutelchen an sich und beäugte die Pralinen darin aufs Genaueste.

»Also eher nein, er hat die Pralinen selbst geschenkt bekommen«, erklärte Bülent.

»Gegessen hat er sie auch«, warf Astrid ein.

»Verstehe, na ja, so blöd kann man ja nicht sein«, erwiderte Senftchen und bedachte Bülent dabei mit einem Blick, der definitiv die Frage in sich barg: »Oder vielleicht doch?«

»Genau das Gleiche habe ich auch gesagt«, frohlockte Astrid.

Na, da hatten sich ja zwei Soulsisters gefunden. Mit ihm hatte Astrid schon lange nicht mehr so viel gelacht, stichelte Bülent still in sich hinein.

Die Gerichtsmedizinerin fischte mit spitzen Fingern ein Herz aus der Tüte. Sie drehte und wendete es in ihren Fingern.

»Herr Rambichler, ist Ihnen nichts aufgefallen an den Pralinen?«

Na klar, jetzt auch noch ein Ratespiel. Bülent überlegte fieberhaft, was sie meinte. Aber da ihm nichts aufgefallen war, konnte ihm auch nichts einfallen, was ihm aufgefallen war.

»Was sollte mir denn aufgefallen sein?« Diese Frau verunsicherte ihn total, und jetzt stellte sie ihn vor Astrid auch noch hin wie einen dummen Schulbuben, dem vorn an der Tafel sein Unwissen um die Ohren flog.

»Das da«, sie zeigte auf die Pralinen, »sind Originale und keine Fälschungen.«

Astrid runzelte die Stirn. »Wie meinen Sie das?«

Verwundert sah die Gerichtsmedizinerin Bülent an. »Haben Sie mir nicht erzählt, dass die Pralinen, mit denen die Tote vergiftet wurde, selbst gemacht waren?«

Jetzt war es an Bülent, seine Fußspitzen optisch zu tyrannisieren. »Muss mir wohl durchgerutscht sein«, nuschelte er. »Aber sie waren kaum von gekauften zu unterscheiden«, reichte er zu seiner Ehrenrettung noch nach.

»Da hat er recht«, gab sich Senftchen gnädig. »Aber diese hier sind definitiv gekauft.« Sie biss nun tatsächlich todesmutig eine Herzhälfte ab und spuckte sie zurück in ihre Hand. »Sehen Sie, nur Schokolade, keine Füllung, nichts. Da hat meines Erachtens keiner daran rumgepfuscht. Aber ich prüfe es sicherheitshalber noch schnell nach.«

Es dauerte dann tatsächlich auch nicht lange, und es war klar, dass diesmal keines der herzigen Schokotrümmer den Tod in sich trug.

»Ich nehme die U-Bahn und fahre nach Hause«, beschloss Astrid, als sie die Gerichtsmedizin verließen.

»Wolltest du nicht beim Franz schlafen?« Er versuchte, es so lässig wie möglich klingen zu lassen. Ging natürlich vollkommen daneben.

»Ich wollte gar nichts«, giftete sie zurück. »Du kannst dir deine Eifersüchteleien also sparen. Außerdem glaube ich, dass der heute Nacht schon genug Frauen um sich herum hat, um die er sich kümmern muss.«

Bülent kratzte sich nachdenklich am Kopf. »Meinst du, ich soll ihn warnen?«

»Wieso denn warnen? Frau Dr. Senftchen ist doch keine Furie. Sie will einfach nur wissen, woran sie ist.« Sie seufzte. »Aber schon klar, dass du so etwas nicht siehst.«

Patsch, das hatte gesessen. Bülent hatte aber diesmal keine Lust, klein beizugeben.

»Na ja, aber wirklich nett ist sie auch nicht«, gab er daher zurück.

»Hast du schon mal darüber nachgedacht, dass das auch an dir liegen könnte?«, erwiderte Astrid, die mittlerweile schon reichlich müde aus der Wäsche guckte. »Für dich sind doch alle Frauen potenziell wahnsinnig oder zumindest im Ansatz gefährlich. Du hast Schiss, und darum zeigst du auch nie, was du wirklich fühlst. Stattdessen strahlst du die totale Abwehr aus. Wir reagieren im Endeffekt nur darauf.«

Hatte ihr das der Wiener Guru eingeflüstert? Und was bedeutete dieses »Wir«? Das hieße ja, er würde sie auch abwehren. Spürte sie denn nicht, dass genau das Gegenteil der Fall war?

»Also vor dir habe ich keine Angst«, versuchte er es mit einem schalen Scherz.

Astrid gähnte. »Lass uns aufhören damit, ich bin wirklich müde und würde jetzt gerne in mein Bett gehen.«

Bülent überlegte fieberhaft, ob ihm noch irgendetwas Tiefsinniges zu ihrer Unterhaltung einfiel, aber irgendwie wollte da nichts hochkommen außer jeder Menge Traurigkeit und einem Song, der plötzlich über seine Lippen flüsterte:

»*You are my sunshine, my only sunshine*
*You make me happy when skies are gray*
*You'll never know dear, how much I love you*
*Please don't take my sunshine away.*«

Ihr Lächeln, das nun folgte, wirkte ebenso bedrückt, wie er sich fühlte. »Ich weiß nicht, ob es reicht, Büli.« Sie atmete tief durch. »Wir sehen uns morgen früh so gegen acht Uhr in der Kommandozentrale«, versprach sie und ließ ihn stehen.

Immerhin etwas, auf das er sich freuen konnte. Und das »Büli« hatte er wohl gehört. Kurz überlegte er, ebenfalls in Nürnberg zu bleiben, denn die Aussicht auf eine Nacht in seiner modern durchgestylten, aber dadurch zugegebenermaßen auch wenig heimeligen Wohnung hatte überhaupt nichts Verlockendes. Früher hatte er sich gerne als der einsame Wolf gesehen, der sich selbst genug war, aber mittlerweile musste er zugeben, dass er wohl einer Illusion erlegen war. Allein sein ist für den Arsch, hatte der Geiger gesagt, und ja, das war es, verdammt noch mal, wirklich.

# KAPITEL 14

## *Strunzheimer Passionsspiele*

Schon wieder verwählt, verdammt. Bülent versuchte zum wiederholten Mal, Astrids Nummer einzutippen, aber immer wieder griff er daneben. Langsam wuchs die Panik in ihm. Er musste einfach mit ihr sprechen. Musste sich mit ihr verbinden. Er spürte deutlich, wie es ihm zu schaffen machte, dass er sie nicht erreichte. Wie er langsam, aber sicher Angst bekam, sie endgültig zu verlieren. Aber sooft er es auch versuchte, er schaffte es nicht. Stattdessen stand plötzlich Oxana Bremsnagel mit einem Hauch von nichts am Leib da und lüsterte ihn offensiv an. Bülent schrie auf, als Oxana versuchte, ihre tiefrot lackierten Fingernägel in seine Brust zu krallen. Er wich zurück, und plötzlich erschien es ihm, als würde er fliegen. Doch der Flug des Phönix endete schnell und mit einer rabiaten Landung auf dem Boden neben seinem Bett.

Er hatte doch tatsächlich alles nur geträumt. Bülent verstand nicht viel von Traumdeutung, aber das Kauderwelsch, das er da gerade in seinem Hirn zusammengeworren hatte, sprach ja wohl mehr als eine eindeutige Sprache. Von der Oxana wollte er schon mal nichts, das war wohl jetzt bewiesen.

Es klopfte an seiner Tür.

»Bub, ist alles in Ordnung mit dir da drin? Was hat denn da so g'scheppert?«, vernahm er die besorgte Stimme seiner Mutter.

So war das halt mit Eltern. Man blieb auf ewig das Kind, selbst wenn einem die grauen Haare schon zu den Ohren herauswuchsen.

Eigentlich auch schön, dass sich manche Dinge einfach nicht änderten.

Ob es in seinem Leben auch mal jemanden geben würde, für den er auf ewig der Papa bleiben würde?

Warum dieser Gedanke ihm jetzt ins Hirn schoss – völlig unklar. Bülent hatte sich eigentlich noch nie viel aus Kindern gemacht. Aber lauter kleine Sunshinechens, die um ihn herumwuselten – alle wahnsinnig süß, aber auch wahnsinnig stur. Eigentlich schön.

Momentan war er allerdings von einer beginnenden Vaterschaft weiter entfernt als der Club vom Wiederaufstieg in die erste Bundesliga. Außerdem war er dann doch so konservativ, dass vor dem Nachwuchs erst einmal etwas ganz anderes klargemacht werden musste. Wieder so ein absonderliches Hirngespinst, das da plötzlich durch seine Synapsen zimmerte.

»Bub, ist die Astrid bei dir?«

Klar, dass sein Vater auch mit von der Partie war und jetzt nicht halb so dezent gegen die Zimmertür fuhrwerkte wie seine Mutter.

»Nein, die ist nicht da. Die hat in Nürnberg geschlafen, aber sie kommt nachher«, rief Bülent gegen seine geschlossene Zimmertür.

Ein zweistimmiges enttäuschtes Geschnaufe war dahinter zu vernehmen. Als ob er, selbst im besten aller Fälle, mit Astrid in seinem alten Kinderzimmer nächtigen würde. Unter Beobachtung von Captain Future und seinen Eltern – also im Leben nicht. Den Fehler hatte er als Teenager einmal begangen. Faktisch hatte er das Mädchen hinterher nie wieder gesehen. Erkan kam damals mitten im ersten scheuen Geknutsche ins Zimmer gerauscht und war nahe dran, vor Freude eine euphorische La-Ola-Welle für das junge Glück zu inszenieren. Sein Sohn wurde zum Mann, das machte ihn stolz. Maria konnte ihn gerade noch davon abhalten. Klar war es dann vorbei mit dem zart aufkeimenden Liebespflänzchen. Von jetzt auf gleich südländisch temperiert dem Erdboden gleichgemacht. Das sollte ihm kein zweites Mal passieren. Wobei, das hatte er diesmal sogar ohne die Hilfe seines Vaters zustande gebracht.

Astrid war weiter weg als jemals zuvor, selbst wenn sie neben ihm stand. Er seufzte und rappelte sich vom Boden hoch. Seine Eltern schienen sich wieder verzogen zu haben. Wahrscheinlich waren sie zurück ins Bett gegangen und sinnierten darüber nach, wie sie ihrem Bubi helfen konnten und ob ihm überhaupt noch zu helfen war.

Bülent zog sich an und schlich am Schlafzimmer seiner Eltern vorbei hinunter in die Küche, wo er sich eigentlich einen schnellen Kaba to go mixen wollte. Allerdings fand er im Kühlschrank keinen einzigen Tropfen vollfette Milch mehr. Dafür jede Menge pflanzliche Alternativen. Reis, Hafer, Lupinen – was zum Teufel auch immer das war –, Mandel, Kokos. Seine Mutter hatte tatsächlich rigoros alles Tierische verbannt.

Die Mittel einer Hausfrau, um das Schicksal zu beeinflussen. Wenn's denn funktionierte.

Er beschloss, heute auf seinen geliebten Kaba zu verzichten und schon mal in der Gartenschuppenkommandozentrale alles vorzubereiten. Vor allem musste eingeheizt werden. Eine Einsatzzentrale mitten im tiefsten Winter in einem Holzschuppen zu beheimaten, war wirklich nicht die beste Wahl.

Als er die Tür des Schuppens öffnete, roch er sofort, dass etwas ganz Besonderes in der Luft hing. Ein schlüpfrig duftendes Geruchs-Potpourri, das ihm letztens schon untergekommen war. Irgendjemand hatte doch allen Ernstes die Kommandozentrale bis in den letzten Winkel eindiffusiert. Und dieser irgendjemand stand jetzt im Schlafanzug vor ihm und grinste ihn listig an.

»*Passion*«, hauchte Erkan anrüchig. »Damit's euch zwei nachher inwändig recht warm wird.« Er klopfte sich auf sein Herz und klimperte zeitgleich wild mit seinen Wimpern.

Auch ohne dass sich sein Erzeuger einen Muskelkater in den Augenlidern holte, verstand Bülent, was er sagen wollte.

»Wenn's den Geruch ned mag, dann weißt du, dass ihrer Seele genau das fehlt und dass sie genau des braucht«, schwadronierte Erkan wie ein weiser Uhu daher. »Das hat uns die Reichelmeier Susi erklärt.«

»Danke, Vadder, des wäre doch wirklich ned nötig gewesen.«

Wenn der eigene Beziehungsstatus zur Familiensache wurde – Bülent bekam offensichtlich die Sache mit der Abgrenzung noch nicht so ganz gebacken.

»Bub, des ist nötig«, klärte ihn Erkan streng auf. »Des Gewinsel von deiner Mudder kannst ja langsam nemmer mit anhören. Den ganzen Tag Aschdrid hier und Aschdrid da. Des muss etz mal ein End finden. So oder anders, verstehst? Auch wenn's anders dann freilich ned ganz so schön wär. Aber die Mudder braucht Klarheit in deiner Sach, damit ich wieder mei Ruh hab.«

Erkans Argumentationsketten liefen eigentlich immer auf dasselbe Ziel hinaus – auf ihn selbst und sein Wohlbefinden.

In einem Punkt musste Bülent seinem Vater recht geben: Klarheit musste her, und zwar bald.

»Da, ich hab noch was für dich«, nuschelte Erkan. Er zog einen zerknitterten Zettel aus der Tasche seiner Pyjamahose und reichte ihn Bülent. Darauf war eine Art Plan gezeichnet. Zumindest, wenn man das Gekritzel auf dem Papier mit viel gutem Willen betrachtete.

»Was genau soll das darstellen?« Bülent starrte auf das Blatt. Nummern, Kreuze ohne System wahllos durcheinandergekrakelt. Zumindest erschien es ihm so.

»Ned so rum, du musst es andersrum halten.« Erkan riss ihm den Zettel aus der Hand, drehte ihn einmal um hundertachtzig Grad und gab ihn Bülent zurück.

Ergebnis: das gleiche. Er konnte daraus nichts herauslesen.

»Was genau soll das sein?«, wiederholte er daher seine Frage von vorhin.

»Des sieht man doch«, mumpfelte Erkan beleidigt. »Des ist ein Plan vom Dorf, und ich hab überall eingezeichnet, wo die Leut Eiben im Garten stehen haben. Bin gestern extra bei der Scheißkält mit dem Radl rumg'fahrn. G'schmissen hätt's mich auch fast, weil bei den damischen Ratzhammers wieder keiner auf die Idee kommen ist, den arschglatten Gehsteig zu streuen. Anzeigen sollt man sie dafür. Des is ja wohl grob fahrlässig.«

Aus Erkan blubberten die Informationen ungefiltert heraus. Bülent kam kaum mit, aber es rührte ihn, wie sehr sich sein alter Herr für ihn ins Zeug legte.

»Ich kann da aber nicht wirklich was erkennen, Vadder«, begann er vorsichtig, darauf hinzuarbeiten, dass die ganzen Aufzeichnungen eigentlich nicht zu gebrauchen waren. Es war einfach ein wildes Geschmiere auf einem vormals weißen Blatt Papier.

»Ja, des glaub ich schon, Bub«, stimmte Erkan ihm zu seiner Überraschung zu. Er deutete auf die zahlreichen roten Kreuze auf dem Plan, die sich teilweise überlagerten. »Des sind alles Leut, die wo im Dorf Eiben im Garten haben, und faktisch sind des so gut wie alle. Selbst bei der Kirch stehen a paar von den Mistviechern rum. Nur die mit ihre Bunker im Neubaugebiet haben nix Grüns ned. Die pflastern und gittern lieber alles zu. Greißlich ist des. Da musst dir doch vorkommen wie im G'fängnishof, wennst auf deiner Terrassen hockst«, plapperte er sich von einem Thema ins nächste, ohne einmal durchzuatmen.

»Okay, gut.« Bülent wusste noch nicht wirklich, was er mit der Information anfangen konnte. Er betrachtete den Plan in seinen Händen genauer, dabei fiel ihm etwas auf. Er deutete auf den Zettel.

»Hier müsste doch ungefähr das Haus von den Bremsnagels sein, oder?«

Erkan riskierte einen kurzen Blick und nickte zögerlich. »Ich glaub schon. Ja.« Er schien sich plötzlich gar nicht mehr so wohlzufühlen in seiner Haut.

»Da ist aber gar kein Kreuz, heißt das, die haben keine Eiben im Garten?«

Erkan zuckte mit den Schultern. »Des weiß ich nicht«, einsilbte er heraus, ohne Bülent anzublicken.

»Ich dachte, du hast ganz Strunzheim überprüft. Hast du die Bremsnagels vergessen?«

»Na, freilich ned, aber …« Erkan kratzte sich ausgiebig am Hinterkopf. »Die Genoveva hat mich vom Hof g'jagt, bevor ich überhaupt was sehn hab können. Die Giftspritz'n ist schärfer als der schärfste Hund. Ihren Besen wollt sie mir auf mein Buckl naufzünden, die dumme Urschel.«

Er räusperte sich. Es war ihm deutlich anzusehen, dass ihm die ganze Sache reichlich peinlich war. Er als stolzer türkischer Mann ließ sich von einer alten Frau den Schneid abkaufen, das war natürlich nix, mit was man gerne herausprahlte.

»Ich habe auch schon mit ihr Bekanntschaft machen dürfen«,

erwiderte Bülent, weil ihm danach war, sich mit seinem Vater zu solidarisieren. »Spaß war das keiner.«

Erkan sah seinen Sohn dankbar an. »Gut, dann lass ich dich etz mal machen. Wennst was brauchst, weißt ja, wo ich bin.« Er klopfte Bülent kumpelhaft auf den Rücken.

»Danke, Vadder.« Bülent stand kurz davor, seinen Vater zu umarmen. Hatte er lang schon nicht mehr gemacht.

Der Moment verflog allerdings so schnell, wie er gekommen war, und er war wieder allein im Gartenschuppen. Herrlich, diese Ruhe. Außer dem stetigen Gluckern der drei Diffuser um ihn herum kein einziges Geräusch.

Bülent hängte sowohl Erkans Plan als auch die Zellophanverpackung mit den vergifteten Pralinen an die freie Wand des Schuppens. Daneben schrieb er mit einem Edding alle Personen, die er mit der Funsenederin in mörderische Verbindung brachte.

Nachdenklich betrachtete er sein Werk. Bremsi, Soundhardy, Oxana, Traudl – alle hatten ein Motiv. Bis auf Oxana hatte er auch allen bereits auf den Zahn gefühlt, und nichts deutete darauf hin, dass einer von ihnen der Giftmischer war.

Blieb also die Russin. Sollte sich damit die gängige Theorie tatsächlich bewahrheiten, dass Giftmord größtenteils Frauensache war?

Sein Bauchgefühl wehrte sich immer noch vehement dagegen, dass Oxana etwas mit dem Mord zu tun hatte. Er spürte, dass er fast alle Teile des Puzzles vor sich hatte, nur ein entscheidendes Teil fehlte. Wenn er nur wüsste, was.

»Rambichler, bist du da drin?!« Franz riss die Tür auf, womit sein Gedenke erst einmal ein schnelles Ende fand. Franz ging drohend auf ihn zu. »Was hast du dir nur dabei gedacht? Du Hund, du!«

Bülent schluckte. Er wusste haargenau, um was es ging. Anscheinend war die Sache mit Senftchen doch nicht ganz so gut gelaufen.

Plötzlich jedoch veränderte sich die Miene von Franz, und er grinste wie ein Wecklafresser von einem Ohr zum anderen.

»Geh her, alte Wurschthaut, lass dich knutschen.«

Kaum ausgesprochen, fühlte er, wie sich die Geigerischen Pranken um ihn schlangen und er tatsächlich das unrasierte Gesicht seines Kumpels in der Visage hängen hatte.

Nach gefühlt endlosen kratzigen Minuten ließ Franz ihn wieder los.

»Ich danke dir, Bruder, dass du die Clara-Sophie zu mir geschickt hast.«

Oha, Clara-Sophie also. Ein derartig sanft anmutender Name für so eine taffe Gerichtsgranate – Bülent brachte das hirnmäßig kaum zusammen, was auch wurscht war. Hauptsache, der Franz war nicht sauer auf ihn. Auf eine Waddschn in aller Herrgottsfrühe hatte er nämlich keine große Lust.

»Ehrlich gesagt hat sich die, ähm, Clara-Sophie schon selbst zu dir geschickt«, gestand Bülent, weil es ja auch so war.

Sein Gegenüber grunzte wie ein verliebter Affe. »Des glaub ich gern. Die ist nämlich eine ganz eine Rasante. Die weiß, was sie will. In allen Bereichen, wenn du verstehst, was ich meine.« Franz ließ lasziv die Hüften kreisen.

Bülent wollte absolut keine Details hören, aber der Geiger war in seinem Liebesrausch natürlich nicht zu bremsen.

Aufgeregt faselte er etwas von tantrischen Energieflüssen, Slow-Sex und stundenlanger Ekstase. Quasi eine leidenschaftliche Horizonterweiterung.

»Unbedingt empfehlenswert«, schloss er seine euphorischen Ausführungen.

»Ich merke es mir«, gab sich Bülent einsilbig, weil er jetzt schon auch ein wenig neidisch war. »Hast du deine zwei lila g'färbten Mitbewohnerinnen derweil in den Keller gesperrt, oder durften die zuschauen? Quasi wegen deren ihrer Horizonterweiterung.«

»Depp, freilich ned. Ich hab's noch mitmachen lassen bei der Kakaozeremonie, damit's recht g'schmeidig werden in der Pumpen, und danach hab ich ihnen *Herr der Ringe* in den Player. Des mögens so gern, zwecks der Zwerge. Damit warens dann die halbe Nacht beschäftigt.« Er grinste selig. »Und die Clara-Sophie und ich auch. Ab dem Moment, wo die da war, hab ich keinen einzigen Joint g'raucht. Kannst dir des vorstellen? Einfach ned dran gedacht.«

Sollte aus vormals Suff, jetzt Dampfer womöglich wieder ein anderer werden? Bülent überlegte fieberhaft, welcher Name dann passend wäre.

»Wahrscheinlich wären wir etzadla noch zugange, wenn's Haserl ned zu ihre Leichen hätt müssen.«

Okay, Rammler fiel wohl aus, und ein Haserl sah Bülent in der Gerichtsmedizinerin wahrlich nicht, eher eine Wölfin. Aber das sagte er mal lieber nicht.

Franz hielt seinen Riechkolben in die Luft und schnupperte ausgiebig. »Was riecht denn hier so, so …? Wart …« Er atmete mehrmals tief ein und aus. »… so sinnlich verwegen?«

Bülent deutete auf einen der Diffuser. »*Passion*«, erwiderte er und erzählte Franz, was Erkan ihm erklärt hatte. Die Geschichte mit der Seele und den Gerüchen.

»Ja, des glaub ich gleich.« War klar, dass man mit so etwas bei Franz landen konnte. »Also ich find, des riecht subber lecker.« Demonstrativ reckte er seinen Zinken gleich direkt in den Dampf. »Hmmm, des brauch ich fürs Haserl und mich auch.«

Ohne Zweifel triefte Franz die *Passion* gerade aus sämtlichen Poren.

»Igitt, was stinkt denn hier so penetrant?« Unbemerkt war Astrid hinter die beiden Männer getreten. Angewidert rümpfte sie ihr sommersprossiges Näschen, dabei sah sie Bülent vorwurfsvoll an. »Da wird es einem ja ganz schlecht.«

Franz zog bedeutungsschwer eine Augenbraue nach oben. Jetzt bloß nix sagen, Franz, bitte nix sagen. Von wegen, sie wäre leidenschaftlich unterversorgt oder so.

Der Geiger hielt sich diesbezüglich tatsächlich zurück. Stattdessen umarmte er Astrid innig und sagte: »Hallo, schöne Frau.« Er küsste sie auf die Stirn.

Warum darf der, was ich nicht darf?, schoss es durch Bülents Hirn, laut sagte er: »Ich schalt die Diffuser aus, ich habe auch schon Kopfweh von dem Gestank.«

Franz verdrehte die Augen. Er war noch nie ein Freund davon gewesen, Menschen nach dem Mund zu reden. Selbst wenn diese Leute weiblich waren und gefährlich nah am Herz herumschrammten.

»Wissts was, ihr zwei, schaut's, dass ihr euren Fall gelöst kriegt, dann lad ich euch ein, und mir machen eine schöne Kakaozeremonie zusammen mit der Clara-Sophie.« Er zwinkerte den beiden Ermittlern zu. »Und etz muss ich mein' Astralkörper noch ein wenig schonen, weil später kommt wieder mein Haserl. Servus beinand.« Franz verließ fröhlich summend den Schuppen.

»Haserl?« Astrid wirkte nicht minder überrascht als er selbst vor Kurzem noch.

Bülent nickte. »Clara-Sophie alias Haserl«, erklärte er. »Mir scheint, die zwei sind voll auf einer Liebeswelle.«

Ihre Blicke trafen sich für eine Millisekunde länger als nötig.

Astrid war natürlich die Erste, die ihre Augen abwandte. »Na ja, das ist ja schön für den Franz«, bemerkte sie hastig.

Sie zog ein paar großformatige Fotos aus ihrer Tasche und

pinnte sie an die Wand neben Bülents Ansammlung von Beweisen. Die Abzüge zeigten die Schmierereien in Gertrude Funseneders Schlafzimmer. Ein weiteres Indiz, das leider definitiv auf Oxana Bremsnagel hinwies. Der rote Nagellack, das dilettantische Deutsch, mit dem die Beschimpfungen hinformuliert wurden, alles deutete auf die Russin als Täterin hin.

Zumindest was den Vandalismus betraf. Die Hinweise waren schon fast zu perfekt, um wahr zu sein.

»Ich weiß, dass du das vielleicht jetzt nicht hören magst«, fing Astrid an, und Bülents Herz rutschte am Arsch vorbei direkt in seine Boxershorts.

Was kam jetzt? Das endgültige Aus? Der Todesstoß? Er hielt den Atem an.

»Wir müssen unbedingt noch einmal mit Frau Bremsnagel sprechen«, fuhr sie fort.

Erleichtert stieß Bülent die Luft wieder aus seiner Lunge heraus.

Astrid schien sich tatsächlich ein wenig darüber zu amüsieren. Zumindest zuckten ihre Mundwinkel verdächtig.

»Ich habe mir überlegt, dass ich mir einfach einen Termin für eine Kosmetikbehandlung bei ihr geben lasse und sie ganz nebenbei ein wenig aushorche. Was meinst du?«

»Find ich gut, ich komme mit«, beeilte sich Bülent zu sagen.

»Warum?« Misstrauisch beäugte Astrid ihn.

Er konnte die Alarmglocken in ihrem hübschen Köpfchen förmlich schrillen hören.

»Traust du mir nicht zu, dass ich das allein kann, oder steckt was anderes dahinter?« Ihre Augen funkelten ihn zornig an. Grad schön war's.

Sunshinechens Verhalten sprach nämlich eine eindeutige Sprache: Sie war mächtig eifersüchtig! Fast schon leidenschaftlich wütend. Am Ende musste er seinem Vater womöglich doch noch die Füße küssen.

»Ich trau dir alles zu«, gab er sich betont cool. »Aber vier Ohren hören mehr als zwei.« Er zauberte sich ein lässiges Lächeln ins Gesicht, was bei Astrid anscheinend grad noch eine Umdrehung mehr Wut verursachte.

»Come on, das kannst du deiner Großmutter erzählen.«

Sie forderte es aber wirklich heraus. Die Wahrheit war, dass Bülent vermeiden wollte, dass Astrid allein auf Oxana Bremsnagel traf. Sunshinechen konnte manchmal bissig sein wie ein Terrier, vor allem, wenn sie ihr Revier gefährdet sah, und anscheinend fühlte es sich für sie gerade danach an. Und das war wundervoll, weil, das hieße im Umkehrschluss, dass er doch noch im Rennen war. Vielleicht jetzt nicht unbedingt auf den vordersten Plätzen, aber immerhin dümpelte er noch irgendwo in ihrem Herzensdunstkreis umher.

»Meine Augenbrauen gehören schon lange mal wieder gezupft.« Er hoffte schwer, dass sie es ebenso als Scherz verstand wie er.

Sein Schmerzempfinden war nämlich gnadenlos überentwickelt und allein die Vorstellung, dass ihm jemand Haare aus seinem Körper riss, ließ ihn erschaudern. Er mochte zwar einen ausgeprägten Pflegefimmel haben, aber manches ging dann selbst ihm zu weit.

Astrid jedoch schien ihm die ganze Sache abzunehmen.

»Okay, dann mache ich einen Termin für uns beide.«

War da eine gewisse Boshaftigkeit herauszuhören?

»Aber wehe, du nimmst die Bremsnagel in Schutz. Sie ist im Grunde die einzige wirkliche Verdächtige, die wir haben«, säuerte Astrid noch herrlich einen hinterher.

Sie nahm einen roten Edding zur Hand und umkreiste damit demonstrativ mehrmals aufs Heftigste den Namen Oxana. Für Bülent hörte sich das Geräusch des kratzenden Stiftes auf der Holzwand an, als würden die Engelein von Wolke sieben ein Liebeslied zeiserln.

# KAPITEL 15

## *Das Gebot der Stunde*

Es war ein wunderschöner Wintertag – klirrend kalt und sonnig. Genau wie es Bülent gerne hatte. Mit jedem Atemzug füllte er seine Lunge und seinen Kopf mit klarer, reiner Luft. Ihm gefiel dieses Wetter, das seines Erachtens ohne Schnickschnack daherkam. Noch mehr gefiel ihm allerdings, dass Astrid friedlich neben ihm her spazierte.

Sie waren auf dem Weg zu Oxana Bremsnagel. Die Russin hatte natürlich sofort einen Termin für sie beide frei gehabt und sich gefreut wie ein Schnitzel, dass sie quasi der bayrischen Staatsmacht ihre Dienste erweisen durfte. Sollte sie wirklich die Täterin sein, dann war sie reichlich abgebrüht und hatte Nerven wie Drahtseile.

Astrid und Bülent hatten sich darauf geeinigt, dass sie das Bremsnagelsche Mannequin keinesfalls schonen und sie mit allen Beweisen konfrontieren würden, die gegen sie sprachen. Eigentlich hatte sich Astrid darauf geeinigt, und Bülent hatte um des lieben Friedens willen zugestimmt. Irgendwann mussten sie bei diesem Fall ans Ziel kommen. Also warum nicht gleich mit der Tür durchs Haus und nebenbei noch eine Maniküre abstauben.

»Sag mal, hast du dem Urschlecht eigentlich Entwarnung gegeben?«, fragte Bülent, als sie an der Kirche vorbeikamen und ihm siedend heiß einfiel, dass da noch was gewesen war, was dringend hätte erledigt werden müssen.

»Ich? Nee, ich habe nicht mal die Nummer von dem«, erwiderte Astrid und verzog qualvoll das Gesicht.

»O weia, da haben wir wohl den nächsten Bock geschossen.«

In diesem Moment öffnete sich die Tür des Kirchenportals, und die Walder-Zwillinge wackelten heraus. Unschwer zu erkennen an ihren obligatorischen Faltenröcken, die sie, wie Bülent vermutete, wohl in sämtlichen Farben im Schrank hängen hatten. Wobei Traudls Modell immer etwas kürzer war als das von ihrer Schwester. Erotik Ü80 halt.

»Da schau her, der Rambichler und die Aschdrid. Bestellts euer Aufgebot?«, fragte Erna geraderaus, so wie sie eben war.

Bülent wäre am liebsten im Erdboden versunken.

»Sicher nicht«, lachte Astrid.

Das war jetzt aber nicht nett dahergesagt. Bülent schluckte seine Enttäuschung rasch hinunter.

»Und ihr zwei, wart ihr beim Beichten?«, fragte er und dachte an den armen Pfarrer, dem die Ohren glühen mussten, sobald die zwei Dragoner mit ihm fertig waren.

»Brauchst gar ned dumm rumdenken, Rambichler«, haute ihm Erna verbal eine in seine Gedanken hinein. »Mir hocken uns in keinen Beichtstuhl nei. Geht doch niemanden was an, was mir in unserer Freizeit machen. Gell, Traudl?« Sie stupste ihre Schwester an, die bis dato nichts zur Unterhaltung beigetragen hatte.

Wider ihr sonstiges eher sonnig-naives Gemüt sah Traudl heute eher ziemlich miesepetrig drein.

»Habt ihr zwei zufällig den Herrn Urschlecht heute schon gesehen?«, versuchte Astrid so beiläufig wie möglich den Zwillingen eine Information zu entlocken.

»Warum?! Was wollt's denn vom Hartmut? Hat er doch was ausg'fressen?«

War klar, dass Erna nicht einfach antworten konnte. Die Alte hatte den Instinkt einer Trüffelsau.

»Wenn's nach mir ginge, wär der schon längst verhaftet, der Haubentaucher, der elendige«, kam es giftig aus Traudl heraus. Sie deutete auf die Kirche. »Da drin hockt er und orgelt, des Orschloch.«

Wow, da hatte aber jemand mächtig Wut im Bauch.

»Was hat sie denn?« Bülent wandte sich an Erna, weil Traudl ihm gerade nicht so aussah, als würde sie noch irgendeinen Ton von sich geben.

Bockig und mit verschränkten Armen stand sie da und stierte ins Leere.

»Mei, er hat ihr halt grad erklärt, dass sie nicht die erste Stimme im Chor singen wird. Dass er überhaupt keine erste Stimme mehr haben will, zwecks dem ganzen Theater. Mir persönlich ist des wurscht, aber sie…« Erna deutete mit hochgezogenen Augenbrauen auf ihren Zwilling. »Sie dreht schon a weng am Rad. Und alles bloß wegen dem Saukerl, dem musikalischen. Der trägt doch sei Nasen ganz weit oben, damit er sein' eignen hinterfotzigen Gestank ned riechen muss. So schaut's aus.«

Erna hatte sich jetzt durchaus ein wenig in Rage geredet, was bei Traudl einen leichten Tränenfluss auslöste.

»Etz red halt ned gar so bös«, schluchzte sie. »Schuld is eh bloß die blöde Funsn. Hätt er die ned ang'schwänzelt, dann wär bestimmt alles anders kommen. Aber die hat ihm ja so was von des Hirn verdreht, des Luder, des elendige.« Traudl holte ein leidlich sauberes Stofftaschentuch aus ihrer Tasche, in das sie mit Inbrunst hineinrotzte.

»Ich sag's ja, sie dreht am Rad. Aber der Nächste kommt bestimmt.« Erna seufzte, als würde das Leid der ganzen Welt auf ihren Schultern lasten. Sie packte ihre Schwester am Arm. »Etz kumm, mir fahren zum Aldi, da habens grad Biberbettwäsch im Angebot, die bringen mir dem Dampfer mit, damit er seinem Haserl ein g'scheits Nesterl bauen kann.«

Auf diese Ansage hin wimmerte Traudl gleich um eine Oktave höher und hielt sich theatralisch das Herz. »Jeder hat wen, nur ich hab niemanden«, tränte sie heraus.

Hach, Bülent konnte sie so gut verstehen.

»Etz kumm.« Erna zog ihren Zwilling mit sich zu ihrem Auto, das sie mitten auf dem Gehsteig geparkt hatte.

Wobei Auto schon leicht übertrieben war, das hatte ihnen Franz nämlich nach und nach ausgeredet und dafür einen Piaggio Ape, das italienische Transporter-Rollermobil eingeredet. 65 km/h unter Ernas Hintern waren definitiv genug. Die Walderin sah das freilich anders und betrachtete die »Schneckenschüssel«, wie sie ihr Gefährt nannte, lediglich als Übergangslösung, bis sie ihren Führerschein wiederhatte. Noch hatte sich aber kein Fahrlehrer im näheren Umkreis gefunden, der die Alte ans Lenkrad lassen wollte. Was definitiv nicht unbedingt nur am Alter lag.

Bülent drückte bezüglich der Schwarzfahrten von Erna sämtliche Augen zu. Er hatte sich in der Vergangenheit des Öfteren mit ihr angelegt und jedes Mal schmerzhaft den Kürzeren gezogen. Dabei wäre es ein wahrer Dienst an der Allgemeinheit, wenn Erna nicht mehr hinter das Steuer dürfte.

Auch jetzt hechtete sie mit dem kleinen Gefährt auf die Straße, ohne sich dabei um die anderen Verkehrsteilnehmer zu scheren. Fast hätte sie Genoveva Bremsnagel umgenietet, die gerade mit ihrem Gehwägelchen des Weges daherzuckelte. Doch statt sich zu entschuldigen, plärrte Erna ihr grad noch was hin von wegen, sie wäre eine alte Sumbfhenna und sie sollte gefälligst ihr Hörgerät einschalten. Die Angeschimpfte zeterte nicht minder heftig zurück und warf den Walders wüste Beschimpfungen und Verfluchungen hinterher, bei denen Bülent und Astrid die Schamesröte ins Gesicht stieg.

Gewaltfreie Kommunikation war nicht im verbalen Repertoire von der alten Bremsnagel vorgesehen. Sie bedachte die beiden Ermittler mit einem bitterbösen Blick und wetzte samt Gefährt an ihnen vorbei ins Gotteshaus.

»Hast du gesehen, wie die uns angeschaut hat? Richtig unheimlich. Wie eine böse Hexe.« Astrid schüttelte es.

»Das ist die alte Bremsnagel, die Schwiegermutter von der Oxana«, erklärte Bülent und sah der Alten nachdenklich hinterher.

Seit er ihre Geschichte kannte, verspürte er nicht unbedingt Sympathie, aber ein großes Mitgefühl für die Frau.

»Puh, dagegen sind die Walders zahme Lämmer«, brach es aus Astrid heraus.

Der Vergleich hinkte zwar ein wenig, aber Genoveva hatte tatsächlich ein paar grantige Umdrehungen mehr als die Zwillinge. Erna und Traudl hatten in all ihrer Zickigkeit einen liebenswürdigen Kern, das konnte man nicht leugnen. Jedoch, Genoveva war nun mal nicht ohne Grund so.

Bülent erzählte Astrid in kurzen Sätzen, was er über die Bremsnagel wusste.

»O mein Gott, das ist ja furchtbar, und ich sag auch noch Hexe zu ihr.« Sie presste ihre Hand vor den Mund. Offensichtlich schämte sie sich für ihre wenig gnädigen Worte.

»Du konntest das ja nicht wissen«, beruhigte Bülent sie. »Und Genoveva macht es einem auch wirklich nicht leicht, sie zu mögen.« Er lächelte.

»Du hast recht. Danke.« Sie lächelte zurück und straffte die Schultern. »Komm, wir gehen auch rein.«

Ehe Bülent sich's versah, stapfte Astrid ebenfalls gen Kircheneingang.

»Hä, wieso denn?«, rief er ihr hinterher. »Willst du beichten?«

Astrid zeigte ihm den Vogel. »Quatsch. Ich will mit dem Urschlecht reden und mich entschuldigen Es ist zwar nichts passiert, aber ganz sauber ist die Sache nicht gelaufen. Ich habe jedenfalls keine Lust, dass er uns doch noch beim Köhl verpfeift.«

Bülent drängte es nicht unbedingt, den arroganten Musikheini erneut zu treffen, aber er musste seiner Partnerin recht geben: lieber gleich gut Wetter machen, bevor man ungesehen in einen Hurrikan ungeahnter Ausmaße geriet.

Sie betraten die Kirche, die von lauter Orgelmusik durchdrungen war. Johann Sebastian Bachs *Toccata d-Moll* schallerte in Perfektion aus den zahlreichen Pfeifen.

Die beiden Ermittler stiegen die Treppe zur Empore hinauf und erblickten Urschlecht, der in völlig versunkener Ekstase auf die Orgel einhämmerte. Seine Finger wilderten über die Tasten, und der Schweiß tropfte ihm über das Gesicht.

Genie und Wahnsinn in einer Person, dachte Bülent, während Astrid den Organisten fasziniert beobachtete.

Schön waren sie schon, die Töne, die Urschlecht diesem imposanten Instrument entlockte. Das musste auch Bülent widerstrebend zugeben. Da wurde man ganz gefühlig beim Zuhören. Er riskierte einen kurzen Blick auf Astrid und nahm tatsächlich eine einzelne Träne wahr, die ihre Wange hinabkullerte. Er kratzte allen Mut zusammen und griff zaghaft nach Sunshinechens Hand, und sie ließ ihn gewähren.

Für einen kurzen Augenblick standen die beiden Händchen haltend vor Gottes Angesicht und lauschten der inbrünstigen Musik, die einem durch Mark und Bein zu gehen schien.

Doch sobald der letzte Akkord gespielt war, war der Zauber des Moments auch schon wieder viel zu schnell verflogen, und Astrid ließ hastig Bülents Hand los.

Urschlecht, der ebenfalls aus seiner Trance erwacht war, hieß die beiden Ermittler mit seinem Blick nicht gerade herzlich willkommen.

»Sie schon wieder«, baunzte er. »Verfolgen Sie mich, oder wollen Sie mich noch einmal mit Herzerlpralinen vergiften?«

Seine Worte hallten laut durchs Kirchenschiff. Das würde man ja bis in die Gruft hinunter hören können.

»Psst, jetzt schreien Sie doch nicht so rum«, wisperte Astrid.

Vorsichtig blickte sie über das Geländer hinunter. Genoveva kniete neben dem Beichtstuhl und wartete offensichtlich auf Einlass. Der Rosenkranz ratterte durch ihre Finger, und sie schien keinerlei Notiz von dem zu nehmen, was um sie herum geschah.

»Um die musst du dir keine Gedanken machen, die hört schlecht«, sagte Bülent, als er Astrids besorgten Blick bemerkte.

»Ah okay, gut.« Kurz ließ sie ihren Blick noch einmal durchs Kirchenschiff wandern und wandte sich dann wieder Urschlecht zu. »Bevor Sie sich jetzt weiter reinsteigern, Herr Urschlecht. Erstens waren die Pralinen nicht von uns, und vergiftet waren sie auch nicht, das hat uns die Gerichtsmedizin gestern eindeutig bestätigt.«

Urschlecht grunzte ungehalten. »Gestern, aha, und damit kommen die Herrschaften erst jetzt daher. Ich konnte die ganze Nacht nicht schlafen aus Angst, dass ich nicht mehr aufwache«, wehleidete er sie an.

Bülent glaubte ihm kein Wort und hatte deshalb auch kein Mitleid.

»Sie leben ja noch«, gab er stattdessen schroff von sich, erntete aber dafür gleich mal einen vorwurfsvollen Blick von Astrid.

»Herr Urschlecht, wir sind hier, weil wir uns bei Ihnen entschuldigen wollen. Es tut uns wirklich leid, was gestern passiert ist«, salbte sie nun in zuckersüßer Manier auf ihn ein. »Ich hoffe, Sie können uns noch einmal verzeihen?«

Puh, da bretterte Sunshinechen jetzt aber rasant die Schleimspur entlang.

Urschlecht zierte sich freilich immer noch wie eine Diva. »Was ist mit ihm, tut's ihm auch leid?«

Bülent blickte sich um, da war aber kein anderer mehr, nur er. Also dann halt in Gottes Namen, dachte Bülent und wusste, dass er sich von jetzt auf gleich für diesen Kasper versündigen würde. Achtes Gebot: Du sollst nicht lügen.

»Herr Urschlecht, auch ich möchte mich von ganzem Herzen entschuldigen.«

Bülent quälte sich sogar ein freundliches Lächeln auf die Lippen und hoffte inständig, dass nicht unmittelbar ein Blitz ihn erschlagen würde. Er war nicht unbedingt strenggläubig, aber in der Kirche wissentlich die Unwahrheit sagen, das fühlte sich nicht gut an. Außerdem konnte er göttlichen Beistand gerade gut gebrauchen. Doch nach so einer Aktion war er sich nicht mehr sicher, ob er mit Hilfe von oben rechnen konnte.

Es half nichts, er musste tun, was getan werden muss.

»Du, Astrid, ich, ähm, geh schnell zum Beichten«, murmelte er, als sie die Stufen von der Galerie wieder hinabstiegen.

»Bitte was?« Sie sah reichlich irritiert aus der Wäsche.

»Frag einfach nicht«, bat er sie, und sie tat es auch nicht.

Stattdessen blickte sie auf ihre Uhr. »Wir sollten aber schon längst bei der Bremsnagel sein«, warf sie ein.

»Es dauert nicht lange. So viele Sünden habe ich nicht.« Er grinste sie schief an.

»Na, da bin ich mir nicht so sicher«, entgegnete Astrid trocken.

»Wie du meinst, ich warte draußen auf dich, aber beeil dich.« Im Gehen warf sie ihm einen letzten prüfenden Blick zu, der gefühlt die Frage beinhaltete, ob er Fieber hätte.

Sobald sich die Kirchenpforte hinter Astrid geschlossen hatte, eilte Bülent zum Beichtstuhl, aus dem sich gerade Genoveva schob. Sie nahm überhaupt keine Notiz von ihm, sondern humpelte zielstrebig in die erste Reihe, um Buße zu tun. Auch der Pfarrer trat aus seinem Kabuff und starrte Bülent wie ein verhuschtes Eichhörnchen an.

»Sorry, out of order«, murmelte er und huschte mit gesenktem Kopf durch den Altarraum und in die Sakristei.

Was war das denn jetzt? Konnte es in dieser Gemeinde nicht einmal einen Pfarrer geben, der halbwegs vernünftig seinen Job erledigte? Was für Strunzheimer Verhältnisse einfach nur hieß, keine seniorigen Weiber anzugraben und den Messwein nicht literweise zu vernichten.

Beichtgelegenheit freitags von 10–12 Uhr, so stand es geschrieben, und das sogar im Gemeindeblatt. Bülent entschied sich dazu, dem Diener Gottes auf den Zahn zu fühlen und ihn gegebenenfalls an seine Pflicht zu erinnern.

Er fand den Geistlichen zusammengesunken auf einem Stuhl in der Sakristei vor. Sein Anblick war derart jämmerlich, dass Bülent spontan Mitleid hatte.

»Ist alles in Ordnung mit Ihnen, Herr Pfarrer?«

Der Angesprochene schrak hoch und versuchte sich ad hoc an einem missglückten Lächeln. Dazu wackelte er heftig indisch mit dem Kopf.

»Yes, yes, everything okay. Was willst du?«

Auch wenn er versuchte, möglichst lässig rüberzukommen, der gute Hirte, von der heiligen Aschermittwochsgelassenheit war nicht mehr viel übrig. Selbst die Gesichtsfarbe des Inders war um eine Nuance schaler geworden. Was bei einem Inder schon auffiel.

»Beichten«, antwortete Bülent knapp.

Der Pfarrer sah ihn ernst an. »Oh boy, glaub mir, du bist kein Sünder.« Er seufzte. »That's all here.« Er tippte sich an seine Stirn und erhob sich. »Yogi Bhajan sagt: *The mind becomes a monster, when it becomes your master. The mind is an angel when it is your servant.* Geht, und tu good work.«

Er ging auf Bülent zu und schob ihn sanft, aber bestimmt aus dem Raum. »Namaste, mein Sohn.« Er verneigte sich mit gefalteten Händen und schloss betont achtsam die Tür hinter ihm.

Okay, der Typ war wirklich nicht von dieser Welt. Irgendwas stimmte da ganz und gar nicht. Vielleicht war es aber auch eine rein ominös asiatische Angelegenheit, die man im Fränkischen nicht unbedingt verstehen musste, beruhigte sich Bülent.

Er entschied sich spontan dazu – trotz priesterlicher Freisprechung –, eiligst die obligatorische Post-Beichtbuße zu absolvieren, die er noch aus Kindertagen kannte: Fünf Vaterunser und fünf Gegrüßet seist du, Maria. Eiligst schnarrte er die Gebete herunter. Hier und da fehlte es zwar am genauen Wortlaut, aber der gute Wille zählte hoffentlich.

Während er sein Bußwerk rasant erledigt hatte, hing Genoveva immer noch vor dem Herrgott und brabbelte monoton die immer gleiche Gebetsschleife rauf und runter. Dazu tobte sich der Urschlecht weiter an der Orgel aus. Spooky war das ein bisschen.

Bülent war froh, als er wieder an der frischen Luft war.

Vorher hatte er es sich aber nicht nehmen lassen, für Astrids und sein gemeinsames Glück noch ein paar Kerzen anzuzünden.

In Sachen Liebe darf man einfach nix dem Zufall überlassen. Aber schon gar nix.

# KAPITEL 16

## *Lady & Gaga*

Als sie am Bremsnagelschen Anwesen ankamen, war Bülent gottfroh, dass er Genoveva noch in der Kirche wusste. Bis die mit ihrem Seniorenroller angerauscht kam, waren sie hoffentlich auch schon wieder weg. Auf eine weitere Begegnung der dritten Art hatte er nämlich keine Lust.

Astrid war seit der Kirche in grüblerisches Schweigen versunken. Er hatte ihr erzählt, wie der Pfarrer auf ihn reagiert hatte, und anders als bei ihm hatten bei Sunshinechen gleich wieder sämtliche Ermittleralarmglocken geschallert.

»Der Typ weiß irgendetwas«, kommentierte sie Bülents Bericht. »Den müssen wir im Auge behalten. Vielleicht auch noch einmal mit ihm reden«, entschied sie.

Danach sagte sie erst einmal kein Wort mehr und dachte emsig vor sich hin.

Bülent verzichtete auf Widerworte. In diesem Fall eh sinnlos. Wenn sich Astrid etwas in ihr hübsches Köpfchen gesetzt hatte, würde es auch genau so geschehen. Aber vielleicht war das alles nicht mehr nötig und der Feierabend doch näher als gedacht, wenn Oxana ein Geständnis ablegen würde. Unter verzweifelten Tränen freilich. So stellte sich Bülent das vor.

»Hallo, Herr Polizist.« Alenka stand plötzlich vor ihnen und sah Bülent unfreundlich an. »Was machst du hier?«, fragte sie misstrauisch.

»Wir müssen zu deiner Mama«, erklärte Astrid kurz.

Bülent wurde daraufhin von Alenka mit einem derartig fiesen, enttäuschten Blick bedacht, dass ihm gleich eine Gänsehaut rauf- und runterschauderte. Da war von Zuneigung nicht mehr viel zu spüren. Das Mädchen schien irgendetwas misszuverstehen.

»Und was machst du?« Die verwundert klingende Frage von Astrid war nicht unberechtigt.

»Ich existiere«, entgegnete das Mädchen frech.

Geile Antwort, die musste sich Bülent unbedingt merken. Aber natürlich wusste das Gör genau, worauf Astrids Frage eigentlich abzielte.

Alenka hatte nämlich im Bremsnagelschen Hof eine Art Miniatur-Agility-Park aufgebaut, an dessen Zieleinlauf eine dicke Karotte hing. Nebenbei schallerte Gloria Gaynors Hit *I Will Survive* in Endlosschleife aus Alenkas Handy.

»Ich meine, was du mit dem ganzen Zeug da machst«, präzisierte Astrid leicht verschnupft ihre Frage.

»Ach so, ich trainiere mit Lady und Gaga.«

Sie zeigte auf zwei Braggl von Stallhasen, die mit hängenden Löffeln am Startpunkt ranzten. Sie waren so perfekt getarnt, dass man sie auf den ersten Blick auch für Erdhaufen hätte halten können. Die beiden Tiere sahen gleichwohl nicht unbedingt danach aus, als ob sie großen Wert auf sportliche Betätigung legen würden. Geradezu unverschämt gelangweilt lagen sie da und mümmelten sich gegenseitig an.

»Babe, hast du 'nen Knall?«, schienen sie zu denken. »Das da ist nicht unsere Gewichtsklasse.«

Verzückt kniete sich Astrid zu den beiden Tieren hinunter. Was klar war, weil sie alles, was kreuchte und fleuchte, sofort in ihr Herz schloß. Also mal abgesehen von der Spezies Mensch.

»Die sind ja süß. Schau mal, Büli, wie süß die sind.«

Na ja, unglaublich fett und genau genommen ziemlich hässlich waren sie, aber das behielt er lieber für sich. Zum einen, weil Alenka eh schon einen Mordsgrant auf ihn zu haben schien, zum anderen, weil Astrid zum zweiten Mal innerhalb von zwei Tagen Büli zu ihm gesagt hat. Da blieb man doch als Mann lieber neutral und nickte einfach nur stumm.

»Ich weiß nicht, Alenka, ob die zwei auf all das da Lust haben.« Astrid sah sich zweifelnd den Parcours an. »Sie sind schließlich Hasen und keine Hunde.«

Jetzt bekam auch Astrid Alenkas unangenehmen Blick zu spüren.

»Ich bin ja nicht blöd«, raunzte das Mädchen unfreundlich. »Aber Lady und Gaga müssen abnehmen.«

Ja, das müsstest du auch, kleine mollige Prinzessin, dachte Bülent, schwieg sich aber auch darüber aus.

»Wie, abnehmen?« Astrid sah das Mädchen entgeistert an.

Alenka verdrehte offensichtlich genervt von der ganzen Fragerei die Augen, erbarmte sich aber dennoch und lieferte eine Erklärung.

»Omama will sie morgen schlachten. Ich will aber nicht, dass Lady und Gaga tot sind. Ich will auch keine neuen Hasen mehr, sondern bloß die.« Alenkas Stimme wurde brüchiger. »Sie sind die Einzigen, die mir wirklich zuhören und nicht wegrennen.«

Übergewichtige Hasen als Therapeuten, warum nicht?

»Du willst, dass sie dünner werden, damit deine Oma sie in Ruhe lässt?«, hakte Astrid einfühlsam nach.

»Ja.« Alenka schniefte. »Aber sie wollen sich einfach nicht bewegen.«

Sie wischte sich die Nase am Ärmel ihrer pink Echtfelljacke ab. Wenn das mal nicht Kaninchen war.

Die kleine Bremsnagel hatte Astrid mit ihrer Geschichte sofort gepackt, und Bülent ahnte, was das zu bedeuten hatte. Lief Sunshinechens tierliebes Herz erst einmal Amok, würde alles andere vergessen sein, und sie mutierte zur rabiaten Tierschützerin.

So schon zweimal bei ihren letzten Einsätzen in Strunzheim geschehen. Sau Hannelore, die Astrid vor dem Metzger gerettet, und Karpfen Helene, den sie aus den Fängen der Fischer befreit hatte, lebten seit ihrer organisierten Flucht ein glückliches Leben. Helene beim Geiger im Gartenteich und Hannelore auf einem Bauernhof, dessen Besitzer die Tiere Besuchern lebendig und nicht auf einem Brotzeitbrettchen präsentierte.

»Vielleicht sind sie bloß müde?«, mutmaßte Alenka.

Sie packte die beiden Fellkaliber und stopfte sie in einen Puppenkinderwagen.

»Wo bringst du sie denn hin?« Die Sorge um die zwei Tiere stand Astrid regelrecht ins Gesicht geschrieben.

»In ihren Stall natürlich«, entgegnete Alenka in einem Tonfall, der darauf hindeutete, dass sie diese Frage für reichlich überflüssig, gar dämlich hielt.

Sie schenkte Bülent einen letzten giftigen Blick, bevor sie samt Kinderwagen nebst schwerfälligem Inhalt ums Wohnhaus herumruckelte.

»Wie grausam ist das bitte? Diese Genoveva muss wirklich ein herzloser Drachen sein. Die hat wohl Spaß am Töten?« Astrid verzog angewidert das Gesicht.

»Sie ist Bäuerin, das ist ihr Job«, versuchte Bülent die Wogen ein wenig zu glätten.

Wobei ihm das alles ebenfalls nahegegangen war. Alenka war tiefunglücklich und zudem stinksauer auf ihn. Er hatte sogar eine leise Ahnung, um was es gehen könnte.

»Du, ich spreche noch einmal mit der Kleinen«, entschied er

daher. »Geh doch du schon mal vor zur Oxana. Die wartet bestimmt«, bat er Astrid.

»Das Mädchen liegt dir echt am Herzen«, erwiderte sie überrascht.

»Irgendwie ja«, gab er zu. »Also bis gleich.«

Eiligen Schrittes folgte Bülent Alenka hinters Haus. Er fand das Mädchen weinend vor dem Hasenstall sitzend. Als sie Bülent auf sich zukommen sah, kugelte sie sich wie ein ängstlicher kleiner Igel ein.

»Geh weg«, raunzte sie ihn durch das Fellgestrüpp ihrer Jacke hindurch an.

Bülent ging neben ihr in die Hocke. »Magst du mir mal sagen, warum du sauer auf mich bist?«

Keine Antwort.

»Hey, du.« Er pikste sie vorsichtig mit den Fingern in die Seite.

»Lass das!« Sie schlug seine Hand weg.

Bülent seufzte. »Weißt du, Alenka, wenn ich nicht weiß, was ich falsch gemacht habe, kann ich es auch nicht wiedergutmachen. Und das ist eigentlich schade. Ich will nämlich nicht, dass du traurig wegen mir bist.«

Die Kleine schien kurz nachzudenken.

»Du hast mir versprochen, dass du meiner Mama nix von der Schokolade sagst. Ich hab gedacht, du bist mein Freund«, brummelte sie nach einem kurzen Moment des Schweigens und ohne ihre schützende Stellung aufzugeben.

»Ich bin auch dein Freund, und bin auch nicht hier, um dich zu verpetzen«, entgegnete Bülent, der mit seiner Vermutung, was den Grund für Alenkas Verärgerung betraf, völlig richtiglag.

Der kleine menschliche Igel hob zögerlich seinen Kopf. Alenkas Augen waren tiefrot verheult. Aus beiden Nasenlöchern lief zudem ein feiner Rotzstrahl. Seltsamerweise grauste es Bülent gar nicht.

»Was wollt ihr dann bei meiner Mama?« Neugierig beäugte Alenka ihn.

»Meine Kollegin hat einen Kosmetiktermin bei ihr«, antwortete er schnell.

Was so gesehen nicht gelogen war.

»Ehrlich?« Ungläubig sah sie ihn an.

Als er nickte, huschte ein Strahlen über ihr Gesicht.

»Da freut sich Mama bestimmt. Sie ist immer ganz traurig, weil keiner zu ihr kommt. Dabei ist sie die Beste.«

Ein gewisser Stolz schwang in Alenkas Stimme mit. Irgendwie schienen alle auf dem Bremsnagelschen Hof mehr traurig als glücklich zu sein.

»Sind wir wieder gut, wir zwei?« Bülent hielt Alenka seine Hand hin.

Sie schlug sofort mit ihren kleinen molligen Händen ein, dabei fiel ihr Blick auf seine Jackentasche, aus der die auffällige Zellophanverpackung, in der sich die vergifteten Pralinen befanden, herauslugte. Die Kleine sah ihn mit großen Augen an.

»Woher hast du die? Die gehören meiner Mama.«

Schneller als Bülent reagieren konnte, hatte sich Alenka der Tüte bemächtigt und schwenkte sie nun triumphierend vor ihm in der Luft umher.

»Hast du die auch heimlich genommen? Herr Polizist, das darf man aber nicht.«

Alenka hob mahnend den Zeigefinger. Dabei grinste sie aber schon recht spitzbübisch daher. Als ob sie Verbrecher im Geiste wären.

Verdammter Mist, warum ist er nicht achtsamer gewesen. Aber Moment mal, was hatte die Kleine gesagt, das würde ja heißen …

Ihm wurde schlagartig siedend heiß. Zum einen, weil Astrid sich vielleicht gerade von einer Mörderin die Füße pediküren ließ – und ja, auch eine Nagelfeile konnte eine Waffe sein –, zum anderen, weil Alenka gerade dabei war, gierig an dem Zellophan herumzureißen.

»Gib mir das bitte wieder, Alenka.«

Sie verzog ihren Mund zu einer bockigen Schnute.

»Nein, die gehören meiner Mama«, empörte sich das störrische Kind und hielt die Hand mit den Pralinen in die Luft. Was bei einer Körpergröße von gerade mal einem Meter dreißig nicht wirklich zielführend war.

»Guck mal, deine Hasen machen Liegestütze«, rief Bülent und hatte Glück.

Alenka fiel auf seinen zugegebenermaßen minderbegabten Trick herein. Sie wandte sich zu ihren zwei temperamentlosen Gesellen um, die natürlich keineswegs an einer wie auch immer gearteten Bewegung interessiert waren, und Bülent konnte sich die Packung schnappen.

»Boa, bist du blöd«, fauchte der Wonneproppen mit hochroten Wangen.

»Die sind nichts für dich. Du bekommst später von mir eine ganze Tafel Kinderschokolade«, versprach Bülent.

Er war schließlich nicht zuständig für die ausgewogene Ernährung der kleinen Bremsnagel.

»Kinderschokolade und zwei Überraschungseier für Lady und Gaga«, stieg der Schratz gekonnt in die Verhandlungen ein.

Sie hielt ihm nun ihrerseits das Pfötchen hin. »Deal?«

Er schlug ein. »Deal.«

»Du bist der Beste«, juchzte sie. »Wann holst du die Schokolade?«

Sie zerrte bereits ungeduldig an seiner Jacke herum. Das hatte

Bülent befürchtet. Kinder kannten kein Später. Sie kannten nur ein Hier und Jetzt. Was klar die vernünftigste aller Arten war, sein Leben zu bestreiten, aber gerade in diesem Augenblick passte ihm das überhaupt nicht.

»Gleich«, versuchte er dem nimmermüden Derwisch Einhalt zu gebieten.

»Immer sagt ihr Großen gleich, und dann wird's immer voll spät«, motzte sie zurück.

Definitiv richtig erkannt. Wenn Eltern für ein Nein zu feige sind und auf ein Ja keine Lust haben, dann wird halt daraus ein Gleich. Das war bei seinen Erzeugern nicht anders gewesen.

»Alenka, bist du dir wirklich ganz, ganz sicher, dass diese Pralinen deiner Mama gehören?«

Er hielt ihr die Packung mit etwas Sicherheitsabstand vor die Nase.

Alenka startete einen intensiven Ausgrabungsversuch im rechten Nasenloch und tat extrem gelangweilt.

»Jahaaa, die gehören ihr«, eierte sie genervt heraus. »Die hat mein Papa ihr zum Heiratstag geschenkt.« Sie verzog ihr Gesicht zu einer Grimasse. »Mama hat sich gar nicht gefreut. Hat den Papa bloß geschimpft und dann geweint.« Sie stemmte resolut ihre beiden Fäuste in die Hüften. »Also, wenn ich groß bin, will ich keinen Mann küssen, und heiraten will ich auch nicht.«

So offen hatte noch kein weibliches Wesen mit ihm geredet. Bülents Gehirn war schwer damit beschäftigt, das eben Gehörte zu verarbeiten.

Falls Oxana die Pralinen wirklich von ihrem Mann, dem Bremsi, geschenkt bekommen hatte, hieße das im Umkehrschluss, dass dieser seine Frau vergiften wollte.

Ein Vater, der die Mutter seines Kindes umbringen wollte, um für seine Geliebte freie Bahn zu haben, war in Bülents Augen ziemlich das Hinterfotzigste, was man sich vorstellen konnte. Das Motiv passte, nur eines passte überhaupt nicht ins Bild: die tote Funsenederin.

»Wann bekommen wir denn endlich unsere Schokolade?«, quengelte Alenka.

Hatte er jemals darüber nachgedacht, Kinder zu bekommen? Nein, hatte er nicht.

Er musste jedenfalls schleunigst Alenkas Aussage überprüfen, und zwar möglichst unauffällig. Er wollte auf keinen Fall Oxana in eine verfrühte Hysterie treiben.

So wie er die Russin einschätzte, würde sie nicht gerade zimperlich reagieren, wenn sie davon erfuhr, dass ihr Mann sie augenscheinlich um die Ecke bringen wollte.

Er hatte definitiv kein Mitleid mit Bremsi, aber auch keine Lust, dass halb Strunzheim in einem osteuropäisch inszenierten emotionalen Debakel versank.

»Was machen Sie hier?«, keifte ihm unvermittelt eine herrische Stimme in den Nacken, und ein Gehstock bohrte sich ihm unsanft in den Rücken. Genoveva was back.

»Omama!« Alenka rannte auf ihre Großmutter zu und barg das Gesicht in deren Schürze.

Die Alte streichelte mit zitternden Händen über den Kopf der Kleinen. Für einen kurzen Moment konnte Bülent in dem verhärmten Bremsnagelschen Gesicht einen Hauch von Sanftheit erkennen. Alenka war der einzige Mensch, der Genovevas Herz erweichen konnte. Kein Wunder, dass sie so an ihr hing und sie um keinen Preis der Welt aus ihrer Nähe lassen wollte, und jetzt würde sie neben ihrer Tochter wahrscheinlich auch noch ihren Sohn verlieren – zumindest für eine lange, lange Zeit.

Die Frau konnte einem wirklich leidtun.

»Omama, das ist mein Freund, der Herr Polizist«, erklärte Alenka fröhlich. »Der kauft mir heute noch Kinderschokolade, und seine Kollegin ist gerade bei Mami und lässt sich schön machen.«

Dabei hat Sunshinechen das gar nicht nötig, dachte Bülent und erschauderte, als ihn für eine Millisekunde Genovevas kalter, durchdringender Blick streifte. Die Alte ahnte garantiert, dass die Schönheitsbehandlung bei Oxana nur ein Vorwand war.

»Komm, mein Spätzchen, die Omama kocht uns einen feinen Griesbrei, und danach gehen wir beide zur Elisabeth«, krächzte Genoveva heiser, ohne auf das Gebrabbel des Kindes einzugehen, geschweige denn Bülent noch eine Millisekunde mehr ihrer Aufmerksamkeit zu schenken.

Sie nahm das Mädchen fest bei der Hand und humpelte mit ihr müden Schrittes und mit gebeugten Schultern davon.

»Bis dann, Herr Polizist.« Alenka winkte ihm über die Schulter hinweg zu.

Er winkte zurück und sah den beiden hinterher.

Irgendwie war ihm Genoveva anders vorgekommen. Sie wirkte geradezu entrückt. Aber gut, sie war über achtzig und hatte gerade mit ihren gebrechlichen Knochen einen Marsch von der Kirche auf den Hof zurückgelegt. Wahrscheinlich war sie einfach nur erschöpft und sehnte sich nach einem Caro-Kaffee und ihrem Kanapee. So zumindest war seine geliebte Großmutter bis ins hohe Alter zufrieden durch den Tag gekommen. Wenn er es sich recht überlegte, hatte er auch mehr am Rockzipfel seiner Granny gehangen als an dem seiner Mutter.

Apropos, er musste jetzt dringend zu Astrid und ihr von Alenkas Aussage berichten.

»Da bist du ja endlich!«

Vorwurfsvoll sah ihn Astrid vom Behandlungsstuhl herunter an. Er glaubte zumindest, dass sie es war. Sicher war er sich nicht. Oxana hatte nämlich bereits mächtig farbenfroh auf Astrids Gesicht eingewirkt, und ein Ende war anscheinend noch lange nicht in Sicht.

Sunshinechen sah aus wie ein heißer Aufriss aus der *Gala* oder *Vogue* oder wie sie alle hießen, diese realitätsfernen Gazetten. Ihr bildhübsches Gesicht war unter Tonnen von Make-up begraben. Zugegebenermaßen sah man schon, dass da eine Profivisagistin am Werk war. Bülent merkte glatt, wie er gleich ein wenig zu fremdeln begann.

»Herr Kommissarrrr«, gurrte Oxana ihn an.

»Kollegin ist wunderhübsch. Ich musst überhaupt nicht viel arbeite«, frohlockte die Russin weiter und haute dabei gleich noch einmal eine Schicht von irgendetwas über Astrids Haut, die daraufhin glitzerte und glamourte wie eine Discokugel.

Nichts war auf Russisch definitiv mehr, als was der gemeine Franke ertragen konnte.

»Wie gefällt Ihnen?«

Oxana gab den Blick auf ihr gespachteltes Kunstwerk frei.

Na wunderbar, war klar, dass das kommen musste.

»Ähm, ja also«, hangelte er sich von Wort zu Wort. »Wenn ich ganz ehrlich bin« – und das wollte er in diesem Moment auch tatsächlich sein, er hatte ja eh nichts mehr zu verlieren –, »es sieht wirklich sensationell gut aus, aber in natura gefällst du mir einfach viel, viel besser, Astrid.« Raus war's.

Er hielt in Erwartung eines zweifach beleidigten weiblichen Gegenschlags die Luft an. Doch es passierte nichts. Oxana lächelte ihn fast schon liebevoll an und zeigte ihm ihre gebleachten Zähne.

»Ich mag Männer, die an Frau nix rummachen wollen«, erklärte sie. »Meine Type alle immer sagen: Mach Brust größer, nimm Rippe weg, mach die Lippe voller, mach Pierching in Muschi. Und ich dumm habe gemacht alles und am Ende nix bekomme dafür.« Sie zuckte mit den Achseln. »Ja, so ist das Läbe.« Sie tätschelte zärtlich Astrids Wange. »Aber das da ist guter Mann. Musst du halten.«

Astrid errötete bei ihren Worten leicht, was man selbst unter dem Rouge erkennen konnte.

»Ich hole rote Nagellack«, verkündete die Russin. »Dein Mädchen mag Farbe wie Kate Moss auf die Finger«, schickte sie erklärend an Bülent gewandt hinterher, bevor sie auf ihren zwölf Zentimeter hohen Pfennigabsätzen in einen angrenzenden Raum stöckelte.

Wahrscheinlich das kleine Lager dieses Etablissements, vermutete Bülent, und früher die Futterkammer.

»Entschuldige, ich finde es wirklich toll«, versuchte Bülent, die Wogen zu glätten, wo eigentlich keine waren.

»Ist schon gut, meins ist das alles auch nicht«, gestand Astrid. Sie verzog ihr Gesicht zu etlichen Grimassen. »Ich habe das Gefühl, sie hat mich in Beton gegossen.« Sie grinste Bülent schief an. »Aber einen Versuch war es wert.«

Aus dem Zimmer, in das Oxana verschwunden war, drang ein Rumpeln gefolgt von einem Schwall russischer Wörter, die, wie Bülent vermutete, nichts Positives beinhalteten.

Schnell erzählte er Astrid, was er in der Zwischenzeit von Alenka erfahren hatte.

»Krass«, entfuhr es dieser. »Aber ich habe auch so das Gefühl, dass sie…«, Astrid nickte in Richtung Tür, hinter der Oxana immer noch emsig hantierte, »… nichts mit dem Giftmord zu tun hat. Zumindest nicht wissentlich. Dafür ist die viel zu geraderaus und emotional. Die plant nicht, wenn, dann führt sie gleich aus, zieht eine Waffe, und peng!«

Bülent wurde es bei Astrids bildhafter Darstellung ganz mulmig. Was, wenn die Russin doch dahintersteckte und just in diesem Moment keinen Nagellack holte, sondern mit einer Kalaschnikow im Anschlag zurückkehrte?

»Warum schaust du wie ein Eichhörnchen, wenn's blitzt?«

Oxana war zurückgekehrt und musterte Bülent eindringlich.

Jetzt war es an ihm, rot zu werden. Er grinste verlegen, während ihre Miene Bedauern ausdrückte, als sie sich an Astrid wandte.

»Ich habe gar nix mehr Kate-Moss-Farbe. War mir sicher, ich habe noch vier Flasche, aber nix da. Aber wie wäre es mit die Blau? Passt gut zu Politsya, also zu deine Job.«

Sie hielt ein kleines Fläschchen in die Höhe und zeigte es Astrid.

Die lehnte dankend ab. Die beiden Ermittler wechselten einen kurzen Blick. Entweder war diese Frau eine begabte Schauspielerin, oder sie hatte wirklich absolut keine Ahnung, wo der Nagellack abgeblieben sein könnte.

Dann hieße das, dass sie auch mit den Schmierereien in der Funsenederin ihrem Schlafzimmer nichts zu tun hatte.

Bülent tippte rein intuitiv auf die letzte Variante. Er zog die Pralinenpackung aus der Tasche, die mittlerweile reichlich ramponiert daherkam.

»Oxana, kenne Sie die?«

Die hübschen Rehaugen der Befragten verengten sich zu schmalen Schlitzen, und die hintätowierten Balken darüber fingen leicht an zu zucken.

Es war offensichtlich, dass sie mit diesen Pralinen keine guten Erinnerungen verband.

»Ja, ich kenne«, spuckte sie die Worte fast aus. »Hab ich bekommen von Fidelius zum unsere Hochzeitstag vor eine Woche.« Sie pffte verächtlich Luft durch ihre voluminösen Lippen. »Neun Jahr verheiratet. Nix Gedicht. Nix Blume. Nix Liebe. Nur Schokolade.«

Das Ganze schien sie immer noch aufzuwühlen. Wütend blies sie sich eine Haarsträhne aus dem Gesicht.

»Ich so sauer, dass ich nicht gegessen hab ein einzig Herz von diese falsche Dinger.«

Bülent horchte auf. »Was meinen Sie mit falsch?«

Oxana stakste wortlos zu einem Sideboard und fischte daraus eine Pralinenpackung, die sie Bülent hinhielt.

»Das da ich mag. Sind von kleine, feine Manufaktur aus München, ich lasse mir immer schicke. Aber das da …« Sie deutete verächtlich auf die Pralinen in Bülents Hand. »Das da ich nicht will. Hab ich meine Mann auch gesagt.«

»Was hat er dann damit gemacht?«, kam Astrid Bülents Worten zuvor.

»Er hat sie hierhin.« Sie zeigte auf den Empfangstresen. »Ich hab nicht beachtete, und dann waren irgendwann weg.«

Wow, da hatte das Schicksal aber ein verdammt großes Odelfass voll Glück über die Russin ausgekippt, und sie ahnte noch nicht einmal etwas davon.

»Können Sie sich vorstellen, wer sie genommen haben könnte?«, fragte Astrid, deren von Natur aus lange Wimpern derart auffällig hingetuscht waren, dass Bülent bei jedem Augenaufschlag weiche Knie bekam.

Die Russin lächelte milde. »Erst ich geglaubt, meine süße Alenka war. Sie klaut mich manchmal und denkt, ich merke nicht. Aber jetzt …« Sie grinste verschmitzt. »Ich denke, Sie habe sie genomme, Herr Kommissarrrr.«

Ihre Vermutung entbehrte nicht einer gewissen Logik, schließlich hielt Bülent die Packung in der Hand.

»Wir haben sie bei der Lehrerin Ihrer Tochter, Frau Funseneder, gefunden. Haben Sie eine Ahnung, wie sie dorthin gekommen sein könnten?«, begann Bülent vorsichtig.

Allerdings umsonst, diese Zündschnur schien äußerst kurz zu sein.

»Was, diese böse Frau hat geklaut mich?« Oxana brodelte wie ein Vulkan. »Das passt. Hab ich erzählt, dass sie war hier und ich habe rausgeschmissen? Will nicht machen Gestrüpp sauber von so einer.«

Astrid sah Bülent fragend an. Aber diesbezüglich wollte er jetzt wirklich keine Erklärung abgeben.

»Ich denke, böse Frau wollt Rache«, beendete Oxana ihre Wutrede.

Tja, sollte das wirklich der Fall gewesen sein, dann war dieser Schuss für die arme Funsenederin mächtig nach hinten losgegangen. Sie war faktisch ein Opfer ihrer eigenen Gier geworden und hatte damit unvermutet ihrer Kontrahentin das Leben gerettet. Ein Wahnsinn.

Es gab einen Menschen, der endgültig Licht ins Dunkel bringen konnte, und der musste schleunigst befragt werden, solange er sich noch in Sicherheit wähnte.

»Oxana, wo finden wir denn Ihren Mann?«

Anscheinend hatte Astrid den gleichen Gedanken wie er.

Die Russin blickte auf eine riesige, strassbesetzte Uhr, bei der Bülent schon beim bloßen Hinschauen eine Sehnenscheidenentzündung im Handgelenk bekam.

»Ich denk, Fidelius ist noch in Bank. Hat zu, aber er ist immer da.« Ihr Blick wurde traurig. »Bleibt jede Tag länger. Glaube, will nicht mehr heim zu mirrrr.«

Nein, er will nicht heim zu dir, dachte Bülent, er will dich gar nicht mehr.

Astrid rutschte vom Kosmetikstuhl. »Oxana, wir müssen leider los. Was bekommen Sie denn für die Behandlung?«

Die Russin winkte ab. »O nix.«

Fast hatte man den Anschein, Astrids Frage habe sie verärgert.

»Du bist erste richtige Kundin, ich schenke dir. Du bist so eine liebe Frau. Hat auch er Glück mit dir.«

Oxana zwinkerte Bülent zu und umarmte Astrid innig.

Was für ein warmherziges Wesen doch hinter dieser aufpolierten Fassade steckte. Nichts von dieser ganzen Körpertuningmaskerade hatte die hübsche Bremsnagel wirklich nötig, aber wahrscheinlich war ihr Selbstbewusstsein von Kindheitsbeinen an dem Erdboden gleichgemacht worden. Sie konnte einem wirklich leidtun, vor allem, weil Bülent wusste, was jetzt noch alles Unschöne auf sie zukommen würde.

Als er sich verabschieden wollte, hielt Oxana ihn am Arm fest.

»Herr Kommissarrrr, Sie haben doch auch noch eine Terrrrmin!«, schmunzelte sie und formte aus Daumen und Zeigefinger eine imaginäre Pinzette.

Autsch!

# KAPITEL 17

## *Das Böse immer, aber nicht überall*

Bülent hielt sich immer noch seine wimmernden Augenbrauen, während sie zur Bankfiliale der Strunzheimer Sparkasse hetzten. Oxana hatte ihn nicht aus ihren Fängen gelassen und in Windeseile sämtliche Revoluzzerhärchen aus seinen Brauen entfernt. So viel war klar: Sein Gesicht würde für längere Zeit keine Pinzette mehr aus der Nähe zu sehen bekommen. Was Frauen zwecks der Schönheit alles an körperlichen Schmerzen über sich ergehen ließen – unfassbar. Immerhin hatte die Russin in ihrem Arbeitseifer gar nicht weiter nachgefragt, was die beiden Ermittler von ihrem Mann wollten. Anscheinend war die Bremsnagelsche Ehe dermaßen dahin, dass man sich nicht mehr wirklich dafür interessierte, was der andere so trieb.

Während Oxana ihn massakrierte, erzählte sie ihnen, wie sehr sie unter ihrer Schwiegermutter litt, aber wie schön sie es gleichzeitig fand, dass Genoveva ihre Alenka so liebte.

»Ich bin innerlich ganz gerissen«, gestand die Russin. »Ich hätte mir immer so ein Babuschka gewünscht und nix stinkende Wodkaleich auf Sofa, wie meine Oma war. Aber auf andere Seite, Alenka ein Kind. Sie braucht andere Kinder für Spiel und nix immer alte Frau. Deswegen ich wollte geben meine Mädchen in Internat, und auch wegen böse Frau Lehrerin. Aber mein Herz tut weh. Auch für Genoveva. Ich kenn Geschicht von ihr kleine Mädchen. Lebe is einfach große Scheiß«, sagte sie und riss bei diesen Worten mit einem Ruck eine letzte störrische Braue aus Bülents Schädel.

So wie es sich anfühlte, war diese garantiert direkt mit seinem Hirn verwurzelt gewesen.

Und das tat halt jetzt weh, auch wenn Astrid ihn dafür belächelte. Außerdem hatte er jetzt auch noch Seitenstechen vom Rennen.

Bülent bereute es, dass sie heute Morgen nicht den Dienstwagen genommen hatten. Aber Astrid war vehement dagegen gewesen, sich innerorts und bei diesen kurzen Wegen motorisiert fortzubewegen. Dabei wurde in Strunzheim allenthalben für alles, was über hundert Meter entfernt lag, das Gaspedal gedrückt.

»Hoffentlich ist er noch da«, betete Astrid, als sie sich dem Sparkassengebäude näherten.

Von außen sah die Filiale ziemlich verlassen aus. Alle Schotten waren dicht gemacht. Klar, Freitagnachmittag um vierzehn Uhr war hier Schicht im Schacht.

Sie betraten den kleinen SB-Schalterraum, der durch eine Schiebetür von den eigentlichen Filialräumen getrennt war. Diese war natürlich verschlossen. Zudem versperrte ihnen ein zugezogener Lamellenvorhang den Blick.

Bülent hämmerte mit der Faust gegen die Tür. »Hallo, ist da wer?«

»Wir haben geschlossen«, tönte es unvermittelt und merklich ungehalten zu ihnen heraus.

Es war unverkennbar die Stimme vom Bremsnagel.

Bülent klopfte erneut. »Fidelius, mach auf, wir müssen mit dir reden.«

Schweigen.

»Fidelius, hörst du mich?«

»Ich bin ja ned taub, Rambichler«, plärrte der Angesprochene zurück. »Ich hab bloß keine Zeit. Außerdem habe ich euch schon alles gesagt, was es zu sagen gibt.«

Bülent verlor langsam die Geduld, er haute heftig mit seiner Fußspitze gegen das Glas.

»Du machst jetzt auf, damit das klar ist, weil sonst lass ich die Bank stürmen.«

Astrid zückte bei diesen Worten ad hoc ihr Handy. »Ich ruf Verstärkung.«

Bülent nickte. »Ja, gute Idee, ruf den Franz an.«

Astrid ließ ihr Handy sinken und sah ihn entgeistert an. »Ich dachte eher an unsere Kollegen.«

Bülent winkte hektisch ab. »Bloß nicht, die nehmen uns das ganze Dorf auseinander. Die kennen sich doch hier überhaupt nicht aus. Das müssen wir schon erst einmal intern lösen.« Die Wahrheit war, dass ihm ein Polizistenauflauf, wo er Rede und Antwort stehen musste oder am Ende noch die übergeordnete Verantwortung trug, überhaupt nicht gefiel.

Astrid war sichtlich nicht seiner Meinung, aber sie fügte sich. »Du bist der Boss«, tönte sie cool und versuchte vergeblich, Franz an die Muschel zu bekommen.

Es war dauerbelegt. Man musste kein Hellseher sein, um zu wissen, mit wem der Geiger sich just in diesem Moment verbal die Zeit vertrieb. Himmelherrgott, manchmal hatte die Liebe aber auch wirklich ein verflixt beschissenes Timing.

Gerade als Bülent sich händeringend eine neue Strategie in seinem Kopf zurechtzimmern wollte, hörten sie, wie sich hinter der Tür etwas tat.

Wenig später ging die Schiebetür auf, und sie standen vor einem reichlich bedröpelt dreinblickenden Bremsi.

»Ich schätz, ihr kommt's ned zu mir zwecks an Bausparer?«, versuchte er sich an einem schalen Witz.

»Nein, darf ich reinkommen?«, erwiderte Bülent knapp.

Bremsi zuckte mit den Achseln. »Wenn's sein muss.«

Bülent hielt Astrid an ihrer Jacke fest, als sie noch vor ihm in die Räume der Bank stürmen wollte. Er hatte einen Entschluss gefasst.

»Du lässt offen, ich bin gleich wieder da«, baunzte er Bremsi an.

Der nichts weiter tat, als dumm daherzuglotzen.

Bülent zog Astrid mit sich ins Freie.

»Hey, was soll das denn?« Astrid wand sich aus seinem Griff.

»Ich möchte, dass du hier draußen wartest«, erklärte Bülent mit fester Stimme. Astrid sah ihn aus wilden Augen an.

»Spinnst du?! Das werde ich auf keinen Fall tun.«

Sie versuchte sich an ihm vorbei wieder in die Filiale zu drängen.

Bülent verstellte ihr den Weg, was Sunshinechen grad noch zorniger machte.

»Ich bin deine Kollegin, und ich gehör an deine Seite, oder traust du mir nicht zu, dass ich das da drin hinbekomme?« Sie schubste ihn von sich. »Du kannst mich nicht aufhalten.«

Mittlerweile begann auch Bülents Zornesader zu pulsieren. Langsam hatte er dieses störrische Ding vor sich wirklich satt. Er packte Astrid fest an beiden Armen und schüttelte sie.

»Wenn's nach mir ginge, hätte ich dich am liebsten Tag und Nacht an meiner Seite, und zwar nicht nur als Kollegin, wann kapierst du das endlich?«

Er wuschelte sich aufgebracht durchs Haar. »Verdammt noch mal, ich will einfach nicht, dass dir was passiert, und darum machst du jetzt, was ich dir sag, Kruzitürken noch mal.«

Er wandte sich schon zum Gehen, doch dann überlegte er es sich anders und tat etwas, was er längst schon hätte tun sollen. Er packte die verdattert dreinblickende Astrid erneut und drückte ihr einen Kuss auf die Lippen.

»Öha.« Bremsi stand in der Tür und bekam seinen Mund nicht mehr zu. »Ist das eigentlich erlaubt, so ein internes Geschmuse?«, fragte er interessiert und ohne eine Spur Sarkasmus in der Stimme.

Bülent nervte es dennoch. Er schubste den Bremsnagel unsanft in die Bank zurück, der daraufhin hurtig in sein kleines Büro sputete, das neben dem Schalterraum lag, und dabei fast über seine eigenen Füße gestolpert wäre. »Rambichler, was soll denn das?«

Eiligst verschanzte sich der feige Hund hinter seinem Schreibtisch, auf dem irrwitzigerweise fein drapiert Bilderrahmen mit Fotos von Ehefrau und Kind zu sehen waren. Die heile Familie, die es so überhaupt nicht mehr gab. Bremsi sah aus, als würde er sich gleich vor Angst in die Hose machen. Gut so.

Durch Bülents Körper tobte das Adrenalin, er lehnte sich über den Schreibtisch.

»Du sagst mir jetzt die ganze Wahrheit, Bremsi, und zwar alles genau so, wie es war«, zischte er.

Sein Blick schien sein zitterndes Gegenüber regelrecht festzunageln.

»Aber ihr wisst doch schon alles«, bibberte der Ehebrecher heraus, was Bülent nur noch wütender machte.

Er haute mit der flachen Hand auf den Tisch, dass er wackelte.

»Verarsch mich nicht, Bremsi, und mach hier nicht einen auf Mitleid. Raus jetzt mit der Sprache.«

Die Visage des Sparkassendirektors verzog sich zu einer schmerzhaften Grimasse.

»Aber es war doch wirklich nur einmal, und des bring ich schon wieder in Ordnung.«

War denn dieser Typ von allen guten Geistern verlassen? Ein Mensch war tot, und dann auch noch der falsche. Wie wollte er das denn wieder in Ordnung bringen?

»Weißt, Rambichler, ich hab mich finanziell ein wenig übernommen. Erst der Oxana ihr ganzes Graffl und dann noch der Gertrude ihr Whirlpool, ich bin auch kein Goldesel nicht. Aber es war wirklich keine große Summe, und bisher hat es auch noch keiner gemerkt.«

Bülent kam gerade nicht mehr mit. Anscheinend redeten sie völlig aneinander vorbei.

»Du hast Geld unterschlagen?«, fragte er wie jemand, der keine Ahnung hatte.

Merkte der Bremsi freilich sofort. Er sah ihn erstaunt an.

»Ja, ich dachte, des wüsstest du und bist deswegen da.«

Bülent schüttelte den Kopf. »Nein, deswegen garantiert nicht.«

»Ach nicht?«

Bremsis eh schon ungesund käsige Gesichtsfarbe wurde um ein paar hektische Flecken bereichert. Er seufzte.

»Also gut, irgendwann muss es ja raus. Drückt eh schon zu lang.«

Bülent hielt den Atem an. Würde er jetzt tatsächlich ein Geständnis bekommen? Er konnte es kaum fassen.

»Ich war des damals mit deinem Auto.«

Bülent sah ihn verwirrt an. »Bitte was?«

Bremsi grinste gequält. »Ich hab neig'speit bei der Rinder Anni ihrem Fest«, wimmerte es aus ihm heraus, und in seinen Augen standen Tränen. »Es war aber wirklich keine Absicht. Mir war plötzlich einfach so dermaßen schlecht, und da stand dann deine Karre, an der hab ich mich festhalten können, und …«

Er schlug die Hände vors Gesicht.

»Ich schäme mich so dafür, Rambichler, das musst du mir glauben. Seit fast dreißig Jahr. Aber etz is raus. Gott sei Dank.« Er lächelte schwach. »Kommt zwar spät, aber entschuldige.«

Er hielt Bülent seine wulstige Hand hin und sah ihn abwartend an.

In dessen Hirn – Stillstand. Er musste kurz verdauen, was er gehört hatte, weil das, was er gehört hatte, war nicht das, was er hatte hören wollen, auch wenn's ihn gleich noch grantiger machte.

Nur zu gut erinnerte sich Bülent, wie er am Morgen nach der Anni ihrer Party in sein geliebtes Triumph-Spitfire-Cabriolet gestiegen war und plötzlich mitten in der größten Sauerei hockte. Der Gestank hing ihm noch lange in der Nase. Eine Mischung aus Cuba Libre und Kotelett mit Kartoffelsalat. Die Reinigungskosten waren immens bei dem ganzen Gebröckel, das da rumgärte. Hätte er damals den Schuldigen erwischt, womöglich hätte er ihn erwürgt beziehungsweise vorher noch mit der Nase in sein eigenes Ungemach gesteckt.

Bremsi hielt ihm immer noch die Hand hin. Bülent ignorierte sie geflissentlich.

»Ist das wirklich alles, was du zu sagen hast?«

»Ja, schon, reicht des ned?« Mit beleidigter Miene zog er seine missachtete Hand zurück.

Bülent stand kurz vor einer Implosion. »Nein, das reicht nicht.«

Er zog die Pralinenpackung aus seiner Jackentasche und schmiss sie seinem Gegenüber mit Schmackes hin.

Dieser fing sie freilich nicht, und die Herzen landeten brachial auf dem Boden.

Hätte Bülent klar sein müssen, der Bremsnagel war schon damals beim Völkerball immer eine rechte Niete gewesen, und keiner wollte ihn in seiner Mannschaft haben.

»Heb's auf und schau es dir genau an.«

Bremsi tat, wie ihm geheißen. Mit Stöhnen und Ächzen

beugte er seine Überpfunde hinunter zu der Verpackung und beförderte sie nach oben.

»Und was soll damit sein«, tat er extrem ahnungslos.

»Erkennst du es?«

Er zuckte mit den Achseln. »Schauen so aus wie die Pralinen, die ich der Oxana zum Hochzeitstag geschenkt habe.« Er blickte abschätzend auf das Foto seines ehemaligen Augensternlers. »Aber das war der feinen Dame wieder nicht gut genug.« Achtlos legte er die Pralinen zur Seite.

Bülent konnte es nicht fassen. Wie kaltschnäuzig konnte man eigentlich sein? »Das *sind* die Pralinen, die du Oxana geschenkt hast. Wir haben sie bei der Gertrude gefunden«, berichtete Bülent.

»Bei der Gertrude? Wie kommen die denn zu ihr?«

Das Erstaunen schien nicht gespielt. Überhaupt machte ihm der Bremsnagel nach seinen zwei Geständnissen von vorhin einen äußerst relaxten Eindruck. Als könnte er kein Wässerchen trüben.

»So wie es ausschaut, hat sie die Pralinen deiner Frau geklaut«, fuhr Bülent fort.

Jetzt lächelte der Kerl sogar verklärt vor sich hin.

»Des schaut ihr ähnlich. Ein rechtes Luder war sie schon, die Gertrude.« Er seufzte. »Diese Frau, Rambichler, ich sag's dir, diese Frau war mein Traum und mein Untergang in einem.«

»Wenn man es genau nimmt, warst du eher ihr Untergang …«, erwiderte Bülent ruhig.

Völlig konsterniert sah Bremsnagel ihn an. »Ich, wieso ich? Ich habe sie geliebt wie sonst keiner.«

Bülent kostete den Moment der wissenden Überlegenheit aus, dann holte er zum endgültigen Schlag aus.

»Das mag schon sein, aber leider hat die Gertrude deine

vergifteten Pralinen gegessen und nicht deine Frau, für die sie eigentlich vorgesehen waren.«

Zack, und Bremsis Kinnlade ratterte ein Stockwerk tiefer.

»Vergiftet?«, schrillte es aus ihm heraus. »Du meinst, die Gertrude ist durch die Schokoherzen gestorben?«

»Mein ich, aber das weißt selber, oder?«

Keine Antwort. Stattdessen erhob sich Bremsnagel schwankend wie ein Hochseedampfer bei starkem Wellengang von seinem Stuhl. Sein Schädel war ungesund rot eingefärbt, und er keuchte wie ein wunder Stier, der wusste, dass er dem Matador unterlegen war. Was für eine theatralische Darbietung. Geradezu oscarreif.

Plötzlich hielt der Bremsi in seiner Vorstellung inne. Er stierte Bülent aus blutunterlaufenen Augen an. Zäher Speichelschlonz sammelte sich in seinen Mundwinkeln. Fehlte nur noch sein Bernhardinerkostüm vom Fasching, und er sah aus wie ein tollwütiger Hund.

»Etz g'hört's der Katz«, gurgelte es aus seiner Kehle.

Blitzschnell schnappte er sich den Brieföffner von seinem Schreibtisch.

»Rambichler, geh mir aus dem Weg.«

Bülent dachte freilich nicht daran und musste sich wenig später eingestehen, dass er einer Dampfwalze in Form des korpulenten Bremsnagel einfach nicht gewachsen war. Er wurde gnadenlos gegen die Raufaser gescheppert und blieb da erst einmal für einen kurzen Moment leicht benommen kleben.

Dann aber schoss ihm Astrid ins Hirn. Er fand sie etwas bedröpelt vor der Bankfiliale am Gehsteig sitzend. Anscheinend hatte auch sie Bekanntschaft mit dem Bremsnagelschen Rammbock gemacht.

Bülent ging neben ihr in die Hocke.

»Alles klar?« Besorgt sah er sie an.

»Mir geht's gut. Aber was zum Teufel ist da drin passiert?«

»Das erzähle ich dir unterwegs, wir müssen unbedingt dem Bremsi hinterher, sonst gibt's eine Katastrophe.«

Just in diesem Moment bremste Franz, den Astrid mittlerweile erreicht hatte, neben ihnen. Er hatte sich aus Ermangelung eines eigenen Autos kurzerhand das Gefährt der Walder-Zwillinge ausgeliehen, aus dem er jetzt breit herausgrinste.

»Machts ihr zwei ein Picknick?«, scherzte er aus dem geöffneten Fenster heraus.

Bülent half Astrid auf die Beine, die daraufhin mit schmerzverzerrtem Gesicht ihren Hintern abtastete.

Das hätte auch er für sie machen können, überlegte Bülent und schalt sich gleich daraufhin im Geiste, wie er in einer derartigen Ausnahmesituation überhaupt auf so was kommen konnte.

»Festhalten, es geht los«, brüllte der Geiger, nachdem Bülent neben ihm in der Fahrerkabine der Piaggio-Rumpel Platz genommen hatte, während Astrid es sich auf eigenen Wunsch auf der Ladefläche bequem gemacht hatte.

Klar war dem Ganzen eine kurze Diskussion vorausgegangen, weil Astrid partout darauf bestand, hinten Platz zu nehmen, während Bülent ganz gentlemanlike ihr den Sitz neben Franz zur Verfügung stellen wollte. Nachdem Franz dann zum wiederholten Male auf die Hupe gedrückt hatte, gab Bülent schließlich nach.

»Aber gut festhalten«, bat er sie, woraufhin sie nur mächtig mit den Augen rollen konnte.

Mittlerweile war Bülent gottfroh, dass er bei dem Fahrstil, den Franz an den Tag legte, nicht hinten saß. Sein Kumpel holte das Letzte aus dem italienischen Dreirad heraus, hinterher würde es wahrscheinlich zu nichts mehr zu gebrauchen sein. Entweder weil sie mit Vollgas aus der Kurve flogen, oder weil der Motor explodierte. Bülent wollte sich gar nicht ausmalen, wie die Walders reagierten, wenn sie ihren fahrbaren Untersatz nur noch in Einzelteilen zurückbekämen.

Er war deswegen schon mittelschwer erleichtert, als sie auf den Hof der Bremsnagels einbogen.

Auch Astrid schien nichts dagegen zu haben, dass die Fahrt hier endete. Die Haare standen ihr wild zu Berge, die Augen tränten ihr vor Kälte und verwässerten damit Oxanas Schminkkünste nicht unbedingt ins Positive. Vor allem die schwarze Wimperntusche hatte auf ihrer Flucht über die Wangen ein schönes Muster hinterlassen. Sunshinechen sah im Grunde aus wie einstmals Amy Winehouse bei einem guten Gig.

Bülent würde aber einen Teufel tun, sie darauf hinzuweisen.

Der Geiger hatte wiederum keine Skrupel und rief amüsiert: »Himmel, Astrid, bist du unter die Vampire gegangen?«

Astrid überprüfte eiligst ihren Look im kleinen Außenspiegel des Ape und kam zu dem Entschluss, dass jetzt eh nichts mehr zu retten war, mal ganz davon abgesehen, dass sie vor der Tusche eher noch einen Mörder aufhalten mussten.

Der Hof lag friedlich vor ihnen. Alles totenstill.

Bülent dachte an Alenka und daran, dass er ihr noch Kinderschokolade kaufen musste. Hoffentlich war es dafür nicht zu spät. Das würde er sich nie verzeihen.

»Sagt mal, habt's ihr eigentlich eure Dienstwaffen dabei?«, unterbrach der Geiger Bülents schweren Gedanken, als sie sich vorsichtig auf die geöffnete Eingangstür des Wohnhauses zubewegten.

Sowohl Bülent als auch Astrid schüttelten betreten den Kopf.

Im Grunde waren sie die schlechtest ausgestatteten Kriminalbeamten, die die Welt je gesehen hatte. Es gab einfach Dinge, an die konnte Bülent sich auch nach vielen Dienstjahren nicht gewöhnen. Dazu gehörten Waffe und Handschellen. Sobald er beides bei sich trug, fühlte er sich nicht mehr wie er selbst. Schießen würde er sowieso im Leben nicht, und was Astrid betraf: Nachdem ihr beim letzten Fall die Pistole von einem minderjährigen Frechdachs unter dem Arsch weggeklaut wurde, was natürlich so nie in einem Bericht aufgetaucht war, verzichtete sie darauf, öfter als nötig das Trumm bei sich zu tragen.

»Na, ihr seids mir zwei Helden«, kommentierte Franz trocken die Tatsache, dass sie sich völlig schutzlos einem Wahnsinnigen stellen wollten. »Hat der Herr Hauptkommissar wenigstens einen Plan, wie wir weiter vorgehen?«

Wieder betretenes Schweigen seitens Bülent. Er hatte wirklich keine Ahnung.

»Hast du vielleicht eine Idee?« Hilfe suchend sah er seinen Freund an.

Der Geiger schüttelte den Kopf. »Mei o mei, was lernt ihr eigentlich auf der Polizeischule?«

Er holte sich einen fertig gedrehten Joint aus der Tasche und zündete ihn sich unter den verblüfften Augen der beiden Ermittler an.

»Du kannst dich doch jetzt nicht zurauchen«, fuhr Bülent ihn an. »Wir müssen da jetzt rein.«

»Siehst doch, dass ich es kann«, kam es flapsig zurück. »Ruhe bewahren, und Sicherheit ausstrahlen, des ist das A und O. Bloß etz ned hetzen. Des wird schon.«

Geiger zuzzelte genüsslich an seinem Dübel und blies den Rauch in die Luft.

Woher nahm dieser Kerl nur immer seine Gelassenheit und sein Gottvertrauen?

Aber irgendwie wusste der Geiger immer, was er tat. Das war schon in ihrer Jugend so gewesen. Auf ihn und seine Intuition konnte man sich hundertpro verlassen, aber was, wenn ausgerechnet heute mal nicht?

Just in Bülents zweifelnde Gedanken hinein wurde in einem der oberen Stockwerke ein Fenster aufgerissen, und Bremsis Hauspantoffeln sowie diverser anderer Kram aus dem Besitz des Bankdirektors wurde von dort, untermalt von zornigem russischem Gebrabbel, herausgeworfen.

Franz grinste lässig. »Jetzt könnts rein.«

# KAPITEL 18

## *Fliegende Untertassen*

Franz verzichtete tatsächlich darauf, bei der Eroberung der Bremsnagelschen Hütte dabei zu sein.

Obwohl Bülent lieber ihn als Astrid an seiner Seite gewusst hätte. Zum einen, weil er einfach nicht wollte, dass Sunshinechen sich in Gefahr begab, zum anderen, weil man sich hinter dem Franz seinem Kreuz herrlich schön verstecken konnte, wenn es brenzlig wurde. Der Geiger war definitiv mutiger als er und von seiner körperlichen Konstitution her auch schlagkräftiger.

»Ich bin kein Kriminaler und werd auch keiner mehr werden«, erklärte der Geiger Bülent, als ihn dieser mit bettelndem Welpenblick anstierte. »Des is euer Fall, also bringt's ihn auch gemeinsam zu Ende. Ich halt hier unten die Stellung.« Er hob mahnend den Zeigefinger. »Und nicht gegeneinander arbeiten, sondern miteinander.« Dabei zwinkerte er Astrid zu, die wie ein Soldat vor ihm salutierte.

»Aye, aye, Sir.« Sie knuffte Bülent freundschaftlich in die Seite. »Und du schau nicht so, ich hab da oben schließlich weibliche Unterstützung. Das kriegen wir schon hin. Wir kriegen doch alles hin.«

Ihre Augen strahlten ihn an. Lag da am Ende eine gewisse Doppeldeutigkeit hinter ihrer Aussage verborgen? Bülents Herz jedenfalls wollte es so gehört haben. Bei so vielen guten Aussichten in all dem Schlechten um sie herum ermittelte es sich gleich viel leichter.

»Also komm, bringen wir es zu Ende«, rief Bülent fröhlich und ahnte ja nicht, dass ihm vielmehr eine tragische Fortsetzung bevorstand.

Sie hechteten gemeinsam die Stufen zur Wohnung der Bremsnagels hinauf, aus der ein unguter, zerstörerischer Lärm an ihre Ohren drang.

»Bei drei gehen wir rein«, beschloss Bülent, »und du hältst dich immer schön hinter mir. Verstanden?«

Astrid grummelte etwas, was er nicht verstand.

»Also dann. Eins, zwei …«

Schon hatte Astrid die Tür aufgerissen und war drin. Dieses Weib. Er hatte fast vergessen, wie wunderbar eigensinnig sie sein konnte. Er selbst konnte jetzt gerade noch einer Vase ausweichen, die im Tiefflug direkt auf seine Visage zusegelte.

Überhaupt sah es in den Räumen der Bremsnagels aus, als wäre ein Orkan über sie hinweggefegt. Es war dann aber doch nur Oxana, die quicklebendig vor sich hin wütete. Sie war in jenem Augenblick das, was man wohl landläufig als Furie bezeichnen würde. Der ganze schöne Parkettboden war übersät mit Scherben. Hätte man es nicht besser gewusst, man hätte meinen können, hier würde ein ausschweifender Polterabend gefeiert.

Die Russin stand in der Küche hinter der Theke und hatte sich das Essgeschirr vorgenommen. Spaghettiteller, Suppenteller – ohne Gnade schmiss sie alles gegen die vormals hübsch tapezierte Wand. Dabei stöhnte sie herrlich aggressiv, wie Monica Seles in ihren besten Zeiten auf dem Tennisplatz.

Bremsi selbst entdeckten die Ermittler unter dem Esszimmertisch, wo er zusammengekauert vor sich hin vibrierte. Sein Gesicht von Rotz und Tränen verschmiert.

»Helft mir!«, japste er, als er Astrid und Bülent erblickte. »Die will mich umbringen!«

Na, wer da wohl wem zuerst an den Kragen gewollt hatte? Bülents Mitleid hielt sich jedenfalls in Grenzen.

Oxana, die zuletzt eine Suppenschüssel zerschmettert hatte, hielt schwer atmend in ihrem Treiben inne. Sie sah aus wie eine Wildkatze. Überhaupt nicht mehr perfekt und gerade deswegen absolut perfekt. Ihre Löwenmähne hatte sie zu einem lässigen Dutt zusammengeknotet, aus dem zahlreiche Haarsträhnen gen Freiheit rockten. Ihre Augen waren dunkel vor Zorn. Sie funkelten gefährlich und unheimlich sexy.

»Ihr braucht gar nicht helfe, diese Bastard von eine Mann hat mich betrogen mit Lehrerin, und jetzt winselt wie eine kaputte Lada.«

Sie ging zu einem Wandschrank und öffnete ihn.

Bülent erkannte darin eine Sammlung unterschiedlichster Reitgerten, die fein säuberlich aufgereiht und garantiert noch nie mit einem Pferdehintern in Berührung gekommen waren. Mit anderen Ärschen sicherlich.

Oxana entschied sich nach kurzem Überlegen für ein besonders luxuriös wirkendes Exemplar von Gerte.

»Ist von Hermès. Zundet richtig«, lieferte sie eine Erklärung in Bülents Richtung.

»Hab ich geschenkt ihm.« Angewidert deutete sie auf ihren Mann, der wie ein verhuschtes Huhn unter dem Tisch hervorglotzte. »Komm schon raus, ich schlagen dir weich wie Windel. Das magst du doch.«

Drohend schwang die Russin die Gerte durch die Luft.

Das daraus resultierende Geräusch jagte Bülent gleich mal eine Gänsehaut über den Rücken. Er würde diese Art von Liebesspiel nie verstehen.

»Augensternler, bitte, ich flehe dich an, sei wieder lieb. Mir tut alles so leid, glaub mir«, jaulte es unter dem Tisch hervor.

»Mir tut auch leid, dass ich meine wunderhübsch Körper geschenkt hab dir«, zischte das aufgebrachte Eheweib und stocherte mit der Gerte auf ihn ein. »Komm raus da und sei Mann.«

Astrid trat vorsichtig einen Schritt auf die Russin zu und berührte sie sanft am Arm.

»Lassen Sie es gut sein, Oxana, es ist vorbei.«

Der Angesprochenen traten die Tränen in die Augen.

»Er war meine große Liebe. Wirkli. Ist nix schöner Mann, aber hat mich getrage lange auf Hände, und dann nix mehr.« Die Wut waberte erneut in ihr auf. »Lieber hat gefickt diese … diese Monsterweib.«

Sie knallte die Gerte derart zuntig auf den Glastisch, dass selbst Bülent einen leichten Zuckerer machte und die Mandarinen in der Schale kurz Pogo tanzten.

Die Russin seufzte. »Aber stimmt. Er nicht wert, dass ich vergesse mich selbst.« Oxana reichte Astrid das elegante Lederstück. »Morgen ich geh zu Anwalt und reiche Scheidung ein«, verkündete sie kühl. »Und dann du wirst zahle.«

Bremsi sah seine Angetraute aus seinem selbst gewählten Exil heraus bestürzt an.

»Aber Augensternler, mir zwei könnten es doch noch mal probieren miteinander. Denk an unsere Alenka, und außerdem, was wär ich denn ohne dich«, salbte es aus seinem Mund.

Bülent glaubte sich verhört zu haben. Da plante einer Mordanschläge auf seine Frau und bettelte allen Ernstes um ein Wiederaufleben der Beziehung.

»Sind Sie eigentlich noch ganz gesund?« Astrid sah reichlich konsterniert aus der Wäsche. »Sie haben innerhalb kürzester Zeit zweimal versucht, Ihre Frau umzubringen, und wollen jetzt von ihr eine zweite Chance? Geht's noch!«

Die Stimme von Sunshinechen überschlug sich fast. Sie packte

Bremsnagel am Kragen und zerrte ihn mit einer Vehemenz halb unter dem Tisch hervor, dass Bülent Angst hatte, sie würde sich einen Hexenschuss einfangen.

Selbst Oxana sah jetzt etwas betreten aus der Wäsche.

»Ähm, so nicht war. Er ist Arsch, ja, hat gemacht scheiß Bungabunga mit diese Hure, aber er wollt mich nix machen kaputt.«

Bremsi lächelte seine Ehefrau dankbar an. »Danke, Augensternler.«

»Ach, halt die Fresse«, zündete sie zurück.

»Jetzt mal ganz langsam.« Bülent hatte Mühe, das eben Gehörte zu verarbeiten. »Ich habe gerade eben in der Bank selber gehört, was du gesagt hast. Du hast gesagt – O-Ton: Jetzt gehört sie der Katz. Das war eindeutig eine Drohung. Mal von den vergifteten Pralinen ganz abgesehen.«

Fidelius seufzte und wuchtete sich stöhnend endgültig unter dem Tisch hervor. Ächzend brachte er sich zurück in die Horizontale, wobei er ausreichend Sicherheitsabstand zwischen sich und Oxana hielt.

»Es ging gerade nicht um die Oxana, Rambichler«, sagte er mit müder Stimme. »Es ging um meine Mutter. Hätte die nämlich ned Herrgott g'spielt, wäre es gar ned so weit gekommen.«

Jetzt war der Zeitpunkt gekommen, wo Bülent überhaupt nichts mehr verstand.

Astrid schien es genauso zu gehen. »Wie meinen Sie das, Herr Bremsnagel?«, fragte sie.

»Oma wollt mich machen kaputt mit Gift«, erzählte Oxana locker, als ob sie von ihrem letzten Urlaubsabenteuer berichtete. »Hat aber erwischt leider die andere.« Der Sarkasmus in ihrer Stimme war nicht zu überhören. »Mein Mann hat mir erzählt alles. Hat mich gemacht sehr wütend.«

Ja, das war wahrlich nicht zu übersehen. Anscheinend zählte ein Mordversuch der Oma in Russland weniger schwer als ein Ehebruch. Zumindest schien dieses Thema Oxana weit weniger zu tangieren.

Aber konnte das wirklich alles stimmen, oder war dieser Mann da vor ihnen ein gnadenloser Lügner, der nicht davor zurückscheute, seine achtzigjährige Mutter statt seiner an den Pranger zu stellen?

»Etz schau ned so, Rambichler, des stimmt schon, was wir dir sagen.« Bremsi fuhr sich mit der Hand über das schweißnasse Gesicht. »Die Pralinen hat mir meine Mutter geben, damit ich was für die Oxana zum Hochzeitstag hab. Ich hab mich schon gewundert, warum sie da plötzlich so aufmerksam ist. Sie war eigentlich immer gegen die Oxana. Aber ich hab ned viel darüber nachgedacht, ich war einfach bloß froh, dass ich ned mit leeren Händen dastand. Des hätt bloß wieder Ärger geben. Wobei, den hat's so auch geben.«

Ängstlich sah er zu seiner Frau, die nahm seine Worte gelassen hin.

»Jetzt ist die Gertrude tot, und ich bin irgendwie schuld daran.« Er schluchzte auf.

»Schlampe ist selber schuld, wenn sie erst klaut und dann frisst alle auf einmal«, entgegnete Oxana wenig mitfühlend.

Bülent hatte so weit verstanden, auch wenn ihn die rasante Wendung in diesem Fall ein wenig aus dem Konzept brachte.

»Astrid, Bülent, kommt's mal schnell. Des müsst ihr euch ansehen«, ertönte die aufgeregte Stimme von Franz von unten zu ihnen ans Ohr.

Um Gottes willen, hoffentlich war der Geiger nicht auf die ermordete Genoveva gestoßen, die mittels eines Brieföffners ins Jenseits befördert worden war.

»Mei Mutter ist ned tot. Sie war gar ned da«, informierte Bremsi ihn, der anscheinend Bülents sorgenvollen Blick richtig gedeutet hatte. »Außerdem hätt ich des eh ned übers Herz gebracht. Sie ist immer noch meine Mutter, auch wenn ich das nie wirklich g'spürt hab, weils seit dem Tod von der Elisabeth, meiner Schwester, da herin selber nix mehr g'spürt hat.« Er klopfte sich mit der flachen Hand auf sein Herz. »Heut hätte sie Geburtstag g'habt, mei Schwester. Da ist meine Mutter immer besonders schräg drauf. Also noch schlimmer als sonst.«

Tatsächlich berührten Bülent Bremsis Worte. Das war wohl das erste Mal, seit er ihn kannte, dass er ihm tatsächlich mal zugehört hatte, und es war beschämend für ihn, dass er so wenig darauf geschaut hatte, was wirklich hinter diesem verqueren Kerl stand. In Zukunft, das nahm sich Bülent fest vor, würde er niemanden mehr nach seinem Verhalten bewerten, weil man nie wissen konnte, was für eine Geschichte dahintersteckte.

»Du hast von mir bekommen so viel Liebe und tauschst mich gegen Frau, die ist wie dein Mutter. Du hast wirklich Problem.«

Aus Oxanas Haltung sprach kein Groll mehr, sondern traurige Erkenntnis.

Bremsi zuckte resigniert mit den Achseln. »Schaut so aus.«

In diesem Moment polterte Geiger zur Tür herein.

»Menschenskind, wo bleibts denn. Ich hab was rausgefunden«, fieberte es aufgeregt aus ihm heraus. »Mir war so fad da unten, und Gras hab ich auch keins mehr g'habt, da hab ich mich halt ein wenig umgesehen. Ihr glaubt's nicht, was mir da aus der Genoveva ihren Schränken alles entgegenpurzelt ist.«

Er machte eine künstlerische Pause, um die Spannung zu erhöhen, die freilich gar nicht mehr da war.

»Lass mich raten«, sagte Bülent. »Alles, was man dazu braucht, um giftige Pralinen herzustellen.«

Dem Geiger fiel die Kinnlade herunter. »Rambichler, warum weißt du des?«

Die Enttäuschung über seinen verpatzten Auftritt war ihm schwer anzumerken.

»Ich bin einfach ein guter Ermittler und hab den siebten Sinn«, gab Bülent trocken zurück.

»Lass dich nicht verarschen, Franz. Er hat uns gesagt, was Sache ist.«

Astrid deutete auf Bremsi, der wie ein Häuflein Elend auf der Couch saß und von Oxana liebevoll am Kopf gekrault wurde. Verstehe einer die Frauen.

»Aber ihr könnt's ja trotzdem mit runterkommen und euch anschaun, was ich noch entdeckt habe«, bellte der Geiger leicht verschnupft. »Beweismittelsicherung sozusagen.«

Sie taten ihm den Gefallen und stiegen gemeinschaftlich die Treppe hinab in Genovevas düsteres Kabinett. Hier schien die Zeit stillzustehen. Bülent kam sich zwecks der Einrichtung beinahe vor wie in einem Bauernmuseum. Und zwar in einem wenig einladenden.

Sie versammelten sich alle in Genovevas Küche, die zumindest ein wenig Heimeligkeit ausströmte. Zwar war es arschkalt, weil der antiquierte Wamsler nicht angeheizt war, aber man spürte hier drinnen zumindest einen Hauch von Lebendigkeit.

Wahrscheinlich handelte es sich um die kindliche Energie von Alenka, die zumindest ab und an ein wenig das Dunkel vertrieb. Man konnte es Genoveva nicht verdenken, dass sie sich so dermaßen an die Kleine klammerte. Sie war wie eine einzelne bunte Blume in einer sonst kargen und trostlosen Landschaft.

Selbst Jesus, der an einem dunklen Holzkreuz über der zerschlissenen Eckbank sein Dasein fristete, hatte nichts Tröstendes an sich. Er wirkte geradezu bedrohlich, wie er da so leidend auf sie herabblickte.

Bülent hatte nicht vor, länger als nötig hier zu verweilen. Der leichte Schauder, der ihn seit Betreten von Genovevas Wohnung erfasst hatte, wollte gar nicht verschwinden. Außerdem rumorte irgendetwas ganz hinten in seinem Hirn. Irgendetwas furchtbar Wichtiges, aber es wollte einfach noch nicht an die Oberfläche.

»Also Franz, dann zeig mal, was hast«, trieb er seinen Freund an.

Der deutete stolz auf den alten Holzküchentisch, auf dessen verschrammter Tischplatte er fein säuberlich seine Schätze drapiert hatte: eine Silikon-Herzchenform für die Herstellung von Schokopralinen, leere Zellophanverpackungen, die jener, in der sich die kleinen Giftbomben befanden, aufs Arschlecken glich, sowie ein Buch über tödliche Pflanzengifte.

Das eigentliche Highlight waren allerdings vier leere Nagellackflaschen. Farbton: Kate-Moss-Rot.

»Sie hat genommen und alles leer gemacht. Ist nix billig.«

Fassungslos starrte Oxana auf die Fläschchen, aus denen kein Tropfen Lack mehr floss.

Zumindest war das Rätsel um die Schmierereien in Gertrudes Schlafzimmer nun ebenfalls gelöst.

Kein schlechter Move von Genoveva, überlegte Bülent. Damit hatte sie gekonnt die Spur auf ihre Schwiegertochter gelenkt. Zumindest für einen kurzen Moment. Was aber auch hieß, dass die Alte von dem Verhältnis ihres Sohnes mit der Lehrerin gewusst haben musste.

»Sag mal«, wandte sich Bülent an den Bremsnagel, »hast du deiner Mutter von deinem Techtelmechtel mit der Funsenederin erzählt?«

Der Befragte schnaubte abfällig. »Was heißt erzählt, rauspresst hat sie es aus mir. Kaum warts ihr weg, hats mich in die Mangel genommen. Blöd is' ja ned. Die spannt alles. Enterben wollts mich, wenn ich ihr nicht sag, warum ihr da wart.«

Mit einer derartigen Drohung bringt man so manches Vögerl zum Zwitschern.

Die Beweise gegen Genoveva waren eindeutig, es fehlte nur noch das Gift.

»Habt ihr Eiben im Garten?«, setzte Bülent die Befragung fort.

Fidelius erschien ihm mittlerweile mental schwer am Anschlag zu sein. Sein kalkiges Gesicht war von ungesunden rötlichen Flechten übersät und wirkte noch zusammengesunkener als sonst. Kein Wunder, seine ganze private Welt war ein einziger großer Scherbenhaufen.

»Was, was sollen wir haben?«, kam es irritiert zurück.

»Ob ihr Eiben auf eurem Grundstück habt, will ich wissen«, wiederholte Bülent geduldig seine Frage. »Die Pralinen wurden nämlich mit kandierten Eibenkernen und -nadeln präpariert.«

Bremsi verzog entsetzt sein Gesicht.

Oxana wiederum ließ einen anerkennenden Pfiff vernehmen. »Deine Mutter gerissen wie russische Geheimdienst.«

Bremsi atmete schwer. Die ganze Sache schien ihn körperlich an seine Grenzen zu bringen.

»Wir haben keine Eiben im Garten«, sagte er. »Aber des heißt nix. Wenn sich meine Mutter was einbildet, dann zieht sie es auch durch. Gnadenlos. Wie die Sach mit meinem Vadder. Sie hat ihm nie verziehen, dass er den Baum g'fällt hat. Dabei hat er nix dafür könnt. Es war ein Unglück. Aber sie hat ihm täglich des Leben zur Hölle g'macht, bis er keine Lust mehr g'habt hat. Dann hab ich niemanden mehr g'habt.«

In seinen Augenwinkeln sammelten sich Tränen.

»Ich leg mich etz hin, und wenn ich wieder aufwach, hoff ich, dass das alles nur ein böser Traum war.«

Langsam schlurfte er aus der Küche. Oxana sah ihm nachdenklich hinterher.

»Man kann nur habe Mitleid mit diese Mann.« Sie straffte die Schultern. »Aber Mitleid ist nix Liebe. Ich pack Koffer und nehme mir Zimmer bei Wirt für Alenka und mich. Hier kann ich nix bleiben.«

Das verstand Bülent nur zu gut, aber ob es eine gute Idee war, sich ausgerechnet bei der dörflichen Wirtsfamilie einzuquartieren? Die Krapfenbergers waren jetzt nicht unbedingt für ihre Diskretion und ihr Einfühlungsvermögen bekannt. Sobald sie einen Vorteil aus einer Sache schlagen konnten, würden sie es tun.

»Wo ist Alenka überhaupt?«, fragte Astrid unbedarft und löste damit einen Erdrutsch in Bülents Gehirn aus.

Jetzt wusste er wieder, was es war, was ihm da so vehement gegen die Hirnrinde pochte.

»Ich glaube«, flüsterte er, »Alenka ist bei Genoveva.«

Oxana gab einen erstickten Laut von sich.

Und dann fielen ihm die Worte wieder ein, die die alte Bremsnagel in seiner Anwesenheit zu ihrer Enkeltochter gesagt hatte: »Komm, mein Spätzchen, die Omama kocht uns einen feinen Griesbrei, und danach gehen wir beide zur Elisabeth.«

# KAPITEL 19

## *Candle in the Wind*

Lady und Gaga mümmelten gemütlich vor sich hin und ließen sich überhaupt nicht von dem nervösen Treiben um sie herum aus der Ruhe bringen. Im Gegenteil, sie streckten den drei Menschen, die da aufgeregt um sie herumwuselten, sogar demonstrativ ihr Hinterteil durch das Stallgitter entgegen.

Franz, Astrid und Bülent hatten den gesamten Bremsnagelschen Hof auseinandergenommen in der Hoffnung, Alenka hier zu finden. Leider Fehlanzeige.

»Vor dem Hasenstall habe ich Genoveva und Alenka das letzte Mal gesehen«, teilte Bülent den anderen beiden mit.

Er dachte an die Kinderschoki, die er der Kleinen versprochen hatte. Hoffentlich konnte er sie ihr irgendwann persönlich geben. Auf alle Fälle würde er niemals wieder etwas auf die lange Bank schieben, und sollte er jemals Kinder haben, dann würde er sie keinesfalls mit dem verflixten Wörtchen »gleich« drangsalieren.

»Meint ihr wirklich, die Alte würde ihrer Enkeltochter etwas antun?« Astrids Gesicht verriet Zweifel. »Ich kann mir das überhaupt nicht vorstellen. Eine Oma macht so was doch nicht.«

Franz zuckte mit den Achseln. »Da steckst ned drin. Wer weiß, was sich da über die Jahre in der Genoveva ihrem verqueren Hirn alles zusammengebraut hat. Sie wollt die Frau von ihrem Sohn umbringen, da gehört schon was dazu.« Er stierte nachdenklich in die Luft. »Also, ich kann mir schon vorstellen, dass viele Schwiegermütter ähnlich denken, wenns ihre Schwiegertöchter anschaun, aber machen ist halt was anderes«, sinnierte sich der Geiger ins Thema hinein.

Bülent winkte ungeduldig ab.

»Jetzt hört auf. Mutmaßungen bringen uns nicht weiter. Wir müssen die zwei einfach finden.« Er spürte Astrids sanften Blick auf sich ruhen.

»Büli, das werden wir auch. Aber ich denke, wir sollten unbedingt Verstärkung anfordern.«

Er wusste, dass ihr Vorschlag vernünftig war, dass es sogar seine dienstliche Pflicht wäre, wenn er nicht grob fahrlässig handeln wollte, aber sein Gefühl sagte ihm, dass sie erst einmal unter sich bleiben sollten. Er wollte kein übermäßiges Polizeiaufgebot hier haben.

Er war nie ein Vorzeigebulle gewesen. War jahrelang jedem Mordfall erfolgreich aus dem Weg gegangen und hatte sich bei der Aufklärung der letzten zwei Fälle auch nicht unbedingt mit Ruhm bekleckert.

Es schien ihm, als würde ihm das Schicksal gerade jetzt einen Arschtritt verpassen. Als wollte es, dass er sich endlich aus seiner selbst gewählten Komfortzone herauskatapultierte. Dann soll es auch so sein.

Das hier war eine Strunzheimer Geschichte, und er als ehemaliger Strunzheimer würde sie zu Ende bringen.

»Wir müssen noch mal mit Bremsi und Oxana reden, vielleicht haben die eine Idee, wo Genoveva sein könnte«, sagte er, ohne auf Astrids vorherigen Einwand einzugehen.

Diese wechselte einen raschen Blick mit Franz.

Sicherlich war der Geiger ebenfalls ihrer Meinung, aber Bülent wusste, dass der im Zweifel immer an seiner Seite blieb und jede Entscheidung mittrug.

»Gut, dann rocken mir drei des halt allein«, kam es wie zur Bestätigung aus dem Geigerischen Mund. »Gehts ihr zwei zu den Bremsnagels, ich schau mich noch einmal in der Genoveva ihrer Dunkelkammer um, vielleicht find sich da irgendetwas, was uns weiterhelfen könnt.«

Astrid und Bülent fanden das Ehepaar Bremsnagel in unterschiedlichen Bewusstseinsstadien vor. Während der Herr des Hauses wie paralysiert auf der Couch saß und gegen die Wand starrte, war Oxana einem wahren Putzrausch verfallen. In der Wohnung roch es, als wäre ein Chemielaster ausgelaufen.

»Ich muss putze, damit ich nicht wahnsinnig werde oder mache kaputt ihn.« Sie deutete mit ihrem gummibehandschuhten Finger auf ihren Ehemann. »Saufe is auch keine Lösung, aber kapiert nix.«

Bülent bewunderte die Russin für ihre innere Stärke. Selbst in diesem Moment bewahrte sie eine gewisse Art von Ruhe und glaubte an ein gutes Ende. Dabei hatte Oxana wahrscheinlich im Laufe ihres Lebens Dinge erlebt, die einen ganzen Roman füllen würden. Und er nahm an, das meiste davon war nicht heidideidi wunderschön.

Bremsi dagegen bot einen äußerst jämmerlichen Anblick. Hin und wieder nippte er an seinem Glas, hockte aber ansonsten bewegungsunfähig auf der Couch und wehleidigte vor sich hin. Denn das war offensichtlich – Bremsi verging sich in Selbstmitleid.

»Dieser Mann hat nur eins gut gemacht für mich …«, erklärte Oxana und schluckte tapfer ihren aufkommenden Schmerz hinunter. »Meine Alenka-Schatz.«

Bremsi hob schwerfällig seinen Kopf. »Das ist immerhin auch meine Tochter«, erwiderte er. Wobei seine Zunge schon auffällig Schlagseite hatte.

»Dann such und sitz nicht rum wie tote Walfisch.« Oxana schmiss ihm den Putzlappen ins Gesicht.

Astrid nahm die Russin in den Arm. »Es ist besser, Sie beide bleiben hier, falls Alenka nach Hause kommt. Wenn nicht, finden wir sie. Versprochen!«

Oxanas Augen glitzerten feucht. Sie umarmte Astrid.

»Danke. Ich vertrau euch, und ich bin sicher, meine Mädchen geht gut. Genoveva liebt Alenka über die Welt und würde ihr nix tun. Ich spür das.«

Von der Couch her klang ein tiefes Seufzen. »Wenn's um mich ging, hat meine Mutter nie was g'spürt«, sagte Bremsi und leerte sein Glas mit einem Schluck. »Wahrscheinlich wollts nie einen Sohn haben.«

Bülent hätte ihm gerne gesagt, dass er seine Vergangenheit nicht mehr würde ändern können, lediglich seine Gedanken und Gefühle darüber. Dass es um das Jetzt ging und vor allem um seine Tochter. Aber es war weder der richtige Moment dazu, noch war er ein ausgebildeter Coach.

»Bremsi, du hast gesagt, deine Schwester hätte heute Geburtstag g'habt«, sagte er stattdessen.

»Ja, warum?«, bestätigte Bremsi Bülents Worte.

»Macht deine Mutter an dem Tag irgendetwas Besonderes? Geht sie wohin? Trifft sie wen?« Bülent hing fast an Bremsis Lippen.

Vielleicht gab es jetzt den entscheidenden Hinweis zum Verbleib von Oma und Enkeltochter.

»In die Kirch zum Beichten geht's, und danach hockt sie sich auf den Friedhof und plärrt stundenlang auf des Grab von der Elisabeth ein. Mei arme Schwester.«

»Das hättest du uns auch mal früher sagen können.« Bülents Blick war scharf auf Bremsnagel gerichtet, der sich ängstlich tiefer in der Couch vergrub.

»Hast mich ja nicht gefragt, Rambichler«, flüsterte er schuldbewusst und wusste wohl selbst, wie dumm seine Antwort war.

»Er ist so schwache Mann«, klang es dumpf aus dem amerikanischen Riesenteil von Kühlschrank, in dessen Innerem Oxana mittlerweile komplett verschwunden war und alles in Grund und Boden schrubbte.

Wie recht sie hatte. Bremsi fehlte es definitiv an innerer Größe, was er wohl leidlich mit seiner Stelle als Leiter der Sparkasse Strunzheim zu kompensieren versuchte. Arme Sau, dachte Bülent.

»Komm schon, wir müssen«, unterbrach Astrid seine Gedanken und zog an seinem Arm.

»Bringts mir unsere Alenka gesund wieder«, rief Bremsnagel ihnen hinterher. »Und meine Mutter auch«, fügte er leise hinzu.

Sie trafen Franz vor dem Haus, der dort auf sie gewartet hatte. Seine Miene verriet Bülent, dass eine weitere Durchsuchung von Genovevas Räumen keinerlei neue Erkenntnisse gebracht hatte.

»Hab leider nix mehr g'funden«, bestätigte der Geiger dann auch seine Vermutung.

»Die Genoveva ist eigentlich eine wandelnde Tote«, erklärte er mit Grabesstimme.

Bülent wurde es inwendig ganz kalt. Hoffentlich hatten sie Glück und trafen die Alte mit einer quietschvergnügten Alenka am Friedhof an.

Aber natürlich wäre das zu einfach gewesen. Der überschaubare Strunzheimer Gottesacker war menschenleer. Alle Gräber jedoch wie immer tipptopp gepflegt.

Gott sei Dank wusste Franz von manch einem friedhöflichen Sit-in an Allerheiligen – in Fachkreisen gerne auch Graberralley genannt –, wo das Bremsnagelsche Grab zu finden war. Außer einem einsamen, brennenden Grablicht war dort aber nix los.

»Verdammt«, brach es ungewohnt heftig aus Bülent heraus, dabei fiel sein Blick auf eine stattliche Eibe, die unweit vom Grab in die Höhe schoss.

Wenn das nicht der Quell der Inspiration für Genovevas mörderischen Plan gewesen war. Er war sich fast sicher, dass die Alte hier die todbringende Ernte eingefahren hat.

Aber das war ihm im Moment eigentlich völlig wurscht.

»Hello?«, singsangte plötzlich jemand.

Der Strunzheimer Priester hatte sich unbemerkt neben die drei geschoben und wackelte freundlich mit seinem Kopf.

Als wenn Hals und Schädel mit einer Feder verbunden wären, dachte Bülent.

»Was machen Sie hier?«, slangte der Inder heraus.

»Wir sind von der Polizei«, erwiderte Astrid kühl. »Und Sie?«

Lächelnd entblößte er seine strahlend weißen Zähne. »O sorry. Ich bin der Fahrer.«

Astrid sah ihn verwirrt an. »Fahrer, was für ein Fahrer?«

Wäre die Situation eine andere, hätte Bülent wahrscheinlich laut herausgelacht.

»Nein, nicht Fahrer, der Fahrer«, wiederholte der Inder seine Worte mit Nachdruck.

Anscheinend bereitete dem asiatischen Geistlichen die korrekte Aussprache seiner Berufsbezeichnung etwas Probleme.

»Des is unser Pfarrer«, half Franz nach.

Astrid schoss eine leichte Röte ins Gesicht.

»Oh, ähm, ja, ach so«, stammelte sie hilflos und so was von süß.

»Haben Sie die alte Frau Bremsnagel gesehen?«, übernahm Bülent den Part des Redners.

Der Geistliche schüttelte auf die Frage des Hauptkommissars

hin heftig den Kopf. Fröhlich sah er auf einmal auch nicht mehr aus.

»Sorry, I have to go«, murmelte er.

Eiligen Schrittes dackelte er durch die Gräberreihen davon.

»Hey, warten Sie mal«, schrie Astrid ihm hinterher.

Er wandte sich zu ihr um. »Look for the place where her soul found peace«, philosophierte er ihr entgegen und wetzte dann rasanten Schrittes davon.

»Was war das denn jetzt?« Perplex starrte Astrid dem Pfarrer nach. »Der weiß irgendetwas«, überlegte sie.

»Logisch weiß er was. Er ist der Pfarrer, er weiß alles«, erwiderte Franz.

»Aber er wird dir nix sagen, Frau Kommissarin.«

Astrid sah ihn fragend an.

»Schon mal was von Beichtgeheimnis gehört?«

»Ach verdammt.« Sie haute sich mit der flachen Hand auf die Stirn und ließ dann resigniert den Kopf sinken.

»Tu dir ned weh«, bat Franz sie grinsend und fläzte sich lässig auf die steinerne Marmorumrandung des Grabes. »Außerdem hat er uns schon was gesagt, was ziemlich Wichtiges sogar.«

Bülent hatte null Ahnung, auf was sein Freund hinauswollte.

»Denkt doch mal nach. Was hat er zu dir gesagt, bevor er die Biege gemacht hat?«

Astrid zog nachdenklich ihre Stirn kraus. »Wir sollen den Ort finden, wo ihre Seele Frieden findet.«

Franz klatschte in die Hände. »Na, dämmert's?«

Bei Bülent dämmerte es nicht, es war stockdunkle Nacht in seinem Oberstübchen.

»Kannst du uns mal verraten, was du meinst?«, frotzelte er seinen Freund ungeduldig an, während Astrid anscheinend ein Licht aufging. Zumindest strahlte sie wie ein Honigkuchenpferd.

»Ich glaub, ich weiß, was du meinst, Franz«, jubilierte sie. »Genovevas Seele findet dort Ruhe, wo sie der Seele ihrer Tochter am nächsten ist.«

»Etz hat sie es«, gab Franz seine Zustimmung.

»Aber dann wäre sie doch hier.« Bülent fand seinen Einwand mehr als berechtigt.

»Hier ist ja nicht da, wo es ist«, erklärte Franz kryptisch.

»Nein, hier ist nicht da«, stimmte Astrid ihm genauso abstrakt zu.

Bülent hatte langsam genug von der ganzen Show.

»Ey, lasst mich nicht dumm sterben«, bat er.

Franz sah ihn mitleidig an. »Also gut, pass auf, damit du was lernst«, gab er sich oberlehrerhaft. »Die Elisabeth ist im Wald g'storben, in den Armen ihrer Mutter. Da waren sie sich das letzte Mal ganz nah. Da ist die Seele von der Elisabeth aus dem Körper g'wichen. Des hier …«, er deutete auf das Grab, »… ist doch nur eine Ersatzbehausung für die Gebeine. Wenn mich also ned alles täuscht, ist die Genoveva mit der Alenka an der Stell, wo das Unglück passiert ist, und genau des wollt uns der Herr Pfarrer durch die indische Blume sagen«, beendete Franz seine Ausführungen.

Das machte Sinn, das machte sogar immens viel Sinn.

Bülent spürte, wie neue Energie seine Körper durchströmte. Ein Prickeln, das ihn immer dann erfasste, wenn Sachen sich in die richtige Richtung fügten.

»Weißt du denn, wo der Wald von den Bremsnagels ist oder überhaupt die Unglücksstelle?«

Franz schüttelte den Kopf. »Ich nicht«, antwortete er verschwörerisch, »aber ich kenn da zwei alte Haudegen, die uns garantiert weiterhelfen können.«

Sie trafen die Walder-Zwillinge im Geigerischen Wohnzimmer, wo sie sich ihrem täglichen Workout hingaben. Dazu hatten sie sich extra zwei Expander aus alten hautfarbenen Feinstrumpfhosen gebastelt, mit denen sie zu anheizender Heavy-Metal-Musik ihre Pomuskulatur trainierten. Im Faltenrock, versteht sich. Dabei mimte Erna den Instructor – was sonst – und peitschte ihre Schwester verbal zu Höchstleistungen an. Traudl hing schon merklich in den Seilen, aber Gnade gab es freilich keine.

Wie hielt Franz es nur mit den beiden aus? Bülent würde es nie verstehen.

»Findst du auch mal wieder heim?«, knatterte Erna dem Geiger missbilligend ins Gesicht, als die Übung ihr abruptes Ende mit Traudls prustendem Zusammenbruch fand.

»Mir haben dir extra Pasta Schutta kocht«, schnaufte der jüngere Zwilling ebenfalls wenig freundlich auf den Mitbewohner ein.

»Echt?! Ach schad. Aber ich ess einfach später«, versuchte Franz gut Wetter zu machen.

»Des glaub ich ned«, erwiderte Erna trocken. »Die hat nämlich den ganzen Topf g'fressen und ein Pfund Parmesan dazu.« Sie deutete auf ihre Schwester. »Und etz jammerts wieder, weil die Hosn spannt.«

Traudl verzog beleidigt ihr Gesicht. »Ich hab halt Kummer, da muss ich essen«, erklärte sie. »Des war schon immer so.«

Unglaublich spannend. Bülent wurde langsam nervös, aber er wusste auch, dass man bei den Walders mit Drängeln nicht weiterkam, da wurden sie bockig, und im Zweifel sagten sie gar nichts mehr.

»Wir brauchen eure Hilfe«, brachte Astrid die Sache dann dennoch schnell auf den Punkt.

Erna witterte natürlich gleich Morgenluft. »So, aha«, spitzte es aus ihr heraus.

»Aha«, echote Traudl hinterher, nachdem sie einen kräftigen Schluck aus einer Dose Red Bull geschlürft hatte.

»Ihr wisst doch bestimmt, wo der Wald von den Bremsnagels ist«, mischte sich Bülent mit ein, weil ihm das alles ein wenig zu lange dauerte.

»Also wenn nicht ihr, wer dann«, jubelte Astrid einen Schleimhaufen heraus. Der verfehlte seine Wirkung nicht.

»Ja, freilich wissen mir des«, tönte Erna im Brustton der Überzeugung. »Der is hintennaus, bei der Hundsnadler Christa ihrem Kartoffelacker vorbei.«

Ihre Augen blitzten listig. »Sucht's ihr am End des Marterl von der Elisabeth, des da steht, wo des Unglück passiert ist?«

»Genau das«, bestätigte Franz die Vermutung der gewieften Walderin.

Sonderbar, dass der Bremsi nichts von dem Ort gewusst hat, dachte Bülent. Aber wahrscheinlich war die Trauer von Genoveva ihrer Meinung nach allein ihre Angelegenheit. Dabei hatte ein Bruder auch seine Schwester verloren.

»Könnts ihr uns sagen, wie wir da hinkommen?«, fragte er.

Erna verschränkte die Arme vor der Brust. »Sagen nicht, aber zeigen.«

War klar, dass die Walderin eine Sensation witterte, und die wollte sie sich nicht ums Verrecken entgehen lassen.

Wohl oder übel mussten sie also in den sauren Apfel beißen und die Walders mit an Bord nehmen, beziehungsweise eigentlich war es eher umgekehrt. Denn Erna ließ ganz klar niemand anders mehr ans Steuer ihrer Ape-Rumpel als sich selbst, und Traudl wie immer obligatorisch neben ihr. Bülent, Astrid und Franz mussten zusammengequetscht auf der Ladefläche Platz nehmen. Die Befürchtung lag nahe, dass der kleine italienische Flitzer bei so viel Gewicht alle drei Reifen von sich strecken würde.

»Schau, etz hast dei Verstärkung.« Franz grinste Astrid an. »Ich schwör dir, die zwei sind g'wiefter als SEK und GSG 9 zusammen.«

Bülent wollte einfach nur eins – diesen Höllentrip überleben.

Sie rumpelten über Stock und Stein, rasten Feldwege entlang und nahmen so gut wie jede Wurzel mit, die sich ihnen in den Weg stellte. Bestenfalls hätte er hinterher nur ein leichtes Schleudertrauma, im schlimmsten Fall einen irreparablen Bandscheibenvorfall.

Auch Sunshinechen war ganz grün im Gesicht und klammerte sich an ihm fest. Was wieder bewies: Die Umstände konnten noch so widrig sein, es gab ihn immer, den kleinen Lichtblick am Ende des Tunnels.

Plötzlich war die wilde Fahrt zu Ende. Sie hatten überlebt, auch wenn keine Knochen mehr an ihrem Platz zu sein schienen.

Erna war ausgestiegen und deutete in Richtung einer kleinen Waldlichtung.

»Dahinten, da is die Stell«, erklärte sie. »Da müssts etz aber allein hinfinden.«

Diese Aussage verwunderte Bülent. Normalerweise war die Neugier der Zwillinge definitiv größer als ihre Zurückhaltung.

»Die Elisabeth wandelt da nämlich rum und schreit nach ihrer Mutter«, zitterte Traudl mit belegter Stimme aus dem Auto heraus. »Die find einfach keinen Frieden nicht.«

Bülent schluckte. Derartige Geschichten fand er seit jeher nicht hörenswert. Reichte schon, dass sein Vater ihm als Kind immer weismachen wollte, dass draußen der Nachtgiger auf ihn wartete, wenn er nicht brav wäre. Hatte zur Folge, dass Bülent jedes Mal, wenn er in den dunklen Keller musste, um Getränke zu holen, vor Angst fast Pipi in der Hose hatte. – Wobei man das »fast« fast immer streichen konnte.

»Danke für eure Hilfe. Was täten wir nur ohne euch.« Astrid tätschelte Erna freundschaftlich den Arm.

Diese ergriff Astrids Hand. »Bist uns ned bös, wenn mir ned mitkommen, gell?«

Eine kleinlaute Walderin, wo gab es denn so was?

Plötzlich ertönten wie aus dem Nichts unfassbar schaurige Laute durch den Wald. Es schien, als würden sich selbst die Kiefern davor grausen. Ihre Wipfel bogen sich definitiv weg von der Richtung, aus der die Geräusche zu ihnen herüberdrangen.

Der Walderin fuhr die Leichenblässe über die Visage. »Jessas, Maria und Josef.«

Erna bekreuzigte sich und stürzte in Windeseile auf ihr Vehikel zu. Binnen weniger Sekunden hatte sie den Zündschlüssel gedreht und derart Gas gegeben, dass das Moos nur so durch die Luft flog.

Dass Bülent das noch erleben durfte – Erna, dieses rabiate Weib, hatte tatsächlich Angst. Er würde sich diesen Tag rot im Kalender markieren müssen.

Für ihn selbst jedoch hörte es sich nach den schönsten Klängen an, die er seit Langem gehört hatte. Wahrhaft Musik in seinen Ohren.

Ohne auf die anderen zu warten, bahnte er sich schleunigst seinen Weg durch dichtes Unterholz hin zu der kleinen Lichtung.

Seine Augen suchten die Umgebung ab, und dann hatte er sie entdeckt. Halleluja. Erleichterung durchströmte ihn.

Er hörte, wie Astrid und Franz neben ihn traten. Zu dritt beobachteten sie die rührende Szenerie vor ihnen.

Alenka stand mit geschlossenen Augen und Geige im Anschlag neben Genoveva, die an das Marterl gelehnt dasaß. Ein letzter Sonnenstrahl traf das Gesicht der alten Bremsnagel.

Tauchte es in ein warmes, schmeichelndes Licht. Sie lächelte. Ja, tatsächlich, sie lächelte.

Jetzt erkannte Bülent auch das Lied, das Alenka eifrig aus ihrem Instrument herausfidelte.

*And it seems to me you lived your life*
*Like a candle in the wind*
*Never knowing who to cling to*
*When the rain set in*
*And I would have liked to have known you*
*But I was just a kid*
*Your candle burned out long before*
*Your legend ever did*

# KAPITEL 20

## *Liebe ist …*

Genoveva Bremsnagel war tot. Einfach völlig natürlich weggestorben. Friedlich eingeschlafen, tief verbunden mit der Seele ihrer verunglückten Tochter und mit der Gewissheit, ein Menschenleben auf dem Gewissen zu haben. Sie wusste, dass ihre Zeit gekommen war, und hatte sich vom Pfarrer nicht nur die letzte Ölung vorab abgeholt, sondern auch einen Abschiedsbrief für Bülent hinterlassen, der ihm von der kleinen Alenka übergeben wurde.

»Den sollst du lesen, Herr Polizist, dann verstehst du alles, hat Omama gemeint.«

Das Mädchen schien weder von seinem noch Franzens und Astrids Erscheinen merklich überrascht, noch schien sie der Tod der Oma in eine tiefe Krise zu stürzen.

»Jetzt ist sie endlich bei ihrer Elisabeth und wird von einer Wolke oben immer auf mich aufpassen, das hat sie mir gesagt«, freute sie sich, zwar mit Tränen in den Augen, aber ohne das Gefühl, ihre Großmutter wirklich verloren zu haben. »Und Lady und Gaga darf ich auch behalten. Gell, Omama?«

Sie sah ihre tote Großmutter, die aussah, als würde sie nur eine kleine Rast machen, liebevoll an. Bülent öffnete den Brief und las die in zittriger Handschrift verfassten Zeilen.

*Lieber Rambichler,*
*wenn Sie des lesen, bin ich nicht mehr. Ich hab's g'schafft, etzadla bin ich da, wo ich hing'hör, bei meiner Tochter und bei meinem Mann, dem Saukerl. Der hat sich einfach aus dem Staub g'macht, aber den find ich, und dann gnade ihm Gott.*

*Wissen's, allerweil haben sich alle die Goschn über mich zerrissen. Haben g'meint, dass ich die G'schicht mit meinem Kind irgendwann vergessen soll. Aber so eine Sach vergisst man nie. Es gehört sich ned, dass ein Kind vor seine Eltern stirbt. Es gehört sich ned, dass man g'sagt kriegt, dass des Leben weitergeht, weil's, wie's dann war, kein Leben mehr war für mich.*

*Bis der Herrgott mir mei Enkerler, die Walli, g'schenkt hat. Da war's wieder des kleine bisserl Glück, was man zum Leben braucht. Zwecks ihrer bin ich jeden Tag aufg'wacht, und dann wollt die Oxana sie ins Internat stecken. Des konnt ich ned zulassen. Noch einmal konnt ich mir mei Maadla ned nehmen lassen.*

*Aber eins sag ich Ihnen, Rambichler, ich wollt meine Schwiegertochter fei wirklich ned umbringen. Des hab ich unserem Pfarrer bei der Beicht auch g'sagt. Wer bin ich denn, dass ich einem Kind die Mutter nehm? Tratzen wollt ich sie halt. Bei dem Grischberla war mir klar, dass die bloß eine Praline am Tag essen würd. Des sieht man ja schon an ihre Gräten, die vorn und hinten ausstechen. Nix wär passiert, außer dass ihr recht schlecht g'worden wär und sie die Sach mit der Schul ned machen hätt können.*

*Kann ich wissen, dass des Lehrerweib eine so eine diebische Kachel ist und alle auf einmal frisst? Aber des war wahrscheinlich die Strafe Gottes, weil's meinem Fidelius schöne Augen hindreht hat, des Luder, des verreckte.*

*Ich war's auch, die ihr Schlafzimmer ang'malt hat, weils eine hinterfotzige Britschn war und weil ich denkt hab, dass Sie dann die Oxana verdächtigen und mitnehmen aufs Revier. Sie passt halt einfach ned zu uns und zu meinem Bub. Aber vielleicht kapiert sie des etz auch von selber.*

*So, Rambichler, etz wissen S' alles. Grüßen S' mir meinen Bub und sagen S' ihm, dass es mir leidtut, dass ich ned so zeigt hab, wie gern ich ihn hab. Des hab ich nämlich wirklich. Auch wenn ihm für die Sach mit der Funsenederin noch heut der Arsch ausg'haut g'hört.*

*Sagen S' ihm des, und dass er mich ned vom Fledderer, dem Hallodri, eingraben lassen soll.*

*Also dann …*

*Ihr könnt's mich alle mal recht gern haben.*
*Genoveva Augusta Bremsnagel*

Bülent ließ den Brief sinken. Das war mal ein erstklassiges Geständnis. Halleluja, die Sache war ausgestanden. Er reichte den Brief an Astrid und Franz weiter, zeitgleich spürte er ein kleines Patschhändchen, das sich in seine Hand schob.

»Gehen wir jetzt Schokolade kaufen, Herr Polizist?«

Astrid, die gerade den Brief las, hob den Kopf und nickte ihm lächelnd zu.

»Geht schon, Franz und ich regeln das hier alles.«

Dankbar lächelte Bülent zurück. Mit der hopsenden Alenka an der Hand machte er sich auf Richtung Dorf. Er konnte Astrids Blicke in seinem Rücken direkt spüren. Gerne hätte er sich umgedreht, aber er verbot es sich. Das Kind neben ihm quasselte ihm die Ohren zu. Aber das machte ihm in diesem Moment überhaupt nichts aus, so musste er zumindest nicht selbst denken. Außerdem erfuhr er, dass Genoveva gar nicht so taub war, wie sie sich gab, sondern lediglich nur das hörte, was sie hören wollte.

Nachdem der Fall gelöst war, nahm das Leben im Dorf langsam wieder seinen gewohnten Gang.

Für Bremsi waren die letzten Worte seiner Mutter Balsam auf seine geschundene Seele. Er nahm sich fest vor, in Therapie zu gehen. Heimlich, versteht sich, sonst würde halb Strunzheim am Ende über seinen Geisteszustand diskutieren. Selbst das unterschlagene Geld konnte er, dank eines kleinen Vermögens, welches er in Genovevas alter Bettstatt gefunden hatte, unauffällig zurückzahlen.

Oxana wiederum trug ihrer Schwiegermutter nichts nach. Im Gegenteil. Die Russin ließ es sich nicht nehmen, Genovevas leichenstarres Gesicht vor der Beerdigung selbst optisch auf Vordermann zu bringen.

Man munkelte, dass die alte Bremsnagel daherg'schminkt war wie ein russisches Oligarchenweib.

Sei's drum, Oxana wurde nach dieser Aktion tatsächlich ein Praktikumsplatz im Beerdigungsunternehmen Untergraber angeboten. Man prophezeite ihr dort eine großartige Karriere als Thanatopraktikerin. An Kunden würde es ihr dort auf alle Fälle nicht mehr fehlen. Außerdem hatte der Juniorchef des Instituts ein Auge auf sie geworfen und machte schwer einen auf Richard Gere. Auch optisch.

Es gab sie also doch noch, die Märchen, die wahr wurden.

Alenka ging es ebenfalls sehr gut. Sie war einfach nur froh darüber, dass die geliebte Omama endlich bei der Elisabeth war, und ein bisschen wohl auch darüber, dass Lady und Gaga garantiert nicht mehr das Fell über die Ohren gezogen werden würde.

Zudem hatte sie einen Kinderschokoladen-Vorrat, der sie mindestens über den Frühling bringen würde, und von Internat war auch keine Rede mehr.

Im Grunde war Gertrude Funseneder die eigentliche tragische Verliererin dieser unsäglichen Geschichte. Sie verlor nicht nur ihr Leben, sondern am Ende auch ihren guten Ruf. Denn irgendwann brodelt jeder schmutzige Sumpf mal an die Oberfläche. Dörfliches Gesetz. Ihre Beerdigung jedenfalls fiel weitaus weniger feudal aus, als es sich die Lehrerin womöglich zu Lebzeiten gewünscht hätte. Zwar war der Friedhof rappelvoll mit neugierigen Strunzheimern, und auch der Kirchenchor unter Leitung von Sunnyboy Soundhardy sang ein letztes Halleluja für sein ehemaliges Mitglied – Traudl verweigerte ganz klar den Auftritt –, aber wirklich traurig schien niemand zu sein.

Selbst die Landfrauen, die normalerweise bei jeder Trauerfeierlichkeit immer als Erstes plärrten und ihre Taschentücher vollrotzten, hielten sich sowohl am Grab als auch bei der Ausstattung des Kuchenbüfetts für den obligatorischen Leichenschmaus zurück. Von opulenten Sahnetorten à la Thermomix wie angekündigt war weit und breit nichts zu schmecken. Man lästerte sich lieber durch die Stunden und entschuldigte es damit, dass die Funsenederin nie wirklich neipasst hat ins Kraut.

Lediglich die Krapfenberger Wirtsleute bewahrten den Anstand und kredenzten einen Gugelhupf zum Kaffee, der dermaßen trocken daherkam, dass jeder Bissen nur mit ganz viel Flüssigkeit den Weg durch die Speiseröhre fand. Wenn da mal nicht ein geschäftstüchtiges Kalkül dahintersteckte.

Der indische Pfarrer, der im Grunde die Wahrheit vor allen anderen gewusst hatte, blieb dem Dorf tatsächlich erhalten. Allerdings setzte er die Beichte aus persönlichen Gründen auf unbestimmte Zeit aus und erließ stattdessen eine Generalbuße für alle Strunzheimer: Wo auch immer sie sich begegneten, sollten sie achtsamen und liebevollen Wortes aufeinander zugehen.

War klar, dass nach dieser priesterlichen Ansage viele erst gar nicht mehr das Haus verließen oder ausschließlich jeden Meter mit dem Auto fuhren.

Alles in allem war also alles wieder beim Alten.

Fast.

Der Fall war zwar geklärt, aber für Bülent war noch nichts klar. Tage nachdem sich die ganze Aufregung gelegt hatte, saßen sie im Wohnzimmer vom Geiger, der zu einer Kakaozeremonie im Inner Circle geladen hatte. Was bedeutete, dass neben Bülent und Astrid auch die Walders, die seniorigen Rambichlers sowie Frau Dr. Senftchen anwesend waren.

Eine wilde Mischung an Menschen, die sich strumpfsockig zusammengefunden hatten, um zu sphärischen Klängen und, eh klar, diffusiertem *Passion* im Kreis zu meditieren.

Zumindest war das in Geigers Agenda so vorgesehen. Kakao trinken und in sich gehen.

»Geiger, hättest vielleicht eine Vanillesoße für mich?«, fragte Erkan freiheraus, weil ihm halt daheim sein Schokoladenpudding so auch besser schmeckte und die Konsistenz des kredenzten Getränks einem guten Dr.-Oetker-Pudding nicht unähnlich war. Mit Kaba im herkömmlichen Sinne hatte das jedenfalls nichts zu tun. Mal ganz zu schweigen von der Wirkung.

Bülent fühlte sich, als würde ein warmer, sanfter Lavastrom durch seinen Körper gleiten und jede seiner Zellen berühren. Nicht unangenehm, aber irgendwie rumpelte es ihn gefühlsmäßig dabei ziemlich durch.

Franz tat, als hätte er die Worte vom alten Rambichler gar nicht gehört.

»Lasst eure Energie fließen und spürt in euer Herz nei, was es euch sagen will«, forderte der Geiger die Runde auf und stierte sie dabei mit großen Augen an.

Also, zugeraucht war er fast zurechnungsfähiger als nach diesem seltsamen Gebräu, überlegte Bülent, dem überhaupt nicht der Sinn danach stand, auf das zu hören, was sein Herz ihm einflüstern wollte. Was hieß flüstern? Es schrie und jammerte und lechzte nach Aufmerksamkeit. Seit sie den Fall abgeschlossen hatten, herrschte zwischen Astrid und ihm Stillstand. Immerhin war sie nicht mehr so krätzig wie am Anfang, aber mehr war da auch nicht.

Gerade saß sie ihm mit geschlossenen Augen gegenüber und schien nichts mehr von der Welt um sich herum wahrzunehmen. Mit einem Lächeln im Gesicht wiegte sie sich wie ein Bambus im Wind langsam hin und her. Zart wie ein Blütenblatt und glücklich in sich versunken, dachte Bülent und wunderte sich selbst über seine wenig maskuline Wortwahl.

Die anderen Damen wirkten nicht minder entrückt. Erna schnurrte wie eine beseelte Katze und fingerte sich immer näher an Erkan heran, während Maria, Traudl und Frau Dr. Senftchen sich an den Händen hielten und im Gleichklang vor sich hin summten. Eine Welle der Einsamkeit schwappte über Bülent hinweg. Zu allem Überfluss soulte Janis Joplin herzerweichend schön aus den Boxen:

*But what does it bring*
*If I ain't got you, ain't got?*
*You don't know what it's like, baby*
*You don't know what it's like*
*To love somebody*
*To love somebody*
*The way I love you*

Bülent spürte, wie ihm die Augen feucht wurden. Himmelherrgott, was war das nur für ein Zeug, das ihnen der Geiger da eingeflößt hatte. Er musste hier raus, bevor er gänzlich die Contenance verlor. Hektisch erhob er sich und hätte dabei fast seine Tasse umgestoßen. Er stob am verdutzten Geiger vorbei zur Terrassentür hinaus.

Herrlich. Er atmete tief ein und aus. Die frische Luft tat gut und kühlte den heißen Blutstrom, der durch seine Adern rauschte, ein wenig ab. Erschöpft ließ er sich in die Geigerische Hollywoodschaukel sinken. Gedankenverloren wippte er hin und her.

Die letzten Tage waren einfach zu viel. Erst der Mord, dann der Trip nach Österreich und am Ende die Angst um die kleine Bremsnagel. Eine emotionale Achterbahnfahrt, deren Höhepunkt im heutigen Abend mündete. Vielleicht war es besser, er blieb der einsame Wolf, der er seit jeher war. Damit blieben wenigstens alle anderen Probleme draußen, und er konnte, wenn dann, nur sich selbst auf die Nerven fallen.

»Hey, alles klar bei dir?« Unbemerkt war Astrid an ihn herangetreten.

Was sollte er antworten? Im Grunde hatte er ihr alles gesagt. Die Leere, die er im Moment fühlte, war nicht in Worte zu fassen. Er starrte auf seine besockten Füße. Ihm war nie aufgefallen, wie breit sie waren.

»Bülent, wir müssen reden«, flüsterte sie.

War das nicht immer der Anfang vom Ende. Kam sie jetzt mit der Wahrheit heraus, dass sie schon lange einen anderen hatte und jetzt nicht mehr länger schweigen wollte? Dann aber bitte schnell. Die Pflaster-weg-Methode. Ein Ruck, ein kurzer Schmerz, und gut ist es.

»Ich habe jemanden Neues kennengelernt.«

Er war nicht überrascht. Er hatte es gewusst. Aber er hatte nicht geahnt, wie weh es tun würde. Angestrengt blickte er weiter zum Boden, er wollte nicht, dass sie den Schmerz in seinen Augen sah. Ein letztes bisschen männliche Würde, das wollte er sich bewahren.

»Und ich will aus dem Polizeidienst ausscheiden. Nächste Woche sag ich dem Köhl Bescheid«, fuhr sie leise fort.

Er hob nun doch seinen Kopf und schaute sie an. Ihr Blick war sanft auf ihn gerichtet. Mit allem hatte er gerechnet, aber nicht mit einer derartigen Endgültigkeit.

»Warum?«, krächzte er heiser.

Dabei kannte er die Antwort. Sie wollte nicht mehr in seiner Nähe sein. Wollte das, was zwischen ihnen gewesen war, hinter sich lassen.

Wahrscheinlich hatte der Wiener Yogi seine Hände im Spiel. Er konnte die beiden direkt vor sich sehen. Vereint auf einem Schaffell gen Erleuchtung atmen.

»Ich finde einfach, ein Polizist in der Familie reicht. Mal abgesehen davon fühlt es sich nicht mehr stimmig an«, erklärte sie.

Ein Polizist in der Familie reicht? Bülent schaltete schnell. Das hieß im Umkehrschluss, der andere war auch Polizist.

Sie quittierte seinen entsetzten Gesichtsausdruck mit einem breiten Grinsen.

Also er fand das alles überhaupt nicht witzig. Sie hatte etwas mit einem Kollegen. Konnte man sein Herz noch brachialer zerschmettern?

»Was sagst du dazu?« Sie setzte sich neben ihn auf die Schaukel und sah ihn abwartend an.

Er hätte eine Menge sagen können, aber er wollte sie nicht verletzen. Er liebte sie, das tat er wirklich, und darum wünschte er ihr nur das Beste. Also bestimmt. Er hatte irgendwo mal gelesen, dass die wahre Liebe ohne Besitzansprüche auskommt und man sie daran erkennt, dass man dem anderen stets das Gefühl gibt, frei zu sein.

In der Theorie klingt das hervorragend. Die Praxis sah definitiv anders aus. In Bülent brodelte es vor Eifersucht. Dennoch, er riss sich zusammen. Womöglich war das eines ihrer letzten längeren Gespräche.

»Ich, also, ich wünsche dir alles Glück dieser Welt.«

Die Worte stolperten nicht gerade leichtfüßig über seine Lippen. Am liebsten wäre er jetzt aufgestanden und davongelaufen, aber von dem seichten Hin-und-her-Geschaukle in der Hollywood war es ihm ganz schwummrig im Magen geworden. Geigers Kakao war daran sicherlich ebenfalls nicht ganz unschuldig.

»Kenn ich den Kerl?«, fragte er mit belegter Stimme. Ein bisschen masochistisch schien er demnach auch veranlagt zu sein.

Astrid schmunzelte. »Du kennst ihn sogar sehr gut.«

Dann musste es jemand von der Dienstelle sein. Das hatte ihm gerade noch gefehlt. Wahrscheinlich einer dieser jungen, aufstrebenden, dynamischen Typen, deren Selbstbewusstsein für drei reichte.

»Sag mal, kann es sein, dass du ein bisschen auf der Leitung stehst, Boss?«

Sie nahm seine Hand und sah ihm tief in die Augen. »Du bist der Kerl, den ich neu kennenlernen durfte«, gestand sie mit sanfter Stimme. »Die letzten Tage mit dir haben mir gezeigt, wer du wirklich bist. Du …« Zur Untermalung ihrer Worte stupste sie ihm mit dem Zeigefinger in den Bauch. »Du bist einfach unglaublich. Dein Auftritt in Österreich war mehr als bescheuert, aber vor allem das Liebenswerteste, das jemals jemand für mich gemacht hat, und dann deine Sorgen um die kleine Alenka und nicht zuletzt um mich. Plötzlich habe ich dich mit anderen Augen gesehen, und ich wäre wirklich dämlich, wenn ich so einen Idioten wie dich jemals wieder loslassen würde.« Sie grinste. »Mal ganz davon abgesehen, dass deine Mutter mittlerweile eine komplette Babyausstattung für uns zusammengestrickt hat.«

Langsam, ganz langsam sickerten ihre Worte zu ihm durch, und freilich fing er gleich wieder an zu rotzen. Diesmal allerdings vor Erleichterung und Freude. Was immer der Geiger da zusammengebraut hatte, es holte das Letzte an Emotion aus ihm heraus.

Astrid knuffte ihn liebevoll in die Seite.

»Jetzt hör auf zu heulen und küss mich lieber, bevor ich es mir noch anders überlege«, stob es aus ihrem süßen Mund.

Das ließ Bülent sich nicht zweimal sagen. Untermalt vom Gejohle und Applaus seiner liebenswerten Strunzheimer Sippe, die sich heimlich an sie rangewanzt hatte, knutschten sie die Sterne vom Himmel.

Liebe ist … ein Rambichler mit Happy End!

# DANK

Als der erste Rambichler 2018 ins Licht der Öffentlichkeit polterte, wagte ich kaum zu hoffen, dass noch zwei weitere Bände folgen würden. Aber bei uns Franken geht halt immer ein wenig mehr.

Ich danke meinen treuen Lesern für die Liebe zu Bülent, meinem tollen Team beim btb Verlag, für den Rundumsupport, und meinem wunderbaren Agenten Thomas für seinen unermüdlichen Einsatz im Dienste der fränkischen Seele und seine abgeklärte Lässigkeit, wenn bei mir mal wieder die Emotionen hochkochen. Ein großer Dank gilt meiner Heimat, deren Bewohnern und meiner zauberhaften Familie. Sie alle sind mir ein unerschöpflicher Quell an Inspiration und ein Grund, warum ich schreibe, was ich schreibe. Ich danke auch dem Landesvater des Landkreises Roth, Herbert Eckstein, der mich 2020 in die Jury des Presssackwettbewerbs berufen hat. Es war mir, als temporärer Vollblutveganerin, ein unvergessliches Erlebnis, dabei zu sein, und wird mir noch über Jahre den Stolz meiner gesamten Sippe sichern. Vielen Dank dem Bestattungsunternehmen Zirngibl in Starnberg, wo Marcus Nowaschewski nimmermüde wurde, mir meine sämtlichen Fragen rund um das, was passiert, wenn es passiert, zu beantworten. Mehr denn je habe ich in diesen Tagen verstanden, dass der Tod zum Leben dazugehört und dass Trauerfeiern mehr gefeiert werden sollten – als letztes geiles Event sozusagen.

Sat Nam Lady of Victory Guru Jagat – you are always in my heart. Danke, Angela und Oliver, ihr besonderen Herzensmenschen, die ihr mich mit der spektakulären Magie ätherischer Öle vertraut gemacht habt. *Motivate* – die Ölmischung der Stunde, und natürlich: *Passion* fürs gute Feierabendfeeling ;-)

Danke, gnadenlos einzigartige Cherië für unsere besondere Freundschaft. Danke für dein Vertrauen in mich und unsere wundervollen Momente voller philosophischer Abgründe über die Liebe. Danke auch dafür, dass du gemeinsam mit mir im Hochsommer bei Regen und Kälte auf einem fränkischen Campingplatz abgesoffen bist. Im eigentlichen wie im übertragenen Sinne.

Danke meinen großartigen Kindern Samuel und Lilli, denen es herrlich egal ist, dass ich einen Abgabetermin habe, und die mich dadurch nicht selten aus meinem Tunnel zurück ans Licht holten.

Thanks Tej, my lovely spiritual teacher from L.A.

Danke meinen Freunden Julia und Philip für die Umarmungen, wenn es gerade dringend nötig war oder einfach nur so. Danke wundervolles Amritchen, du leuchtende Seele an meiner Seite, du meine Berliner Sister. Unser nahezu tägliches, tiefgründiges Lauschen und Plauschen über Sinn und Unsinn dieser unserer Zeit möchte ich niemals mehr missen müssen. Zu guter Letzt möchte ich dem Menschen danken, der mich täglich in den Arm nimmt, mir die Hand reicht, mir eine Bühne gibt, nicht alles versteht und trotzdem zuhört, für mich da ist, wenn ich es selbst nicht kann, der Seite an Seite mit mir das Leben rockt, der mir Zeit für mich schenkt, meine Launen während des Schreibprozesses mit Fassung trägt und mich nimmt, wie ich bin – Alexander, ich liebe dich!

# SUNSHINECHEN-TIPPS FÜR GOOD VIBRATIONS

*Feel the Energy*

## HEALTHY-HAPPY-HOLY-MEDITATION

**Haltung:**
Nimm im Schneidersitz Platz, die Kuppen der Daumen und Zeigefinger berühren sich.

**Ablauf:**
Sprich innerlich das Mantra *Healthy am I, happy am I, holy am I,* während du durch die Nase einatmest. Jetzt den Atem anhalten und das Mantra dreimal innerlich wiederholen. Beim Ausatmen sprichst du das Mantra dreimal hörbar. Diesen ganzen Ablauf wiederholen.

**Dauer:**
3–11 Minuten

**Abschluss:**
Tief einatmen, den Atem entspannt ausströmen lassen und noch ein, zwei Minuten still sitzen bleiben. Dann noch einmal tief einatmen, die Arme mit verschränkten Fingern nach oben strecken, sodass ein Zug auf die Wirbelsäule ausgeübt wird. Ausatmen und entspannen.

## DIFFUSER-MISCHUNG »HAPPY DAY«

2 Tropfen Pfefferminzöl
2 Tropfen Limeöl
3 Tropfen Grapefruitöl
4 Tropfen Bergamotteöl
Diffuser mit Wasser füllen, Öle hinzufügen und diffusen.
Bitte nur absolut reine Öle verwenden!

## VEGANE ENERGY-BALLS MIT HAUSGEMACHTER SCHOKI-HÜLLE

150 g Medjool-Datteln, 15 Minuten eingeweicht
125 g gemahlene Mandeln
60 g Kokosraspeln
2 mittelgroße Karotten, ganz fein geraspelt
2 EL Orangensaft
1 Messerspitze Zimt
1 Messerspitze Meersalz
200 g Kakaobutter
12 EL ungesüßtes Kakaopulver
3 EL Ahornsirup

Alle Zutaten zu einem Teig vermengen und daraus schöne Kugeln formen. Ab in den Gefrierschrank damit. In der Zwischenzeit für die hausgemachte Schokolade die Kakaobutter bis auf ein paar Stücke in einer hitzebeständigen Schüssel über dem Wasserbad sehr langsam schmelzen. Wenn die Kakaobutter fast geschmolzen ist, die Schüssel vom Herd nehmen und die verbliebenen Kakaobutterstücke unterrühren, bis alles komplett geschmolzen ist. Danach die restlichen Zutaten unterrühren und die abgekühlten Balls in die Schokolade eintauchen.

Eat this and love it!

# GLOSSAR

## *Fränkisch für den Hausgebrauch*

| FRÄNKISCH | DEUTSCH |
|---|---|
| Allmächd na | Ausruf der Verwunderung |
| Babberdeggl | Pappkarton |
| Braggl | robuste, große männliche Wesen |
| Britschn | liederliches Frauenzimmer |
| brunzen | urinieren |
| Bürschla | Junge |
| Buckl | Rücken |
| Doldi | Depp |
| eine betoniert | eine gescheuert |
| Fotzn | Mund |
| Glubscher | Augen |
| Goschn | Mund |
| Graddler | Penner, Asozialer |
| Grischberla | dünner, schwacher Mensch |
| Marterl | Kleindenkmal; zur Erinnerung an einen Menschen der durch ein Unglück ums Leben gekommen ist |

| | |
|---|---|
| Nachtgiger | monsterartige Kinderschreckfigur in Franken |
| neig'spotzt | hineingespuckt |
| Odlfoß | Güllefaß |
| pflitschen | weinen |
| Sumbfhenna | dumme Frau |

Anja Bogner

# Bülent Rambichler und die fliegende Sau

Ein Provinzkrimi

*288 Seiten, btb 71676*

»Allmächt, des is doch die Gelbwurscht-Pflunzn!« Ja, da liegt sie nun, die Gelbwurst-Pflunzn, eigentlich Kerstin und Fleischereifachverkäuferin. Mausetot und nackert. Und einer soll's aufklären: Bülent Rambichler, Kriminaler aus Nürnberg, Sohn eines türkischen Vaters und einer Strunzheimer Mutter, der wenig Lust darauf hat, seine neue Kommandozentrale im elterlichen Gartenschuppen einzurichten. Aber da muss er jetzt durch, der »Büli« – meint auch seine Kollegin Astrid, eine Veganerin im Land der Rostbratwürstel. Gemeinsam fördern sie so einiges zu Tage: Manipulation beim Presssack-Wettbewerb, amouröse Umtriebe des Pfarrers – viele haben Dreck am Stecken, doch wer hat die Gelbwurst-Pflunzn auf dem Gewissen?

btb

Anja Bogner

# Bülent Rambichler und der störrische Karpfen

Ein Provinzkrimi

*320 Seiten, btb 71882*

Trotz fantastischer Aufklärungsquote (ein Mord, eine Aufklärung) wünscht sich Hauptkommissar Bülent Rambichler nichts weiter, als bis zur Pension hinter seinem geliebten Schreibtisch in Deckung zu bleiben. Allerdings hat er die Rechnung ohne seinen Chef gemacht: Der befördert ihn zum Leiter der neu gegründeten Spezialeinheit »Landfrieden«, und Bülent findet sich – freilich total wider Willen – erneut in seinem Heimatdorf wieder. Ein Mord in höchsten Strunzheimer Politkreisen hat die Gemeinde erschüttert: »Bubblers Schorsch«, zweiter Bürgermeister und Fischerkönig, ist mausetot in einem Fischkasten am Weiher gefunden worden. Den letzten Streit mit ihm hatte kein Geringer als Erkan Rambichler, Bülents Vater und frisch berufener Gemeinderat …